高 等 学 校 教 材

综合化学实验

强根荣　王　红　盛卫坚　主编

化学工业出版社

·北京·

本书将实验基本操作、基本技能与创新意识、综合分析能力、研究设计能力的培养贯穿于整个实验教学过程中，并且将大学生课外科技活动和大学生创新实验计划项目等融入实验教学。

本书是在前三届试用的《综合化学实验》讲义的基础上经内容增删、调整改编而成的。着眼工科学生化学实验理论和操作的教育，可作为相关高校的实验教材。

图书在版编目（CIP）数据

综合化学实验/强根荣，王红，盛卫坚主编．—北京：
化学工业出版社，2010.8
高等学校教材
ISBN 978-7-122-08911-3

Ⅰ．综…　Ⅱ．①强…②王…③盛…　Ⅲ．化学实验-
高等学校-教材　Ⅳ．O6-3

中国版本图书馆 CIP 数据核字（2010）第 119698 号

责任编辑：宋林青　　　　　　　　　　文字编辑：张　赛
责任校对：边　涛　　　　　　　　　　装帧设计：史利平

出版发行：化学工业出版社（北京市东城区青年湖南街 13 号　邮政编码 100011）
印　　刷：北京市振南印刷有限责任公司
装　　订：三河市宇新装订厂
787mm×1092mm　1/16　印张 8¼　字数 200 千字　　2010 年 8 月北京第 1 版第 1 次印刷

购书咨询：010-64518888（传真：010-64519686）　售后服务：010-64518899
网　　址：http://www.cip.com.cn
凡购买本书，如有缺损质量问题，本社销售中心负责调换。

定　　价：18.00 元　　　　　　　　　　　　　　　　　版权所有　违者必究

前　言

随着化学实验教学改革的不断深入，根据创新实验教学体系的要求，各校在基础实验教学的基础上，纷纷建立了综合化学实验课程，编写了相应的实验教材。在改革的过程中，我们提出了"重视基本技能、突出创新教育、依托学科优势、打造精品课程"的总体思路，在总结多年来教学改革实践经验的基础上，将实验基本操作、基本技能与创新意识、综合分析能力、研究设计能力的培养贯穿于整个实验教学过程中，并且将大学生课外科技活动和大学生创新实验计划项目等融入实验教学，由此建立了"三层次（基础规范性实验—综合设计性实验—研究探索性实验）、一创新学生创新训练"的化学实验教学新体系，编写了与之相适应的基础化学实验系列教材。本书是在前三届试用的《综合化学实验》讲义的基础上经内容增删、调整改编而成的。

本书实验内容主要基于以下三个方面。

1. 坚持"固基强本"的实验传统，巩固基础，加强技能，对原有实验讲义进行整理、删减、充实、提高，同时也汲取了少量国内外同类教材的新颖内容。

2. 采用"取之于学生，用之于学生"的办法，将近几年大学生创新实验计划项目及大学生科技创新项目的内容引入到教学实验中。

3. 按照"教学与科研互动"的原则，促使"科研成果教学化，教学内容研究化"，将教师的科研成果中适合于教学的内容引入到教学中，充实实验内容，反映各学科领域中的新成果、新技术、新方法以及现代实验技术与手段，体现综合化学实验内容的新颖性、先进性。

本教材的特色及创新之处有以下几点。

1. 贯穿"基础规范性实验—综合设计性实验—研究探索性实验"的主线，在已经完成的基础化学实验教材的基础上，将实验的综合设计性和研究探索性凸显在本教材中。

2. 彰显化学实验"绿色化"，将"绿色化学"的理念和内容渗透到实验教学过程中，充实绿色化学实验教学内容和实验手段。

3. 着眼工科学生化学实验理论和操作的教育，让学生能综合应用化学知识、多种化学研究方法和技术，在教学过程中融入创新意识、激发创新思维、锻炼创新能力。

本书由浙江工业大学强根荣、王红、盛卫坚主编，刘秋平、梁秋霞、计伟荣、胡军、唐浩东等老师参加了编写，实验二十一、实验二十二由浙江科技学院李菊清编写。全书由强根荣、王红统稿。

本书编写过程中，得到了浙江工业大学重点建设教材项目的资助以及浙江工业大学化工与材料学院、化学实验教学中心许多老师的支持与帮助，在此深表衷心的感谢。

鉴于编者的学识水平有限，在选材和编写过程中，虽然尽了最大的努力，书中难免存在疏漏和不当之处，恳请读者在使用过程中对我们进行批评指正，以期不断完善。

编　者
2010 年 4 月

目　录

第一部分 综合设计性实验

☑ 实验一
抗抑郁新药——吗氯贝胺的合成

一、实验目的

1. 掌握抗抑郁新药——吗氯贝胺的合成原理与方法；
2. 学习使用高效液相色谱仪测定吗氯贝胺含量的方法。

二、实验背景及原理

吗氯贝胺（moclobemide），化学名 *N*-[2-(4-吗啉基）乙基] 对氯苯甲酰胺，是 Roche 公司 1990 年研制的选择性单胺氧化酶-A 的可逆性抑制剂。该药在抗抑郁、抗缺氧等方面疗效显著，尤其适用于伴有肾脏、心脏疾病的老年抑郁患者。它的疗效确切，临床安全性好，作用谱广，优于现在临床应用的其他抗抑郁药，问世后被 50 多个国家批准上市。吗氯贝胺的合成路线主要有以下 4 条：①4-(2-氨基）乙基吗啉与对氯苯甲酰氯反应；②*N*-对氯苯甲酰氮丙啶与吗啉反应；③4-氯-*N*-(2-溴乙基）苯甲酰胺与吗啉反应；④2-氨基乙基硫酸氢酯与对氯苯甲酰氯反应得到 2-对氯苯甲酰氨基乙基硫酸酯钠盐，再与吗啉反应。本实验采用第三条合成路线，并通过液相色谱检测产品的纯度，用质谱、元素分析和核磁共振氢谱表征产品。反应式如下：

$$HOCH_2CH_2NH_2 + 2HBr \longrightarrow BrCH_2CH_2NH_2 \cdot HBr + H_2O$$

$$BrCH_2CH_2NH_2 \cdot HBr + Cl-\!\!\left\langle\ \right\rangle\!\!-COCl \xrightarrow{NaOH} Cl-\!\!\left\langle\ \right\rangle\!\!-CONHCH_2CH_2Br$$

$$Cl-\!\!\left\langle\ \right\rangle\!\!-CONHCH_2CH_2Br + HN\!\!\left\langle\ O\right. \longrightarrow Cl-\!\!\left\langle\ \right\rangle\!\!-CO-NHCH_2CH_2-N\!\!\left\langle\ O\right.$$

三、主要仪器与试剂

1. 仪器

四口烧瓶、恒压滴液漏斗、温度计、球形冷凝管、直形冷凝管、克氏蒸馏头、圆底烧瓶、锥形瓶、分水器、真空泵、低真空测压仪、数字式熔点仪、红外光谱仪、核磁共振仪、元素分析仪、质谱仪。

2. 试剂

乙醇胺、氢溴酸、二甲苯、丙酮、对氯苯甲酰氯、氢氧化钠、异丙醇。

四、实验步骤

1. 2-溴乙胺氢溴酸盐的制备

在四口烧瓶内加入 6.1g 乙醇胺，搅拌，在 10℃ 下用滴液漏斗加入 40% 氢溴酸 30.5g，控制氢溴酸的滴加速度使体系温度不超过 10℃。滴加完毕后继续搅拌 1h。在反应体系中继续滴加 30.5g 40% 的氢溴酸，待滴加完毕后，加入 35mL 二甲苯，升温回流，反应同时利用分水器分水，以分出计量的水为反应终结。减压蒸馏二甲苯，冷却，用丙酮洗涤二次，得白色晶状产物 18.8g，熔点为 168~170℃，收率为 92%。

2. 4-氯-N-(2-溴乙基)苯甲酰胺的制备

在四口烧瓶内加入 2-溴乙胺氢溴酸盐 4.0g，水 15mL，搅拌溶解。在 5℃ 时同时滴加对氯苯甲酰氯 3.5g 和 5% NaOH 溶液 32mL。滴加完毕后，在室温下搅拌反应 3h。过滤，水洗，得白色固体 5.2g，熔点为 110~115℃，收率为 95.5%。

3. 吗氯贝胺的制备

在三口烧瓶内加入 4-氯-N-(2-溴乙基)苯甲酰胺 3.1g，吗啉 12.4g，搅拌回流，搅拌反应 2h。加入 10mL 水，用 10% NaOH 溶液调节 pH 值至碱性，过滤，水洗，用异丙醇重结晶得白色固体 2.6g。熔点为 137~138℃，收率为 83.9%。

4. HPLC 法测定吗氯贝胺的含量

利用 Waters1525 型高效液相色谱仪及 Waters2996 型检测器测定吗氯贝胺的含量。色谱条件如下。

色谱柱：Waters C$_{18}$ （4.6mm×300mm）。

流动相：乙腈、0.05mol/L 醋酸铵溶液、冰醋酸（25：75：1.5）。

柱温：30℃。

流速：1mL/min。

检测波长：254nm。

灵敏度：0.005AUFS。

进样量：20μL。

五、注意事项

1. 2-溴乙胺氢溴酸盐的制备是亲核取代反应，反应吸热，故随着反应温度的升高，收率大为增加。在反应中，水的存在不利于反应的进行，故采用分水器及时分出生成的水。

2. 吗啉的氮上有一对孤电子，容易与亲电的卤代物发生发应，反应按 S$_N$2 机理进行。芳香卤化物的卤素不活泼，一般不易与胺发生反应，只有在高温高压或催化剂存在下，或在卤素的邻对位有一个或多个强吸电子基团取代，卤素被吸电子基团活化，才可发生芳环上的亲核取代反应。此处酰胺基是一强吸电子基团，提高反应温度有利于反应的发生。

六、思考题

1. 查阅有关文献，比较合成吗氯贝胺的各种路线的优缺点。

2. 在第 1 步反应中加入二甲苯的目的是什么？在第 2、3 步反应中加入氢氧化钠的目的是什么？

七、参考文献

[1] 潘雁. 抗抑郁药吗氯贝胺 [J]. 国外医药——合成药、生化药、制剂分册，1994，15（5）：302-304.
[2] 陈斌，周婉珍，贾建洪等. 吗氯贝胺的合成工艺研究 [J]. 浙江工业大学学报，2004，32（6）：629-632.

热稳定剂——二月桂酸二正丁基锡的制备（直接法制备）

一、实验目的

1. 了解有机锡热稳定剂的特点及其制备工艺；
2. 掌握用正丁醇制备碘丁烷的原理及其操作方法；
3. 掌握直接法合成二烷基二卤化锡及制备有机锡稳定剂的实验方法。

二、实验背景及原理

有机锡作为 PVC 热稳定剂具有良好的热稳定性、耐候性、初期着色性、无毒性、透明性等优异性能，因而是目前用途最广、效果最好的一类热稳定剂，其中最突出的优点是使加工制成的 PVC 制品具有高度的透明性。

有机锡热稳定剂的通式是 R_mSnY_{4-m}，R 是烷基，如甲基、正丁基、正辛基；Y 是通过氧原子或硫原子与 Sn 相连接的有机基团。根据 Y 基团的不同，可以把有机锡热稳定剂分为两类，即含硫有机锡和有机锡羧酸盐，其系列品种中最常见者如：

Ⅰ $(n\text{-}C_4H_9)_2Sn(OCOC_{11}H_{23})_2$ 二月桂酸二正丁基锡

Ⅱ $(n\text{-}C_8H_{17})_2Sn(OCOC_{11}H_{23})_2$ 二月桂酸二正辛基锡（无毒）

Ⅲ $(n\text{-}C_4H_9)_2Sn(OCOCH{=}CHCOOC_4H_9)_2$ 二马来酸单丁酯二正丁基锡

$$\text{Ⅳ} \quad \begin{bmatrix} & C_4H_9 & & O & & O & \\ & | & & \| & & \| & \\ -&Sn&-O-&C&CH{=}CHC&- \\ & | & & & & & \\ & C_4H_9 & & & & & \end{bmatrix}_n$$

马来酸二正丁基锡聚合物

Ⅴ $(n\text{-}C_8H_{17})_2Sn(SCH_2COO{-}^iC_8H_{17})_2$ 二(巯基乙酸异辛酯)二正辛基锡（无毒）

上述各产品互有优缺点。例如，Ⅰ、Ⅱ的耐热性稍差，但加工性能优良；Ⅲ、Ⅳ的初期色相好，长期耐热性和透明性也好，耐候性是有机锡中最好的，但Ⅲ有催泪性；Ⅴ长期耐热性和透明性都很好，但耐候性稍差且有臭味。添加了有机锡稳定剂加工制成的 PVC 制品呈高度透明且无毒，可以取代其他价格较昂贵的塑料制品，用于食品包装行业。

有机锡系列稳定剂的工业制法，包括合成二卤二烷基锡和最终产品两个主要步骤。二卤二烷基锡的合成是技术关键，有三种主要路线。

烷基铝法： $2R_3Al + 3SnCl_4 \longrightarrow 3R_2SnCl_2 + 2AlCl_3$

格氏法： $2RMgCl + SnCl_4 \longrightarrow R_2SnCl_2 + 2MgCl_2$

直接法： $2RX + Sn \longrightarrow R_2SnX_2$

烷基铝法和格氏法需要在高度无氧无水的苛刻条件及对防火防爆要求极高的条件下操作，反应产物中又含有一烷基三氯化锡和三烷基一氯化锡（剧毒），需加以分离且较困难。直接法的步骤、设备和技术都比较简单，它又分为碘代烷法和氯代烷法两种方法。氯代烷法的经济价值很大，但尚处于开发阶段；碘代烷法是成熟的，工艺条件仍在不断改进，此法需要有回收碘的配套工艺才有经济价值。本实验采用碘代烷直接法，合成有机锡稳定剂中的常用品种二月桂酸二正丁基锡。包括碘丁烷的制备在内，本合成由以下三步反应完成：

$$12CH_3CH_2CH_2CH_2OH + 6I_2 + P_4 \xrightarrow{\text{回流}} 12CH_3CH_2CH_2CH_2I + 4P(OH)_3$$

$$2CH_3CH_2CH_2CH_2I + Sn \xrightarrow[\text{四丁基溴化铵}]{\text{回流}} \underset{n\text{-}C_4H_9 \quad C_4H_9\text{-}n}{\overset{I \quad I}{Sn}}$$

$$\underset{n\text{-}C_4H_9 \quad C_4H_9\text{-}n}{\overset{I \quad I}{Sn}} + 2n\text{-}C_{11}H_{23}COONa \longrightarrow (n\text{-}C_4H_9)_2Sn(OCOC_{11}H_{23}\text{-}n)_2 + 2NaI$$

三、主要仪器与试剂

1. 仪器

球形冷凝管、温度计、三口烧瓶、蒸馏装置、分液漏斗、锥形瓶、电子恒速搅拌器、循环水真空泵、电阻炉。

2. 试剂

正丁醇（≥98%）、红磷（>97%）、碘（>98%）、氢氧化钠（20%水溶液）、月桂酸（含量≥98%）、四丁基溴化铵、金属锡（取含量在99.9%以上的1号精锡，加工制成锡箔或锡粉，锡箔厚度≤0.1mm）。

四、实验步骤

1. 1-碘丁烷的制备

称取3.1g（0.025mol）红磷和22.2g（0.30mol）正丁醇，置于装有搅拌器、回流冷凝管和温度计的三口烧瓶中[1]，搅拌，水浴加热至90℃左右，保温，再将38.0g（0.15mol）碘在60min内投入反应瓶，升温至150℃回流，反应5h。

停止加热，待温度下降到90℃左右，加入60mL水。将反应装置改为蒸馏装置，重新升温进行蒸馏。碘丁烷随水一起被蒸出后沉积在接收瓶的底部。当蒸馏进行到不再有碘丁烷蒸出后停止操作[2]。将馏出物移入分液漏斗中，分去水层。油层转入锥形瓶中，加入少许无水硫酸镁干燥至澄清。滤去干燥剂，得到无色透明液体碘丁烷[3]，此产物可直接用于下一步的合成，应装入棕色玻璃瓶中密封并置于暗处保存。

2. 二碘二正丁基锡的制备

称取5.9g（0.05mol）锡粉、18.4g（0.10mol）碘丁烷和1.5g四丁基溴化铵，加入装有回流冷凝管、搅拌器的三口烧瓶中，启动搅拌[4]，升温，在130℃反应4h[5]，至绝大部分或全部的锡反应完毕为止[6]，降温至70℃，若有未反应完的锡残渣存在，可将反应液倾倒出来，把反应瓶内的锡清除干净，然后反应液重新放回瓶中。

加入50mL 10%的盐酸，加热至60℃左右，搅拌10min，然后改装成蒸馏装置，提高温度将未反应的碘丁烷与水一同蒸出回收，至完全无油珠蒸出为止。降温，残余物移入分液漏斗中静置分层。分去酸层后得到主要含二碘二正丁基锡的红棕色的液体[7]，产率82%~90%。

3. 二月桂酸二正丁基锡的制备

将3.4g（0.084mol）氢氧化钠溶解于14mL水中，备用。

在装配有搅拌器、温度计和回流冷凝管的100mL三口烧瓶内，加入16g（0.08mol）月桂酸，用油浴加热至60℃左右，搅拌使之熔化成液态。慢慢加入氢氧化钠溶液，加完后保持 60℃搅拌反应 30min。加入 19.5g（0.04mol）二碘二丁基锡，开温至 90℃左右继续反应 2h。静置降温，让碘化钠结晶析出。小心地把粗产物油相倾出，移入分液漏斗内用适量的水洗涤 1～2 次，分出水层[8]。

油层放入 100mL 圆底烧瓶内，在循环水真空泵减压下加热脱水。当温度保持在 120℃ 而再没有水和低沸点物蒸出时可以停止操作，得到浅黄色的油状透明液体[9]，相对密度 d_{20}^{20} 1.025～1.065，锡含量 18.6%±0.6%，产量约 25～26g，产率 80%左右。

4. 产品的简单检验方法

（1）色度检查用直观比色法。将产品装入比色管，与标准色板比较。

（2）锡含量检测采用灰分法。准确称取样品置于坩埚内，高温灼烧至恒重，得到 SnO_2。根据 SnO_2 的量计算 Sn 含量。

（3）相对密度用密度瓶法或韦氏天平法检测。

五、注意事项

[1] 加料时应尽量将红磷放到烧瓶底部，不要让它积在瓶壁或瓶口。用正丁醇将其充分润湿后才开始搅拌，这样会较安全些。

[2] 蒸馏瓶内的残渣仍含有少量未反应的红磷，应集中回收，统一处理。

[3] 所得产物仍含少量正丁醇。但只要按步骤严格操作，产物中碘丁烷含量都能达 96% 以上，能满足下一步反应的要求。折纯计算，这一步实验的产率一般为 98%。

产品检验：作含量分析（气相色谱法），测定沸点、折射率和相对密度（纯品的这些数据分别为 130.5℃，$n_D^{20}=1.5001$，$d_4^{20} 1.6154$）。

[4] 如用锡箔只需要中速搅拌；若使用锡粉则需要高速搅拌，尽量使之悬浮。

[5] 提高温度可以缩短反应时间，但同时使副产物增加，二烷基锡的产率下降。

[6] 反应开始 1～2h 内反应速度较快，锡明显减少，以后反应逐渐减慢。如受实验时间限制，可缩短反应时间。即使只有 70%～80% 的锡转化，所得产物也能顺利地进行下一步反应。

[7] 直接法制备有机锡化合物时，除主产物外还存在单烷基锡和三烷基锡的卤化物。单烷基锡卤化物已在酸洗时除去，在此主要得到二烷基锡和少量三烷基锡的卤化物。含碘的反应物和产物遇光或受热时容易分解而使产物呈色，但不影响下一步的反应。

[8] 碘或含碘的化合物价格昂贵，反应后所析出的碘化钠晶体及富含碘化钠的水洗液都必须回收。

[9] 当月桂酸等原料不纯或残留有少量水时，产物可能会浑浊，此时可以趁热滤去固体或分去水分即可得到澄清的产品。

六、思考题

1. 在制备二碘二正丁基锡的过程中，加入 10% 盐酸洗涤的主要目的是清除什么？

2. 常用热稳定剂有哪些？各有什么优缺点？

3. 合成碘代烷有哪些方法？使用、贮藏注意事项是什么？

七、参考文献

[1] 郭睿，吴从华，赵亮. 热稳定剂二月桂酸二丁基锡合成工艺改进 [J]. 应用化工，2005，34（6）：379-380；382.

[2] 蔡干，曾汉维，钟振声. 有机精细化学品实验 [M]. 北京：化学工业出版社，1997.

[3] 严一丰，李杰，胡行俊. 塑料稳定剂及其应用 [M]. 北京：化学工业出版社，2008.

☑ 实验三

石墨炉原子吸收光谱仪测定全血铅

一、实验目的

1. 掌握 PE AA800 石墨炉原子吸收光谱仪的基本原理及操作方法；

2. 了解使用 PE AA800 石墨炉原子吸收光谱仪测定全血铅的工作条件及样品预处理方法。

二、实验背景及原理

在常规分析中火焰原子吸收法应用较广，但由于它雾化效率低，火焰气体的稀释使火焰中原子浓度降低，高速燃烧使基态原子在吸收区停留时间短等原因，使该方法灵敏度受到限制。火焰法至少需要 0.5～1.0mL 试液，对试样较少的样品，分析产生困难。高温石墨炉原子吸收法（GF-AAS）是一种非火焰原子吸收光谱法，它是目前发展最快、应用最多的一门技术。

石墨炉中的工作步骤可分为干燥、灰化、原子化和除残渣 4 个阶段。"高温石墨炉"利用高温（约 3000℃）石墨管，使试样完全蒸发、充分原子化，试样利用率几乎达 100%，自由原子在吸收区停留时间长，故灵敏度比火焰法高 100～1000 倍（10^{-14}g）。试样用量仅 5～100μL，而且可以直接分析悬浮液和固体样品。它的缺点是干扰大，必须进行背景扣除，且操作比火焰法复杂。

铅是一种重要的环境污染物，且可造成人体多系统损害，随着铅污染的日趋严重，环境铅暴露越来越受到各界的重视。血铅是反映铅暴露的生物监测指标，而石墨炉原子吸收光谱法已成为测定血铅的标准方法之一。血样经硝酸-高氯酸消化，在加入基体改进剂后，经横向加热石墨炉原子化器（THGA）系统原子化和纵向 Zeenam 效应背景校正，测量吸收峰面积和测定吸光度，通过标准曲线得出铅含量，算出血铅值。

由于不同的原子吸收光谱仪采用的石墨炉原子化系统、效应背景校正技术及进样方式的不同，对样品的预处理要求差异较大；血样基体成分复杂，不同的样品处理方法在基体对测定的背景干扰消除等方面一直深受卫生检验界的关注。PE AA800 石墨炉原子吸收光谱仪是 PE 公司推出的最新型号原子吸收光谱仪，具有横向加热石墨原子化器（THGA）系统，同时相应地采用了独特的纵向 Zeeman 效应背景校正技术，还配有超精密的自动进样器，可自动稀释和添加基体改进剂，使得分析性能大为提高。本实验采用 Perkin Elmer 公司 AA800 型石墨炉原子吸收光谱仪测定全血铅。

三、主要仪器与试剂

1. 仪器

Perkin Elmer 公司 AA800 型原子吸收光谱仪、THGA 石墨炉原子化器、Zeeman 效应背景校正器、热解涂层石墨管、自动进样器、铅空心阴极灯。

2. 试剂

硝酸（优级纯）、高氯酸（优级纯）、铅标准应用溶液、国家全血铅标准物质（GBW09132）、磷酸二氢铵、硝酸镁。实验用水均为去离子水，实验中所用器材均用10％的硝酸（优质纯）浸泡过夜，去离子水冲净晾干备用。

四、实验步骤

1. 样品采集与预处理

用真空加有EDTA的具塞试管取静脉血2mL，充分混匀，取0.5mL于小烧杯中，加入2mL硝酸，置于电热板上加热至体积大约为一半时取下，加入硝酸4mL和高氯酸1mL，混匀后加热至不冒白烟，液体被全部蒸干成熔融状态，取下冷却。

2. 仪器工作条件

波长：283.3nm。

灯电流：80mA。

狭缝：0.7nm。

进样量：20μL。

保护气：氩气（Ar），原子化时停气。两步干燥，斜坡升温。

基体改进剂：0.05mg磷酸二氢铵＋0.003mg硝酸镁。

石墨炉升温程序见表1。

表1　石墨炉升温程序

	干燥1	干燥2	灰化	原子化	净化
温度/℃	110	130	800	1600	2450
持续时间/s	30	30	20	3	3
气体流速/(mL/min)	250	250	250	0	250

3. 标准曲线的制备

将80μg/L的标准应用液加入样品杯中，置于样品盘上，经仪器自动稀释为0μg/L，20μg/L，40μg/L，60μg/L，80μg/L，并添加基体改进剂，在上述仪器操作条件下，测定吸光度，自动绘制标准曲线。

4. 样品测定

测定前用5mL 0.5％的硝酸将处理好的样品充分溶解，然后移至2mL样品杯，按号码顺序置于样品盘上，按标准曲线制备相同条件进行测定，同时测定试剂空白。

5. 结束

实验结束时，按操作要求，关好气源和电源，并将仪器关好，旋钮置于初始位置。

6. 计算

计算样品铅的浓度：

$$c＝m×10$$

式中　　c——样品中铅浓度，μg/L；

　　　　m——减去空白值后的血铅含量。

五、数据处理

1. 标准曲线与回归方程

本方法中仪器可自动稀释配备标准，自动多次注入样品进行测定。按实验部分第5步进行测定，铅浓度在线性范围内，标准曲线线性良好，回归方程为 $Y=0.0035X+0.0002$，回归系数 $r=0.9999$。因每次开机后环境条件、仪器性能和石墨管衰减等影响，每测一批样品均需重新制备标准曲线。

2. 方法的准确度

(1) 加标回收试验。用3份血样分别加入 $32\mu g/L$、$64\mu g/L$ 的铅标准溶液进行测定，回收率列入表2。

表2　加标回收试验结果

样品编号	本底值/($\mu g/L$)	加标量/($\mu g/L$)	加标测定值/($\mu g/L$)	回收率/%
1	40.5	32		
1	40.5	64		
2	104.3	32		
2	104.3	64		
3	83.7	32		
3	83.7	64		

(2) 血铅标准样测定。用本法对国家全血铅标准物质（GBW09132）进行3次测定，计算结果平均值，与给定的参考值相比较。

3. 方法的精密度

随机抽取3个血样，进行3次测定，所得结果列入表3。

表3　精密度试验结果

血样编号	第1次测定结果	第2次测定结果	第3次测定结果	平均值	标准差	CV/%	平均 RSD/%
1							
2							
3							

4. 共存离子的影响

在测定血铅同时测定血中 Cd、Zn、Cu、Ca 的含量，为了测定各自的加标回收率，分别加入 Cd、Zn、Cu 和 Ca 的标准液，再测定铅含量，并计算加入这些物质后对铅测定的干扰程度（见表4）。

表4　干扰试验结果

加入成分	加入浓度	未加时血铅值	加入后血铅值	干扰程度/%
Cd^{2+}	$1.6\mu g/L$			
Ca^{2+}	$0.8mg/L$			
Zn^{2+}	$0.333mg/L$			
Cu^{2+}	$0.333mg/L$			

六、思考题

1. 试比较石墨炉原子吸收光谱分析法与火焰原子吸收光谱分析法的优缺点，并说明 GF-AAS 法绝对灵敏度高的原因。

2. 下列说法正确与否？为什么？

(1) 原子化温度越高，基态气态原子密度越大。

（2）空心阴极灯工作电流越大，光源辐射的强度越大，测定的灵敏度越高。

3. 在实验中通氩气的作用是什么？为什么要用氩气？

七、参考文献

［1］Dayton T Miller，Daniel C Paschal，Elaine. Determination of blood lead with eletrothermal atomic absorption using a L'vov platform and matrix modifier［J］. Analyst，1987，112（12）：1701-1704.

［2］张源，罗文鸿，李慧. 石墨炉原子吸收光谱法测定血铅方法的改进［J］. 中华预防医学杂志，2000，34（4）：242-244.

［3］沈彤，杨仁康，张海燕. PEAA800石墨炉原子吸收光谱仪测定全血铅［J］. 中国卫生检验杂志，2001，11（5）：526-527.

☑ 实验四
火焰原子吸收光谱法测定茶叶中的微量元素

一、实验目的

1. 了解原子吸收光谱仪的分析流程以及检测原理；

2. 初步了解原子吸收光谱仪的一般操作方法；

3. 掌握一种检测痕量元素的新方法。

二、仪器的检测原理及分析流程

茶叶中含有多种人体所需的微量元素，对其测定可采用灰化法处理茶叶，但在灰化过程中会造成元素的损失。为了减少这种损失，有人用 HNO_3-$HClO_4$ 或 HNO_3-H_2O_2 为消解液，湿法消解茶叶，并用乙炔-空气火焰原子吸收光谱法测定其中微量元素。本文采用 HNO_3-H_2O_2 法消解茶叶，用火焰原子吸收光谱法测定消解液中铁、铜、锌、钙和锰5种微量元素。

原子吸收光谱法（AAS）一般有火焰原子吸收光谱法（F-AAS）和石墨炉原子吸收光谱法（GF-AAS），本实验应用 F-AAS（见图1）。基态原子吸收了特定波长的光辐射后处于激发状态，这就是原子吸收过程。F-AAS 是将被测元素化合物置于火焰下使其离解为基态原子，当元素灯发出与被测元素的特征波长相同的光辐射其强度为 I_0，在穿过火焰中有一定厚度的原子蒸气时，一部分光被原子蒸气中被测元素的基态原子所吸收，使光辐射强度降

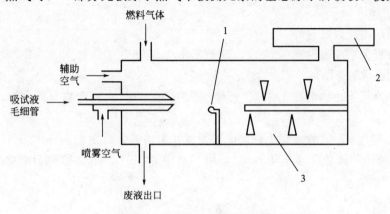

燃料气体

辅助空气

吸试液毛细管

喷雾空气

废液出口

图1　F-AAS原子化器示意图

1—撞击球；2—燃烧器；3—扰流器

低为 I，应用比尔-朗伯定律可得被测元素的含量。

$$A = \lg(I_0/I) = KCL$$

式中　A——吸光度；

　　　K——吸收系数；

　　　C——样品中被测元素浓度；

　　　L——原子化区厚度。

三、主要仪器与试剂

1. 仪器

火焰原子吸收光谱仪（美国 Perkin Elmer 公司 AA800，见图 2），Fe、Cu、Ca、Mn、Zn 空心阴极灯，实验用超纯水发生器，电子天平，电加热板，250mL 容量瓶，250mL 锥形瓶，10mL 吸量管。

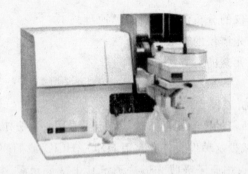

图 2　Perkin Elmer AA800 原子吸收光谱仪

2. 试剂

硝酸（优级纯），超纯水（电阻率大于 $18.2M\Omega \cdot cm$），双氧水（市售），Fe、Cu、Ca、Mn、Zn、Pb、Cd 标准溶液，含量均为 $1000\mu g/mL$（原装进口）。

四、实验步骤

1. 样品处理

（1）将样品用粉碎机粉碎。

（2）用分析天平准确称取 1.000g，置于 250mL 三角瓶中，加入 20mL 浓硝酸，搅拌均匀后盖上表面皿放置 24h。

（3）在电热板上加热至约 140℃，慢慢加入 10mL 双氧水，沸腾至冒白烟，继续加热至近干。

（4）再加入 20mL 浓硝酸硝化，按前步骤操作至溶液接近无色。

（5）用 0.5% 的硝酸定容至 100mL 备用。从中取 5mL，用钙稀释剂准确定容至 10mL 备用。

2. 样品检测

（1）开启乙炔气，乙炔气气压调整为 $0.090\sim0.100MPa$。开启循环冷却系统。打开空压机，通过减压阀将通入仪器的空气压力调整为 $0.450\sim0.500MPa$。

（2）开启原子吸收光谱仪电源，启动电脑，打开测试软件，进行联机。

（3）将仪器的操作模式设定为火焰式，调整雾化器，以调节进液流量，编写测试方法，并保存。

（4）点燃乙炔气，进行光学初始化后，仪器进入测试状态。

（5）按照编写方法进行分析测试操作。

（6）测试结束后，熄灭火焰，关闭测试软件，关闭仪器电源，排空空压机内的空气，并使减压阀内凝结的水完全排出。

（7）关闭循环冷却系统。松开减压阀，关闭乙炔气。

3. 数据记录及结果计算。

五、注意事项

实验中使用高压气体必须仔细，要注意以下事项。

1. 气瓶安装在室外通风处，不能让阳光直晒。注意气瓶的温度不能高于 40℃，离气瓶 2 米范围之内不允许有火源。气瓶要放置牢固，不能翻倒，液化气体的气瓶（乙炔，氧化亚氮等）须垂直放置，不允许倒下，也不能水平放置。

2. 使用乙炔时，必须使用乙炔专用的减压阀，不能直接让乙炔流入管道。乙炔与铜、银、汞及其合金会产生这些金属的乙炔化物，在震动等情况下引起分解爆炸，因此要避免接触这些金属。乙炔气瓶内有丙酮等溶剂，如果初级压力低于 0.5MPa，就应该换新瓶，避免溶剂流出。

3. 供应干燥空气，如果使用含湿气的空气，水汽有可能附着在气体控制器的内部，影响正常操作。最好在空气压缩机或空气钢瓶出口的管路中装一个除湿的气水分离器。

4. 气体使用之后，必须关掉截止阀和主阀。

5. 定期检查压力表，使保持正常。

6. 使用合格的调压器和接头。当安装钢瓶的调压器时，要除去钢瓶出口处的尘土。不能用坏的漏气的接头安装调压器，否则会漏气。不要过分用力地安装调压器，实在不好安装宁可换用新气瓶。

7. 打开钢瓶前，确认截止阀是关着的。向左转动次级压力调节阀，用专用的手柄打开钢瓶。假如主阀太紧打不开，不要用锤子和扳手敲击手柄或主阀。在打开主阀后，用肥皂水检查调压器和接头处以及主阀的连接处是否漏气。氧化亚氮、氩气和氢气钢瓶的主阀要完全打开。如果不完全打开，可能引起气体流量波动。乙炔钢瓶的主阀只能从完全关闭的状态下打开 1 圈或 1.5 圈。为了防止丙酮从钢瓶流出，不要打开超过 1.5 圈。与此相反，如果乙炔主阀打开不足，则当火焰从空气-乙炔火焰切换到氧化亚氮-乙炔火焰时，容易因乙炔流量不够而引起回火。

六、思考题

1. 试叙述火焰原子光谱吸收法的检测原理。

2. 简述原子吸收光谱法的准确度一般优于原子发射光谱法的主要原因何在？

3. 在原子吸收光谱法中，为什么要使用锐线光源？空心阴极灯为什么可以发射出强度大的锐线光源？

4. 说明原子吸收光谱仪的主要组成部件及其作用。

七、参考文献

[1] 余磊，彭湘君，李银保等. 原子吸收光谱法测定茶叶中 7 种微量元素 [J]. 光谱实验室，2006，23（5）：962-965.

[2] 王淑荣. 火焰原子吸收光谱法测定不同种类茶叶中的微量元素 [J]. 渭南师范学院学报，2004，19（5）：42-43.

☑ **实验五**

ICP-OES 测定生活用水中 Ca、Mg 的含量

一、实验目的

1. 了解 ICP-OES 的检测原理以及分析流程；
2. 初步了解 ICP-OES 的一般操作方法；
3. 掌握一种检测痕量金属元素的新方法。

二、仪器的检测原理及操作流程

电感耦合等离子体发射光谱法（inductivity coupled plasma optical emission spectrome-try，ICP-OES）是以等离子体原子发射光谱仪为手段的分析方法，它通过 ICP 高的热能把基态原子的外层电子激发到激发态，使其电离成离子。处于激发态的原子和离子极不稳定，跃迁到基态或中间其他较低能级上，释放出不同波长的特征谱线，通过识别这些元素谱线的强度与试样中元素含量的关系来计算试样中各元素的含量。

ICP-OES 法的优点是：①检出限低，可准确分析含量达到"μg/L"级的元素，而且很多常见元素的检出限达到零点几"μg/L"；②分析精度非常高、线性范围宽，在一次测定中，既可测百分含量级的元素浓度，也可同时测"μg/L"级浓度的元素，这样就避免了高浓度元素要稀释、微量元素要富集的操作，既提高了测定速度，又减少了烦琐的处理过程中不可避免产生的误差；③多种元素可以同时测定。因此，与其他分析技术如原子吸收光谱、X 射线荧光光谱等方法相比，ICP-OES（见图 1）显示了较强的竞争力。在国外，ICP-OES已迅速发展为一种极为普遍、适用范围广的常规分析方法，并已广泛应用于各行业，进行多种样品测定，目前也已在我国高端分析测试领域广泛应用。

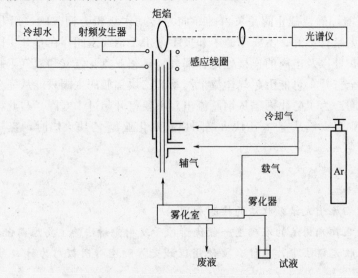

图 1　ICP-OES 的结构示意图

三、主要仪器与试剂

1. 仪器

ICP-OES（美国 Perkin Elmer Optima 2100DV，见图 2）、实验用超纯水发生器、1000mL 烧杯，250mL 容量瓶、10mL 吸量管。

图 2　Perkin Elmer Optima 2100DV 等离子体原子发射光谱仪

2. 试剂

硝酸（优级纯）、钙标准溶液 1000μg/mL（原装进口）、镁标准溶液 1000μg/mL（原装进口）、超纯水（电阻率大于 18.2MΩ·cm）、实验用高纯氩气（纯度为 99.99％）。

四、实验步骤

① 水样前处理，将含有少量的悬浮物或沉淀物的水样通过微孔过滤膜（0.45μm）过滤。

② 用 5％硝酸稀释钙镁混合标准溶液。

③ 开启氩气，氩气气压调整为 0.550～0.825MPa。开启循环冷却系统，水压调整为 0.310～0.550MPa。打开空压机，通过减压阀将通入 ICP 的空气压力调整为 0.550～0.825MPa。

④ 按顺序开启 ICP 电源，启动电脑，打开测试软件，进行联机，合上传输泵，调整进液流量为 1.5mL/min，编写测试方法，并保存。

⑤ 等离子体枪点火启动，进行光学初始化后，仪器进入测试状态。

⑥ 按照编写方法进行分析测试操作。

⑦ 测试结束后，熄灭等离子体，继续保持传输泵转动 2～5min，用以清洗雾化器。

⑧ 雾化器清洗结束后，待其内的所有液体排出后，依次关闭传输泵，关闭测试软件，关闭 ICP 电源，排空空压机内的空气，并使减压阀内凝结的水完全排出，关闭循环冷却系统，松开减压阀，关闭氩气。

五、注意事项

1. 测试完毕后，必须继续保持传输泵转动几分钟，再关机，以免试样沉积在雾化器口。

2. 先降高压，熄灭 ICP 炬，再关冷却气，冷却水。

3. 等离子体发射很强的紫外光，易伤眼睛，应通过有色玻璃防护窗观察 ICP 炬。

六、数据记录及结果计算

$$总硬度（以 CaCO_3 计,mol/L）=(c_{Ca}/40 + c_{Mg}/24)\times 100$$

式中　c_{Ca}——水中 Ca^{2+} 的浓度，g/L；

　　　c_{Mg}——水中 Mg^{2+} 的浓度，g/L。

七、思考题

1. 试叙述 ICP-OES 的检测原理操作过程。
2. 为什么 ICP 光源能够提高原子发射光谱分析的灵敏度和准确度？
3. 查阅测定水硬度的其他方法。

八、参考文献

[1] 赵宁，郭盘江，雷然. ICP-OES 测定两种松树中的矿质元素 [J]. 光谱实验室，2009，26（1）：74-77.
[2] 万益群，潘凤琴，柳英霞. 电感耦合等离子体原子发射光谱法测定白酒中 23 种微量元素 [J]. 光谱学与光谱分析，2009，29（2）：499-503.

☑ 实验六
分子荧光光度法测定海水中的镁

一、实验目的

1. 学习荧光分析法的基本原理，掌握激发光谱和荧光光谱的制作方法；
2. 了解 LS-45 分子荧光光度计的构造，掌握使用方法。

二、实验背景及原理

海水常量元素亦称"海水大量元素"，即海水的主要成分。海水中含有的 80 多种元素，除氧和氢外，含量大于 1mg/L 的只有 12 种，即氯、钠、硫、镁、钙、钾、碳、溴、锶、硼、氟和硅。除硅以外（它是生物营养盐，故不列为海水常量元素），其余的 11 种成分（元素）称为海水的常量元素（主要成分）。这 11 种元素占海水中总盐分的 99.9%。由于这些元素的含量大，也较稳定，又称为保守成分。经过多次对不同海区的水样测定结果表明：不论海水的盐度大小，这些元素的浓度之间的比值几乎是常数，这种关系称为"海水组成的恒定性"，这就是称海水的主要成分为保守元素的根据。海水之所以具有这种特性，主要是海水的成分是在悠久的地质年代中形成的，加上海洋的环流不断将海水进行混合，使其成分比较均匀和稳定，蒸发和降水不能改变各成分间的相对比值；河流的影响也仅仅是局部的。

当分子吸收了紫外或可见光的辐射后，它的价电子就由基态跃迁至激发态。如果处于激发态的分子在很短的时间内（约 10^{-8}s）以发射辐射的方式释放这一部分能量，所发射光的波长可以同它所吸收光的波长相同，也可以不同，这一现象称为光致发光。最常见的光致发光现象是荧光。

对于一个荧光物质来说，其荧光光谱能反映物质的特性，并且在一定条件下其荧光峰值是固定的，可以用来进行定性分析；而当被测物质浓度很低时（试液吸收的激发光<2%），荧光强度与该物质的浓度有以下关系：

$$F=K\Phi_f I_0 \varepsilon cL \tag{1}$$

式中 K——仪器常数，不同的仪器 K 值不同；

Φ_f——荧光量子效率，在一定条件下为一常数；

I_0——激发光强度；

ε——物质的摩尔吸光系数，L/(mol·cm)；

c——荧光物质浓度，mol/L；

L——测量池长，cm。

当激发光的强度 I_0 一定且 L 固定不变时，有

$$F = K'c \tag{2}$$

即荧光强度与荧光物质的浓度成正比。

同分光光度法相比，分子荧光光度法具有灵敏度高、取样量少等特点，另外还可利用物质的荧光光谱进行结构分析。在实际应用中，若被测物质本身有荧光，就可直接测量。但由于许多物质本身不会发生荧光，则可用荧光试剂与其反应，生成可以发荧光的物质，再对其进行测定。由于荧光试剂较少，使得分子荧光法在应用范围上受到一定的限制。

在荧光光度法测定镁的工作中，应用了很多荧光试剂，但灵敏度一般不高。而在阳离子表面活性剂溴化十六烷基三甲铵（CTMAB）存在下，镁与铁试剂（7-碘-8-羟基喹啉-5-磺酸）在 pH 为 8.0～10.0 的弱碱性溶液中生成稳定的络合物。此络合物在紫外光（$\lambda_{ex}=$ 391nm）照射下会发出黄绿色荧光，最大发射波长在 500nm 左右。方法的线性范围是每 25mL 0～30μg，海水中其他共存离子在测量条件下不干扰测定，且体系的稳定性好，是个良好、快速的分析方法。另外，此法还可以用于各种天然水、饮用水及试剂中微量镁的测定。

三、主要仪器与试剂

1. 仪器

（美国 Perkin Elmer 公司）LS-45 分子荧光光度计，容量瓶。

2. 试剂

（1）镁标准溶液。称取 $MgSO_4 \cdot 7H_2O$ 5.0750g 于 250mL 烧杯中，加少量水溶解后移入 500mL 容量瓶，用水稀释至刻度，摇匀。此溶液每毫升含镁 1.000mg，作为贮备溶液。用时稀释为 1.0μg/mL 的工作溶液。

（2）3×10^{-4} mol/L 铁试剂溶液。称取铁试剂 0.0527g 于 100mL 烧杯中，以少量的水溶解，用稀氨水调节至中性后移入 500mL 容量瓶中，用水稀释至刻度，摇匀。

（3）0.5mol/L 醋酸铵缓冲溶液：用 1mol/L 的 NaOH 溶液调节 pH 为 8.5。

（4）3×10^{-3} mol/L CTMAB 溶液。称取溴化十六烷基三甲铵 0.5467g，溶于 500mL 水中。

四、实验步骤

1. 激发光谱和发射光谱的绘制

于 25mL 容量瓶中，加入镁工作溶液（1.0μg/mL）2.5mL，补加蒸馏水至 10mL 左右，依次加入 3.0mL 醋酸铵缓冲溶液、5.0mL 铁试剂溶液、2.0mL CTMAB 溶液，用水稀释至刻度，摇匀。10min 后进行测定。

先将发射单色器的发射波长 λ_{em} 固定在 500nm，然后令激发单色器扫描，在 300～450

nm 波长范围内记录络合物的激发光谱，从图谱上找出最大激发波长 $\lambda_{ex \cdot max}$。

将激发单色器的激发波长固定 $\lambda_{ex \cdot max}$ 处，然后令发射单色器扫描，在 $450 \sim 550nm$ 波长范围内记录络合物的发射光谱即荧光光谱，从图谱上找出最大发射波长 $\lambda_{cm \cdot max}$。

以后测定均在最大激发波长 $\lambda_{ex \cdot max}$ 和最大发射波长 $\lambda_{cm \cdot max}$ 下进行，读取荧光强度值数据。

2. 标准曲线的制作

取 6 个 25mL 容量瓶，分别加入镁工作溶液（$1.0\mu g/mL$）0.0mL、0.5mL、1.0mL、1.5mL、2.0mL、2.5mL，并分别补加蒸馏水至约 10mL。于各瓶中依次加入 3.0mL 醋酸铵溶液、5.0mL 铁试剂溶液、2.0mL CTMAB 溶液，用水稀释至刻度，摇匀。10min 后测量各溶液的荧光强度，以荧光强度对浓度作图。

3. 试样中镁的测定

取若干毫升海水试样（调为中性），置于 25mL 容量瓶中，补加蒸馏水至约 10mL，操作同标准曲线的制作。在标准曲线上查出 Mg^{2+} 的浓度，计算水样中 Mg^{2+} 的含量（$\mu g/L$）。

五、注意事项

配制溶液过程中，加入表面活性剂 CTMAB 应小心，防止溶液起泡沫，否则很难定容。

六、思考题

1. 分子荧光光度计主要由哪几部分组成？它与分光光度计的主要区别在哪里？

2. 在什么条件下荧光强度才与荧光物质的浓度成正比关系？

3. 为什么荧光分析法有较好的选择性？

七、参考文献：

[1] 陈国珍. 海水痕量元素分析 [M]. 北京：海洋出版社，1990.
[2] 张桂香. 分子荧光光度法测定海水中痕量铝 [J]. 海湖盐与化工，2004，33（3）：10-13.

☑ 实验七
微波辐射合成和水解乙酰水杨酸

一、实验目的

1. 学习微波合成的有关原理和操作技术；

2. 学习乙酰水杨酸的制备方法及水解意义。

二、实验背景及原理

微波是指电磁波谱中位于远红外与无线电波之间的电磁辐射，微波能量对材料有很强的穿透力，能对被照射物质产生深层加热作用。对微波加热促进有机反应的机理，目前较为普遍的看法是极性有机分子接受微波辐射的能量后会发生每秒几十亿次的偶极振动，产生热效应，使分子间的相互碰撞及能量交换次数增加，因而使有机反应速度加快。另外，电磁场对反应分子间行为的直接作用而引起的所谓"非热效应"，也是促进有机反应的重要原因。与传统加热法相比，其反应速度可快几倍至上千倍。目前微波辐射已迅速发展成为一项新兴的合成技术。

乙酰水杨酸（aspirin）是人们熟悉的解热镇痛、抗风湿类药物。人工合成乙酰水杨酸已有上百年的历史，1859 年 Kolbe 首先用干燥的苯酚钠和二氧化碳在 4～7atm[1] 下发生反应，合成了制备乙酰水杨酸的主要原料水杨酸。1898 年，霍夫曼用水杨酸与醋酸酐反应首次合成了乙酰水杨酸。

目前主要用水杨酸和乙酸酐在浓硫酸或浓磷酸催化下制备而得，它有腐蚀设备、污染环境、反应速度慢、产率低、易发生副反应等缺点。与传统酸催化法相比，微波辐射碱催化法具有明显的优点，如反应时间缩短，酸酐用量减少，合成收率提高。获得较好结果的原因是采用了较好的合成途径和微波辐射技术，碱催化方法可避免副产物（主要是聚水杨酸）的生成，微波辐射技术则大大提高了反应速率。

乙酰水杨酸有一个酯键和一个羧基，酯键易水解，水解后其药用价值虽未降低，但有很大副作用，因此，研究乙酰水杨酸的水解也是很有意义的。

合成和水解反应的原理如下：

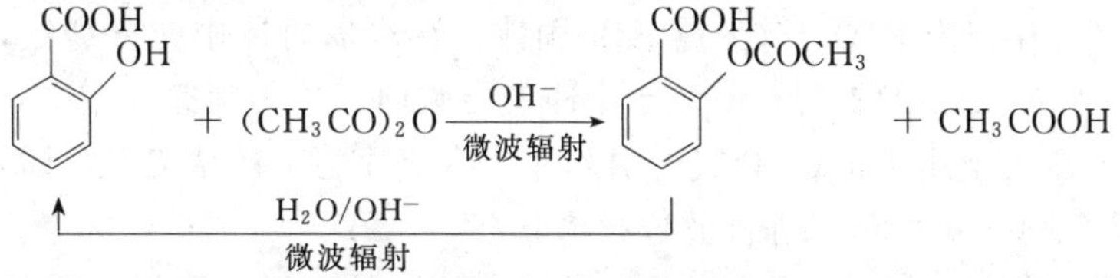

乙酰水杨酸碱性水解时首先形成中间配合物，然后分解成水杨酸。

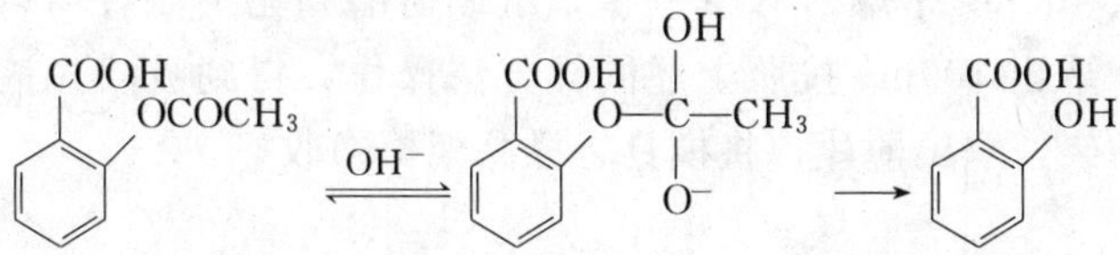

有关文献报道，在过量碱存在条件下，在 35℃时乙酰水杨酸完全水解需要 1h，在 100℃时只需 20s。采用传统加热方式加热，整个水解过程需用 10min 左右。采用微波辐射水解，在输出功率为 495W 的条件下，微波辐射仅 40s，水解反应的产率近 100%。这一反应可将基础实验中制备的乙酰水杨酸产品回收再利用，避免浪费和污染环境。

三、主要仪器与试剂

1. 仪器

圆底烧瓶（100mL）、烧杯（250mL）、锥形瓶（100mL）、移液管（5mL）、量筒、布氏漏斗、抽滤瓶、球形冷凝管、真空干燥箱、微波反应器、电子天平、熔点测定仪、红外光谱仪。

2. 试剂

水杨酸、乙酸酐、碳酸钠、盐酸、氢氧化钠、95%乙醇、2%$FeCl_3$、活性炭。

四、实验步骤

1. 微波辐射碱催化合成乙酰水杨酸

在 100mL 干燥的圆底烧瓶中加入 2.0g（0.014mol）水杨酸和约 0.1g 碳酸钠，再用移

---

❶ 1atm＝101325Pa。

液管加入 2.8mL（3.0g，0.029mol）乙酸酐，振荡，放入微波反应器中，在微波辐射输出功率 495W（中档）下，微波辐射 20～40s。稍冷，加入 20mL pH＝3～4 的盐酸水溶液，将混合物继续在冷水中冷却使之结晶完全。减压过滤，用少量冷水洗涤结晶 2～3 次，抽干，得乙酰水杨酸粗产品。

粗产品用乙醇水混合溶剂（1 体积 95％的乙醇＋2 体积的水）约 16mL 重结晶，干燥，得白色晶状乙酰水杨酸 2.4g（收率 92％），熔点 135～136℃。产品结构还可用 2％FeCl$_3$ 水溶液检验或用红外光谱仪测试。

2. 微波辐射水解乙酰水杨酸

在 100mL 锥形瓶中加入 2.0g（0.01mol）乙酰水杨酸和 40mL 0.3mol/L NaOH 水溶液，在微波辐射输出功率 495W（中档）下，微波辐射 40s。冷却后，滴加 6mol/L HCl 至 pH＝2～3，置于冰水浴中令其充分冷却，减压过滤，水杨酸粗产品用蒸馏水重结晶，活性炭脱色，干燥，得白色针状水杨酸约 1.1g（收率 80％），熔点 153～156℃。

3. 乙酰水杨酸的红外光谱测定

（1）纯 KBr 薄片扫描本底。取少量 KBr 固体，在玛瑙研钵中充分磨细，并将其在红外灯下烘烤 10min 左右。取出约 100mg 装于干净的压膜内（均匀铺撒并使中心凸起），在压片机上于 29.4MPa 压力下压 1min，制成透明薄片。将此片装于样品架上，插入红外光谱仪的试样安放处，从 4000～600cm^{-1} 进行波数扫描。

（2）扫描固体样品。取 1～2mg 乙酰水杨酸产品（已经经过干燥处理），在玛瑙研钵中充分研磨后，再加入 400mg 干燥的 KBr 粉末，继续研磨到完全混合均匀，并将其在红外灯下烘烤 10min 左右。取出 100mg 按照上述同样方法操作，得到吸收光谱，并和标准谱图比较，最后，取下样品架，取出薄片，将模具、样品架擦净收好。

五、注意事项

1. 合成乙酰水杨酸的原料水杨酸应当是干燥的，乙酸酐应是新开瓶的。如果打开使用过且已放置较长时间，使用时应当重新蒸馏，收集 139～140℃ 的馏分。

2. 乙酰水杨酸易受热分解，因此熔点不是很明显，它的分解温度为 128～135℃，熔点文献值为 136℃。测定熔点时，应先将热载体加热至 120℃ 左右，然后再放入样品测定。

3. 不同品牌的微波反应器所用微波条件略有不同，微波条件的选定以使反应温度达 80～90℃ 为原则。使用的微波功率一般选择 450～500W 之间，微波辐射时间为 20～40s。此外，微波炉不能长时间空载或近似空载操作，否则可能损坏磁控管。

六、思考题

1. 制备乙酰水杨酸反应中有哪些副产物？如何除去？

2. 阿司匹林在沸水中受热时，分解而得到一种溶液，后者对三氯化铁呈阳性试验，试解释之，并写出反应方程式。

七、参考文献

[1] Gedye R N，Smith F E，Westay K C. The Use of Microwave Ovens for Rapid Organic Synthesis [J]. Tetrahedron Lett，1986，27（3）：279-282.
[2] 杨新斌，钟国清，曾仁权. 微波辐射合成乙酰水杨酸的研究 [J]. 精细石油化工，2003，（4）：17-18；19.
[3] 常慧，杨建男. 微波辐射快速合成阿司匹林 [J]. 化学试剂，2000，22（5）：313.

[4] 郝京诚，汪汉卿. 乙酰水杨酸在微乳液中水解动力学研究 [J]. 化学学报，1997，55：761-765.

☑ 实验八

[Co(Ⅱ) Salen] 配合物的制备和载氧作用

一、实验目的

1. 通过 [Co(Ⅱ Salen] 配合物的制备掌握无机合成中的一些基本操作技术；

2. 通过 [Co(Ⅱ Salen] 配合物的吸氧量测定和放氧观察，了解某些金属配合物的载氧作用机制。

二、实验原理

在自然界的生物体中，有许多含有过渡金属离子的蛋白，其中有些金属蛋白，在一定条件下，能够吸收和放出氧气，以供有机体生命活动的需要。例如，含铁的肌红蛋白、血红蛋白、含铜的血清蛋白和含钒的血钒蛋白等，这些天然的载氧体结构复杂，很早就被发现。在一些比较简单的无机配合物中也观察到类似的现象，人们常用一些简单无机配合物的吸氧、放氧作用来模拟研究一些金属蛋白的载氧机理，其中研究得最多的是钴的配合物。如双水杨缩乙二胺合钴 [Co(Ⅱ) Salen]（见图 1）。

本实验以 [Co(Ⅱ) Salen] 为例来观测配合物的吸氧和放氧作用。由水杨醛与乙二胺反应所生成的配体与醋酸钴作用生成 [Co(Ⅱ) Salen] 配合物，其反应式如下：

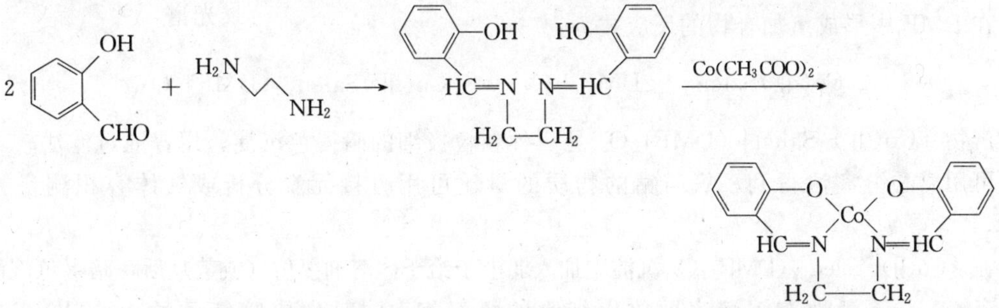

图 1　双水杨缩乙二胺合钴 [Co(Ⅱ) Salen] 的制备反应式

在合成配合物 [Co(Ⅱ) Salen] 时，首先制得的一种是棕色黏状物，为活性型 [Co(Ⅱ) Salen]。将活性型 [Co(Ⅱ) Salen] 在无氧及 70～80℃条件下搅拌 1 小时，则得另一种暗红色结晶，为非活性型 [Co(Ⅱ) Salen]。它们都是双聚体配合物，其结构如图 2 所示。

活性型 [Co(Ⅱ) Salen] 是由一个 [Co(Ⅱ) Salen] 分子中的 Co 原子与另一个 [Co(Ⅱ) Salen]分子中的 Co 原子相连接而成的双聚体（$D_{Co-Co}=0.345nm$），在室温下能迅速吸收氧气，在较高温度下放出氧气，这种循环作用可以进行多次，但载氧能力随着循环的进行而不断降低。

非活性型 [Co(Ⅱ) Salen] 是由一个 [Co(Ⅱ) Salen] 分子中的 Co 原子和 O 原子分别与另一个 [Co(Ⅱ) Salen] 分子中的 O 原子和 Co 原子相连接而成的双聚体（$D_{Co-O}=0.226nm$），在室温下稳定，不吸收氧气。

某些溶剂（L），如二甲亚砜（DMSO）、二甲基甲酰胺（DMF）、吡啶（Py）等，与非

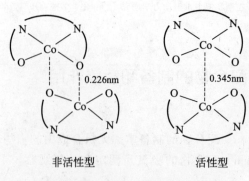

非活性型　　　　　　　　　活性型

图 2　［Co（Ⅱ）Salen］结构

活性型［Co（Ⅱ）Salen］配位而成活性型的［Co（Ⅱ）Salen］$_2$L$_2$ 后，能在室温下迅速吸收氧气而形成 1∶1 型［Co（Ⅱ）Salen］LO$_2$ 或 2∶1 型［Co（Ⅱ）Salen］$_2$L$_2$O$_2$ 加合物（见图 3）：

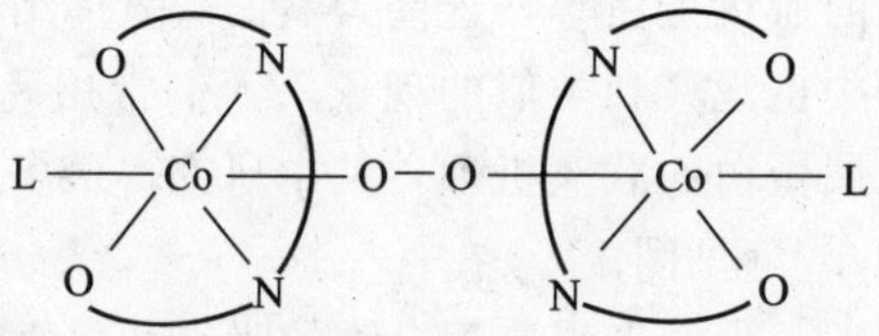

$$L—Co \underset{O}{\overset{O\quad N}{\quad}} O—O \quad Co—L$$

图 3　［Co（Ⅱ）Salen］$_2$L$_2$O$_2$ 加合物结构示意图

在 DMF 中形成氧加合物的反应式为：

$$2[Co(Ⅱ)Salen] + 2DMF + O_2 \longrightarrow [Co(Ⅱ)Salen]_2(DMF)_2O_2$$

产物［Co（Ⅱ）Salen］$_2$（DMF）$_2$O$_2$ 是一种颗粒极细的暗褐色沉淀，用普通过滤法较难分离，可用离心分离法得到。氧与钴的物质的量比可用直接元素分析或气体容积测量方法测定。

在［Co（Ⅱ）Salen］$_2$（DMF）$_2$O$_2$ 沉淀中加入弱电子给予体溶剂氯仿（或苯）后，暗褐色沉淀将慢慢溶解，并不断地在沉淀表面放出细小的氧气泡，同时生成暗红色的［Co（Ⅱ）Salen］溶液。

$$[Co(Ⅱ)Salen]_2(DMF)_2O_2 \xrightarrow{CHCl_3} 2[Co(Ⅱ)Salen] + 2DMF + O_2\uparrow$$

三、主要仪器与试剂

1. 仪器

三口烧瓶、冷凝管、水浴、水封、锥形瓶、恒压滴液漏斗、三通活塞、带刻度 U 形管、烧杯、电子恒速搅拌器、磁力搅拌器、真空干燥箱。

2. 试剂

95% 乙醇、水杨醛、乙二胺、醋酸钴、DMF（或 DMSO）、氯仿、氮气。

四、实验步骤

1. 非活性型［Co（Ⅱ）Salen］的制备

在制备装置（图4）的250mL三口烧瓶中注入80mL95％乙醇，再注入1.6mL水杨醛。在搅拌情况下，注入0.7mL70％（或0.5mL99％）乙二胺，让其反应4～5min。此时生成亮黄色的双水杨缩乙二胺片状晶体。然后向三口烧瓶中通入氮气赶尽装置中的空气，再调节氮气流使速度稳定在每秒1～2个气泡。这时让冷却水进入冷凝管，并开始加热水浴使温度保持70～80℃。溶解1.9g醋酸钴于15mL热水中，在亮黄色片状晶体全部溶解后，把醋酸钴溶液迅速倒入三口烧瓶中，立即生成棕色的胶状沉淀，在70～80℃时搅动40～50min，在这段时间内棕色沉淀慢慢转为暗红色晶体。移去水浴用冷水冷却反应瓶，再中止氮气流。抽滤晶体，用5mL水洗涤三次，然后用5mL95％乙醇洗涤。在真空干燥箱中干燥（或红外灯烘干）产品，最后称重并计算产率。

2. ［Co(Ⅱ) Salen］配合物的吸氧测定

首先检查吸氧装置（图5）是否漏气。关闭6，旋转三通活塞4，使2、3与U形管5相通，向U形管敞口的一边加入少量水，使其左右有一液面差。如果U形管中的液面仅在开始时稍有下移，以后即维持恒定，这表明装置不漏气；如果液面继续下降则表明装置漏气。这时应检查各接口处是否密闭，经检查和调整后，再重复试验，直到不漏气为止。

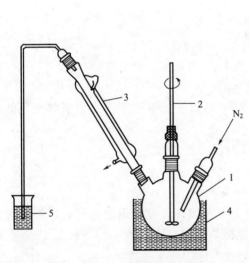

图4 制备装置

1—三颈瓶；2—搅拌器；3—冷凝管；

4—水浴；5—水封

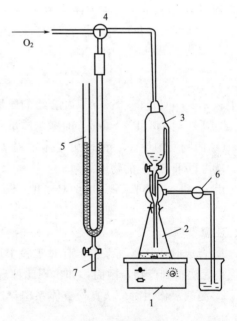

图5 吸氧装置

1—磁力搅拌器；2—锥形瓶；3—恒压滴液漏斗；

4—三通活塞；5—带刻度U形管；6，7—活塞

准确称取0.05～0.1g的［Co(Ⅱ) Salen］配合物，放入2中，并放入磁子。然后量取5～8mL DMF（或DMSO）放入3中，注意此时不能让DMF进入2中。旋转三通活塞4使O₂进入3、2中，赶去装置中的空气并使整个装置中充满氧气，气体从6处放出，约几分钟后，关闭O₂，并关紧6。这时旋转4使2、3与5相通，调节7使两液面在同一水平，这时装置内的压力与大气压力相等，读出和体系相连一端U形管中液面的刻度。打开活塞使DMF流入2中，并同时开启磁力搅拌器1，一直到U形管中液面不再明显变化

为止（约20～30min），这时给 U 形管中加水，使两液面相平，读取读数，此读数与第一次读数之差即为吸氧体积。平行测量三次，每次锥形瓶 2 必须干燥。读取此时的温度和大气压。

3. 加合物在氯仿中反应的观察

把上面的气体测量的氧加合物 [Co(Ⅱ) Salen]$_2$(DMF)$_2$O$_2$ 转移到两个离心管中，使这两个离心管保持重量平衡，然后在离心机上离心分离使沉淀沉积在离心管底部，小心除去上层溶液，得到暗褐色的加合物固体保留在离心管底部，沿管壁慢慢注入 3mL 氯仿，不要摇动或搅动，细心观察管内所发生的现象。

4. 数据处理

(1) [Co(Ⅱ) Salen] 配合物的吸氧体积表 1。

室温：_____℃　大气压：_____ mmHg　室温时饱和水蒸气压：_____ mmHg

表 1 [Co(Ⅱ) Salen] 配合物的吸氧体积

No.	样品质量/g	吸氧体积/mL	平均体积/mL
1			
2			
3			

(2) O：[Co(Ⅱ) Salen] 物质的量之比的计算。[Co(Ⅱ) Salen] 的物质的量 n_1：

$$n_1 = \frac{m}{M}$$

式中　m——[Co(Ⅱ) Salen] 配合物的质量；

M——[Co(Ⅱ) Salen] 的摩尔质量，325g/mol。

O$_2$ 的物质的量 n_2：由理想气体方程 $pV = nRT$，测得一定温度和压力下吸收氧气的体积，就可以求出 O$_2$ 的物质的量 n_2。

由 n_1 和 n_2 即可求得 O$_2$：[Co(Ⅱ) Salen] 的物质的量之比。

五、注意事项

1. 合成时注意氮气保护；有时实验中反应得到棕色固体，搅拌迅速溶解，再经长时间反应也无法得到产物，因而，如出现此种现象，应提早重做。

2. 测载氧作用时，认真检查体系密封性。

六、思考题

1. 在制备 [Co(Ⅱ) Salen] 配合物过程中通氮起何作用？

2. [Co(Ⅱ) Salen] 配合物在溶剂 DMF 和 CHCl$_3$ 有两种性质截然不同的吸氧和放氧作用，试从溶剂的性质来解释其所起的作用？

3. 观察并解释加合物在氯仿中的现象，并用反应方程式表示。

七、参考文献

[1] 王伯康. 综合化学实验 [M]. 南京：南京大学出版社，2000.
[2] 胡道道，房榕，侯莉莉. Co(Salen) 载氧实验装置的改进 [J]. 化学通报，1992，(3)：43-44.
[3] Appleton T G. Oxygen uptake by a cobalt (Ⅱ) complex. An undergraduate experiment [J]. J Chem Educ，1977，54

(7)：443-444.

[4] Ochiai E I. A laboratory program for bioinorganic chemistry [J]. J Chem Educ，1973，50 (9)：610-611.

☑ 实验九
槐米中芦丁的提取、分离、水解及其水解产物的分离和鉴定

一、实验目的

1. 学习天然产物芦丁的简单提取、水解等方法；

2. 了解色谱柱的装填及使用方法；

3. 学会薄层色谱的制备及使用；

4. 了解纸色谱的使用。

二、实验背景及原理

　　槐米系豆科属植物槐树的花蕾，槐米主要成分芦丁含量高达 12%～20%。芦丁（rutin）亦称芸香苷（rutionside），为维生素 P 类药物，有助于保持毛细血管的正常弹性和调节毛细管壁的渗透作用，临床上用于治疗高血压的辅助药物和毛细管性止血药。此外，对放射性伤害所引起的出血症也有一定的治疗作用。

　　芦丁与其苷元槲皮素均难溶于水，为了改善其在水中的溶解性能，增强其药理活性，人们对其进行了长期而又有效的研究，包括化学结构的改造，衍生物、复合物的制备，无机酸酯盐以及 β-环糊精包合物和共沉淀物的研制等。为了提高芦丁的提取效率，避免资源浪费，摸索一种有效的芦丁提取方法也显得尤为重要。目前可采用的提取方法有浸渍法、有机溶剂提取法、碱提酸沉法、连续萃取法和微波法等，其中最常用、工艺较成熟的是石灰水法，但该法存在要求条件高、且产品纯度不高等缺点。

　　芦丁在沸水中的溶解度相当大（约 0.5g/100g 水），而在冷水中的溶解度很小（约 0.01g/100g 水），所以可用水煮沸的方法提取。芦丁与其他水溶性化合物可借聚酰胺柱色谱予以分离。在提取芦丁过程中，少量芦丁发生水解，其水解产物主要有苷元槲皮素（quercetin）、鼠李糖和葡萄糖。这些成分可用薄层色谱和纸色谱与标准样对照加以确认。

　　芦丁为淡黄色针状结晶，含 3 分子结晶水，其熔点为 174～178℃。不含结晶水的芦丁熔点 188℃，含 2 分子结晶水的槲皮素熔点 313～314℃，不含结晶水的槲皮素熔点 316℃，它们的结构如下：

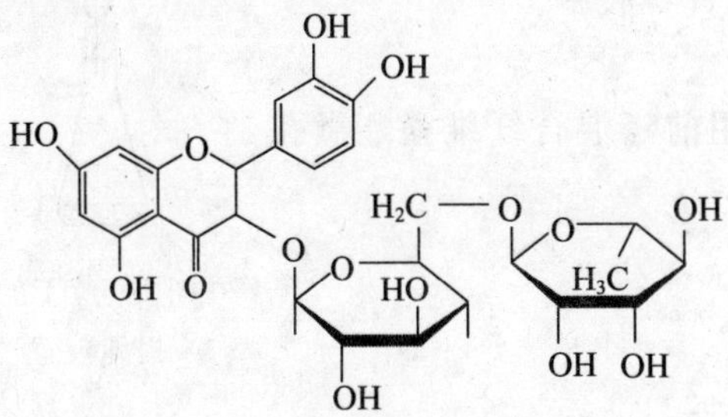

芦丁(rutin) 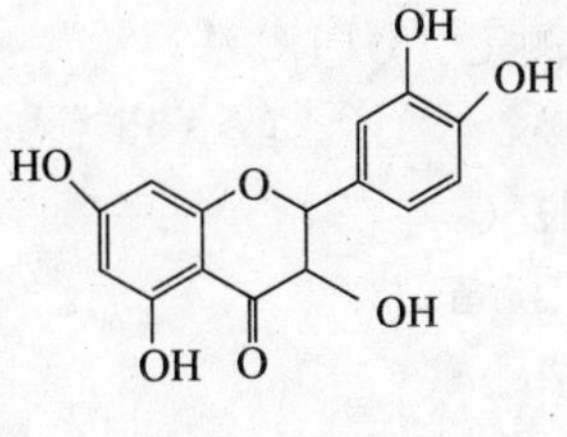　　　　　　　　　　槲皮素(quercetin)

三、主要仪器与试剂

1. 仪器

500mL 烧杯、布氏漏斗、抽滤瓶、色谱柱、硅胶 G 板、色谱缸、锥形瓶、圆底烧瓶、蒸馏头、冷凝管、温度计、球形冷凝管、烘箱、紫外灯、液相色谱仪。

2. 试剂

槐米、甲醇、硅胶（60～100 目）、聚酰胺（粒度 60～100 目）、乙酸乙酯、丁酮、甲酸、硫酸、乙醇、氯仿、氢氧化钠、正丁醇、醋酸、苯胺、邻苯二甲酸、葡萄糖、鼠李糖。

四、实验步骤

1. 芦丁的提取、纯化

（1）芦丁的提取。将粉碎好的槐米 10g 倒入 500mL 烧杯中，加沸水 150mL，煮沸 1h（在煮的过程中，可补加水），趁热用纱布过滤，残渣中加入 100mL 水，再煮沸 30min，共进行两次，将三次滤液合并，放置，冷却，即有大量黄色沉淀生成，然后进行抽滤。

（2）芦丁的提纯。将以上所得到的粗芦丁约 1.5g（或湿芦丁 3g），加甲醇 5～8mL，使之溶解，再加柱色谱用硅胶（60～100 目）3～4g，用刮刀轻轻搅拌，在水浴上赶去甲醇（通风橱内进行），待用。

将色谱柱垂直夹在铁架台上。若柱底没有玻璃砂芯，可稍加一点玻璃毛，以防填料漏出。关闭柱塞（不要涂油脂），加蒸馏水约至色谱柱一半高。将 6g 色谱分离用聚酰胺（粒度 60～100 目）倒在烧杯中，加蒸馏水 50mL，轻轻转摇拌和均匀（不要用搅棒搅动，防止颗粒太细），再打开柱塞使柱内水不断流出的同时，把烧杯内的聚酰胺缓缓加入，边加边用套有橡皮管的玻璃棒轻轻敲打色谱柱，使填料装填均匀，无气泡。当色谱柱顶部水下降到距聚酰胺层约 1.5 厘米时，关闭柱塞。将上述拌好硅胶的粗芦丁样品均匀倒入柱内，用刮刀轻轻铺平，勿有气泡，再盖上剪好的圆形滤纸。连好如图 1 所示装置。

用 70%工业乙醇洗脱，当有淡黄色液体从柱下流出时开始收集洗脱液，每次约 25mL，共 6 瓶，依次编好接收瓶号。

取 2.5cm×7.5cm 的硅胶 G 板，每板上点芦丁标准样与接收瓶中的溶液，放入色谱缸中，加盖，进行展开（展开剂为：乙酸乙酯：丁酮：甲酸：水 = 5：3：1：1）。当展开剂前沿距板端约 1 厘米时，取出，晾干。

在紫外灯下观察斑点，将只含芦丁的接收瓶溶液合并入一圆底烧瓶中，蒸馏，蒸去大部分溶剂后（约留 25mL 溶液），趁热倾入一只 100mL 的锥形瓶内，冷却即有芦丁析出，抽滤，晾干，计算收率。

2. 芦丁含量测定（HPLC 法）

流动相：甲醇、4.3%乙酸（55：45），应用前经混合纤维素酯微孔滤膜过滤，超声脱气。

流速：1.0mL/min。

进样量：20μL。

检测波长：254nm。

芦丁的出峰时间：3～4min。

3. 芦丁的水解及其水解产物的分离和鉴定

（1）芦丁的水解。称取 0.5～1g 芦丁，放入 50mL 圆底烧瓶中，加 2%硫酸水溶液 25mL，装上球形冷凝管，大火回流约 2h，即可水解完全，此时有大量黄色沉淀物生成（水

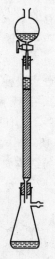

图 1 芦丁的
提纯装置

解是否完全可用薄层确定）。冷却、抽滤。所得水解产物槲皮素用稀乙醇重结晶一次。注意滤液不要弃去，留做检验水解糖用。

(2) 槲皮素（quercetin）的薄板识别。将实验所得的槲皮素的1/2（另1/2槲皮素用做紫外光谱鉴定黄酮类化合物实验）用甲醇溶解，并与标准槲皮素的甲醇溶液及标准芦丁的甲醇溶液分别点在硅胶G板上，用甲苯：氯仿：丙酮：甲酸＝8：5：7：1展开。紫外灯下观察萤光，喷2％三氯化铝乙醇溶液后再观察荧光的变化，计算 R_f 值。

芦丁和槲皮素亦可在聚酰胺薄板上展开，展开剂为氯仿：甲醇（5：4）或氯仿：甲醇：丁酮：乙酰丙酮（16：10：5：1）。

(3) 水解糖的纸色谱识别。将芦丁水解实验中抽滤的母液倒入烧杯中，用氢氧化钠或氨水中和至中性，将溶液浓缩至约数毫升，与标准葡萄糖、鼠李糖在同一条层析滤纸上点样，展开剂为正丁醇：醋酸：水（4：2：5）。展开完毕，烘干，喷苯胺-邻苯二甲酸显色剂，在105℃烘5min，显现棕色斑点。计算其 R_f 值。

五、注意事项

1. 提取时要用沸水提取，而不能加凉水慢慢加热提取。

2. 析出芦丁后过滤时，上清液可不经过滤纸直接倒出，但不能倒掉，因为放置后，还可析出芦丁。

3. 粗芦丁过滤时，要用水洗两次，每次5mL。

4. 一定要在水浴上赶甲醇。

六、思考题

1. 为什么从槐米中提取芦丁时开始不能加冷水慢慢煮沸，而要直接加沸水提取？

2. 怎样能进一步提高芦丁的提取率？

3. 试列出用聚酰胺柱色谱分离混合物，常用溶剂洗脱能力的大小顺序。

4. 芦丁和其苷元槲皮素在聚酰胺柱色谱上用70％乙醇洗脱时，哪个先被洗脱下来？

5. 芦丁和槲皮素在聚酰胺薄板上展开时，与硅胶G板上展开有什么不同？

6. 水解糖的纸色谱的葡萄糖、鼠李糖，哪个 R_f 值大？

七、参考文献

[1] 王宪楷. 天然药物化学 [M]. 北京：人民卫生出版社，1989.
[2] 赵文彬，许玉华，王鲁石等. 芦丁的纯化及其含量测定 [J]. 时珍国医国药，2007，18(4)：876-878.

阅读材料：鼠李糖

L-鼠李糖（rhamnose），甘露糖6位的一个羟基被氢取代的衍生物，即6-脱氧-L-甘露糖，又称甲基戊糖。CAS号：10030-85-0。分子式：$C_6H_{12}O_5$。

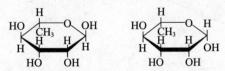

植物来源：鼠李糖作为一种微量糖广泛分布于植物中。可以结合糖的形式存在于很多种植物苷（如槲皮苷、异橙皮苷等）、多糖、特别是果胶和胶质中，亦可存在于漆树毒素中。

别名 α-L-Rhamnopyranose、6-Dexoxy-D-mannose 、6-Deoxy-L-mannose 、Isodulcite、L-Mannomethylose 、D-Rhamnose、L-Rhamnose。在自然界大多是 L 型，广泛存在于植物的多糖、糖苷、植物胶和细菌多糖中。其甜度为蔗糖的 33％。

物理性质：纯品鼠李糖为无色结晶性粉末，能溶于水和甲醇，微溶于乙醇，其结晶呈两种形式：α 型和 β 型。α 型含有一分子结晶水，加热后失去结晶水，转变为 β 型（相对分子质量为 164.16）；β 型极易吸湿，在空气中吸潮转变为 α 型。常见的为 α-L-鼠李糖，其相对分子质量为 182.11 。

在通常条件下得 α-L-鼠李糖一水合物结晶，片状晶体，熔点 82～92℃，比旋光度 $-7.7°\to+8.9°$，溶于水和乙醇；β-L-鼠李糖（无水）为针状晶体有吸湿性，熔点 122～126℃，$+38.4°\to+8.9°$，溶于水和乙醇。有甜味，在水溶液中以吡喃形式存在。有还原性，用溴水氧化生成鼠李酸，经硝酸氧化生成 L-阿拉伯三羟戊二酸。用钠汞齐还原则得鼠李糖醇。

用途：鼠李糖可用来测定肠道的渗透性，可用作甜味剂。

☑ 实验十
配合物的几何异构体的制备、异构化速率常数和活化能的测定

一、实验目的
1. 通过顺式和反式二水二草酸根合铬酸钾的制备，了解配合物的几何异构现象；
2. 掌握光度法测定配合物顺反异构化速率常数和活化能的方法。

二、实验背景及原理
几何异构现象主要发生在配位数为 4 的平面正方形结构和配位数为 6 的八面体结构的配合物。在这类配合物中配体围绕中心体可以占据不同形式的位置，通常分顺式和反式两种异构体，顺式是指相同配体彼此处于邻位，反式是指相同配体彼此处于对位。在八面体配合物中可以有三种类型的几何构体，即 MA_4B_2、MA_3B_3 和 ML_2B_2，其中 M 是中心体，常为金属离子，A 和 B 是单齿配体，L 是双齿配体，它们都有顺式和反式异构体存在（见图1）。

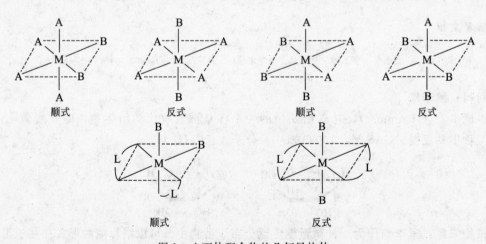

图 1　八面体配合物的几何异构体

对于顺式和反式异构的配合物，目前尚没有普遍适用的合成方法，本实验是利用二水二草酸根合铬酸钾的顺反异构体在溶解度上的差别来制得所需的异构体。由于在溶液中有顺式和反式之间的平衡，而反式异构体的溶解度较小，因此，反式异构体先从溶液中结晶出来，这样可以分别得到反式和顺式异构体。

配合物顺反异构体的鉴定方法有偶极矩、X-射线晶体衍射、可见紫外吸收光谱及化学反应等，本实验是利用二水二草酸根合铬酸钾的顺反异构体与稀氨水反应所生成碱式盐溶解度的不同来鉴别。顺式异构体的碱式盐溶解度很大，而反式异构体的碱式盐溶解度很小。

顺式和反式二水二草酸根合铬酸钾是有色物质，并且反式异构体在水溶液中不稳定，容易转化为顺式异构体，因此，可以用分光光度法来测定其异构化速率常数。

设溶液中含有顺式异构体（以 Y 表示）和反式异构体（以 X 表示）两种配合物，且反式异构体随时间而不断转变为顺式异构体，根据吸收定律：

$$E_t = (\varepsilon_X [X]_t + \varepsilon_Y [Y]_t) l \tag{1}$$

式中 l——比色皿的厚度；

E_t——溶液在时间 t 的消光；

ε_X、ε_Y——反式异构体 X、顺式异构体 Y 的摩尔消光系数。

因 X 随时间 t 而逐渐转变为 Y，最后在溶液中 X 全部转变为 Y：

$$X \longrightarrow Y$$

若此异构化反应为一级反应，则异构化速率为：

$$\frac{d[X]}{dt} = -k[X] \tag{2}$$

积分得：

$$[X]_t = [X]_0 e^{-kt} \tag{3}$$

式中 $[X]_0$——反式异构体 X 的起始浓度；

$[X]_t$——时间 t 时反式异构体 X 的浓度。

经过时间 t 以后顺式异体 Y 的浓度可以用下式来表示：

$$[Y]_t = [X]_0 - [X]_0 e^{-kt} \tag{4}$$

将式（3）和式（4）式代入式（1）得：

$$E_t = (\varepsilon_X [X]_0 e^{-kt} + \varepsilon_Y [X]_0 - \varepsilon_Y [X]_0 e^{-kt}) l$$

$$\frac{E_t}{l [X]_0} = (\varepsilon_X - \varepsilon_Y) e^{-kt} + \varepsilon_Y$$

$$\frac{E_t}{l [X]_0} - \varepsilon_Y = (\varepsilon_X - \varepsilon_Y) e^{-kt} \tag{5}$$

由此可知，以 $-\ln \left(\dfrac{E_t}{l [X]_0} - \varepsilon_Y \right)$ 对 t 作图得一直线，直线的斜率即为异构化速率常数 k。按照这个作图法就必须知道 $[X]_0$ 和 ε_Y，而 ε_Y 是未知的。但异构化速率常数 k 是可以在 $[X]_0$ 和 ε_Y 两者未知的情况下，通过测定发生异构化的反式异构体溶液的消光，和在完全转化后相同浓度的反式异构体溶液的消光之差来求得。

设溶液中反式异构体的消光值为 E_X，顺式异构体的消光值为 E_Y，异构化溶液在时间 t_1、t_2、t_3、… 的消光值为 E_1、E_2、E_3、…，在时间 $t_1+\Delta t$、$t_2+\Delta t$、$t_3+\Delta t$、… 的消光值为 E_1'、E_2'、E_3'、…。Δt 为恒定的时间间隔，是两种异构化溶液中间所相隔的时间。

在 t_1 时异构化溶液的消光值为：

$$E_1 = (\varepsilon_X[X]_0 e^{-kt_1} + \varepsilon_Y[X]_0 - \varepsilon_Y[X]_0 e^{-kt_1})l$$
$$= l\varepsilon_X[X]_0 e^{-kt_1} + l\varepsilon_Y[X]_0 - l\varepsilon_Y[X]_0 e^{-kt_1}$$
$$= E_X e^{-kt_1} + E_Y - E_Y e^{-kt_1}$$

所以
$$(E_Y - E_1) = (E_Y - E_X)e^{-kt_1} \tag{6}$$

这是由一级反应速率方程所得的必然结果，$(E_Y - E_X)$ 是溶液中反式异构体起始浓度的量度，$(E_Y - E_1)$ 为经过时间 t_1 以后留在溶液中反式异构体的量度。同样可得：

$$E_Y - E_1' = (E_Y - E_X)e^{-k(t_1 + \Delta t)} \tag{7}$$

由式（6）—式（7）得：

$$E_1' - E_1 = (E_Y - E_X)\left[e^{-kt_1} - e^{-k(t_1 + \Delta t)}\right]$$
$$= (E_Y - E_X)(1 - e^{-k\Delta t})e^{-kt_1}$$

$$\frac{E_1' - E_1}{E_Y - E_X}e^{kt_1} = 1 - e^{-k\Delta t}$$

$$e^{kt_1} = \frac{(E_Y - E_X)(1 - e^{-k\Delta t})}{E_1' - E_1}$$

两边取对数得：

$$kt_1 = \ln(1 - e^{-k\Delta t})(E_Y - E_X) - \ln(E_1' - E_1)$$

同样得：

$$kt_2 = \ln(1 - e^{-k\Delta t})(E_Y - E_X) - \ln(E_2' - E_2)$$

一般通式为：

$$kt = A - \ln\Delta E \tag{8}$$

式中　A——常数；

ΔE——两溶液的消光值之差。

以 $\ln\Delta E$ 对 t 作图得一直线，直线的斜率即为反式异构体转化为顺式异构体的异构化速率常数 k。

若测得在不同温度下的异构化速率常数 k，则由下式可求得异构化的活化能。

$$\lg\frac{k_2}{k_1} = \frac{E}{2.303R}\left(\frac{1}{T_1} - \frac{1}{T_2}\right) \tag{9}$$

式中，T 为绝对温度；R 为气体常数（其值为 8.31J/K）；E 为异构化的活化能。

三、主要仪器与试剂

1. 仪器

可见-紫外分光光度计、电热恒温鼓风干燥箱、恒温水浴箱、电子天平、100mL 容量瓶、烧杯。

2. 试剂

重铬酸钾、无水乙醇、草酸、氨水、高氯酸。

四、实验步骤

1. 反式和顺式异构体的制备

（1）反式 $K[Cr(C_2O_4)_2(H_2O)_2]$ 的制备。称取 3.0g 草酸和 1.0g 重铬酸钾分别溶解于 5mL 沸水中，趁热混合于 100mL 烧杯中。混合两种溶液时有大量二氧化碳气体放出。为防止溶液溢出，两种溶液混合时必须缓慢地分批加入，并盖上表面皿。待反应完毕冷却，溶液呈酱油色。在室温下，将此溶液自然蒸发浓缩，有紫红色晶体析出，过滤晶体，并用少量水和乙醇洗涤，晶体在 60℃烘干。

（2）顺式 $K[Cr(C_2O_4)_2(H_2O)_2]$ 的制备。在研钵中，研细 3.0g 草酸和 1.0g 重铬酸钾的混合物，混合均匀后转入微潮的 100mL 烧杯中，盖上表面皿。用小火在烧杯的底部微热，立即发生剧烈反应，并有二氧化碳气体放出，反应物呈深紫色的黏状液体。反应结束立即加入 15mL 无水乙醇，在水浴上微微加热烧杯的底部，并用玻璃棒不断搅动使它成为晶体。若一次不行，可倾出液体，再加入相同数量的乙醇来重复以上操作，直到全部成为细小晶体。倾出乙醇，晶体在 60℃烘干。

2. 顺式和反式异构体的鉴别

分别将两种异构体的晶体置于滤纸中央，并放在表面皿上，用稀氨水润湿。顺式异构体转为深绿色的碱式盐，它易溶解并向滤纸的周围扩散；反式异构体转为棕色的碱式盐，溶解度很小，仍以固体留在滤纸上。

3. 异构化速率常数和活化能的测定

（1）顺、反异构体的吸收光谱测定。分别称取 0.10g 顺、反异构体溶于 100mL 1.0×10^{-4} mol/L 的高氯酸溶液中，以蒸馏水为空白，在 380～600nm 波长范围内，分别测定这两种溶液的吸收光谱。因为反式异构体在水溶液中不稳定，因此配好溶液后，应将其放入冰水中以减小转化速率，并立刻测定其吸收光谱。从这两种异构体的吸收光谱图上选择吸收差别最大时的波长作为测定波长。

（2）异构体速率常数和活化能的测定。称取反式异构体 0.10g，溶于盛有 1.0×10^{-4} mol/L 高氯酸溶液的 100mL 容量瓶中，在 20℃的恒温水浴中，放置 2h，使其几乎全部转为顺式异构体（此步应提前做）。

同样再称取反式异构体 0.10g，溶于盛有 1.0×10^{-4} mol/L 高氯酸溶液的 100mL 容量瓶中，放置在 20℃的恒温水浴中。

以蒸馏水为空白，在 1cm 比色皿中以所选择的波长迅速测定两份溶液的吸光度。开始每间隔 5min 测一次消光值，约 30min 后，反应变慢，则可以间隔 10min 测一次消光值。

在 40℃时，重复上述实验，测定不同时间的消光值。

五、数据处理

① 记录顺、反异构体两种溶液，在不同波长 λ 时的消光值 E，绘制 λ-E 吸收曲线，由此可确定测定波长。

② 将不同时间间隔的消光值填入表 1 中。

③ 以 $-\ln \Delta E$ 对 t 作图得一直线，求得直线的斜率即为异构化速率常数 k。

④ 求得不同温度的 k 值，由式（9）可求得异构的活化能 E。

六、注意事项

1. 测定一个温度，选择温度接近室温，稍高一些。

2. 反式异构体自然析出，可能要过夜。因此，每次实验同学作完后，放在烧杯中，加盖表玻璃，放在实验台，贴上标签，供下次同学处理，自己则采用上次同学实验产品测定。

3. 测定反应速率时，一是反式溶液放置时间要足够，因为假定其已完全转变为顺式；

二是采用恒温装置，只取一次溶液，间隔时间连续读数；三是确定波长时，将顺反两种溶液的扫描数据（或图形）相减，得到另一图形，再通过求其峰值来确定波长。

表 1　顺反异构体异构化反应速率常数测定数据表

温度	时间/min 消光值	10	15	20	25	30	40	50	60	70	80	90
20℃	E_i											
	E_i'											
	ΔE											
	$\ln \Delta E$											
40℃	E_i											
	E_i'											
	ΔE											
	$\ln \Delta E$											

七、思考题

1. 制备顺式异构体时，乙醇的加入起什么作用？

2. 制备反式和顺式异构体的反应中，草酸根除了作为二齿配体外，还起了什么作用？

3. 在测定异构化速率常数时，称取的两份反式异构体质量是否要求严格相等？为什么？

八、参考文献

[1] 王伯康. 综合化学实验 [M]. 南京大学出版社，2000.

[2] Rophael M W, Malati M A. Kinetics of the equilibrium：*cis-⇌trans*-diaquobis（oxalato）chromate（Ⅲ）[J]. J Chem Soc A，1971，1903-1906.

[3] Kenneth R Ashley, Randall E Hamm. Cation Catalysis of trans-cis Isomerization of Bis（oxalato)-diaquochromate（Ⅲ）[J]. Inorg Chem, 1965, 4（8）：1120-1122.

[4] 庄志萍，贾林艳，梁明. 二水二草酸根合铬酸钾异构化速率常数和活化能的测定 [J]. 牡丹江师范学院学报：自然科学版，2002，（4）：27-28.

☑ 实验十一

MMA 与 4-VP 共聚物的合成与表征

一、实验目的

1. 掌握高分子合成的设计原理和目的；

2. 掌握自由基共聚改性的原理和目的；

3. 掌握高分子化学反应的原理和目的；

4. 掌握聚合物结构和性能的基本表征技术和方法。

二、实验背景及原理

直接甲醇燃料电池（DMFC）作为一种环保、便宜的可移动动力源是当前燃料电池研究开发的热点。该电池的核心是质子交换膜（PEMFC），靠阴离子传导的固体聚电解质以其性优价廉的特点应用于直接甲醇燃料电池中，具有很好的前景。聚乙烯基吡啶（PVP）树脂是一种具有特殊功能的树脂，季铵化的吡啶盐中卤素阴离子可被交换，因此可用作 DMFC 的阴离子交换膜。但由于乙烯基吡啶均聚物的季铵盐亲水性很强，且电荷密度高，产生严重的静电排斥作用，导致其在水中的强度不够，成膜能力和强度低。采用 4-乙烯基吡啶（4-VP）与甲基丙烯酸甲酯（MMA）的自由基共聚反应及选用长链季铵化试剂，可改善吡啶盐的疏水性及成膜强度，合成符合使用要求的固体聚电解质功能材料。

（1）MMA 与 4-VP 共聚反应式如下：

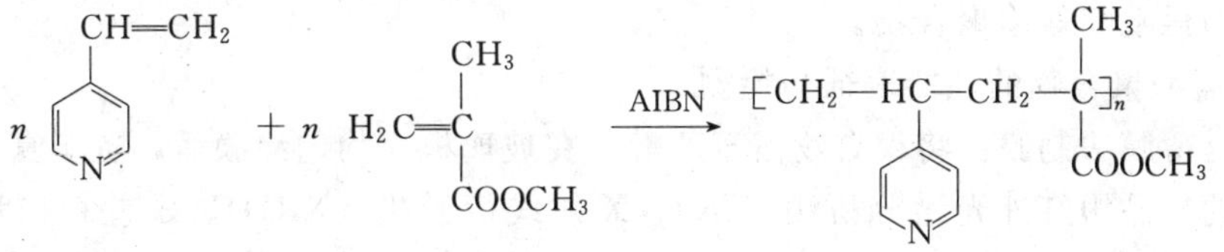

（2）季铵化反应式如下：

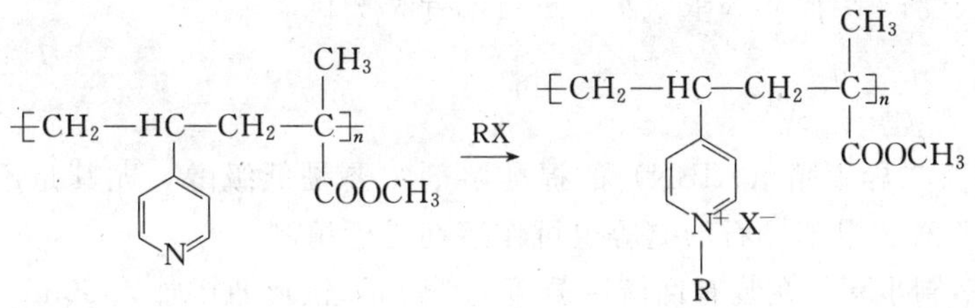

三、主要仪器与试剂

1. 仪器

Nicolet170sx 型傅里叶变换红外光谱仪；D/MAX-1200 型 X 射线衍射仪，扫描角度（2θ）$5°\sim45°$；16 型示差扫描热分析仪，扫描范围 $20\sim500℃$，升温速度 $15℃/min$；CMT（6503）型微机电子万能试验机，拉伸速度 5mm/min，样品长 70mm、宽 10mm，夹具间距 50mm；DD300 电导仪；电磁搅拌器；真空干燥箱；10mL 二口烧瓶；导气管；回流冷凝管；鼓泡器；布氏漏斗；锥形瓶；表面皿。

2. 试剂

4-乙烯基吡啶、甲基丙烯酸甲酯、偶氮二异丁腈、正溴辛烷、硝基甲烷、95％乙醇、乙醚。

四、实验步骤

1. 单体和引发剂的精制

4-乙烯基吡啶：加固体 NaOH 减压蒸馏以除去阻聚剂，得无色透明液体。此液体放置几天后会氧化而显橙红色，使用之前需再减压重蒸，不可久置。

甲基丙烯酸甲酯：先用质量分数 5％的溶液洗涤 3 次，静置分液，再用蒸馏水洗至中性，用无水 Na_2SO_4 干燥所得单体，再减压蒸馏。所得精制单体密封低温保存备用。

偶氮二异丁腈：将 4g AIBN 溶于 40mL 95％热乙醇中，趁热抽滤，滤液冷却后产生白色结晶，静置 30min 后用布氏漏斗抽滤，滤饼置于真空干燥箱中干燥。精制后的 AIBN 置于棕色瓶中低温保存备用。

2. MMA 与 4-VP 共聚物的制备

将 0.07mol 的 4-VP 和 0.07mol 的 MMA 在 10mL 二口烧瓶中混合，瓶口接导气管、回流管、鼓泡器。加入 5mg AIBN，室温通氮 1h，搅拌升温至 60℃。在该温度下继续搅拌，体系变黏,直至无法搅拌时,停止反应。依次用无水乙醇、乙醚反复洗涤数次,以除去体系中的过量单体。所得共聚物放入真空干燥器中室温干燥。

3. 共聚物的季铵化改性

称取 1g 共聚物,溶于 6mL 硝基甲烷中,然后与 3mL 正溴辛烷于 70℃下反应。冷却后用过量的乙醚分离出产物,再用乙醇溶解。用乙醚、乙醇反复进行 3 次提纯,然后在室温下真空干燥,即得吡啶盐型聚合物。

4. 吡啶盐型聚合物的性能表征与检测

采用流延薄膜法制膜。将聚合物溶于乙醇,在玻璃板上均匀涂膜后,置于真空干燥箱中干燥。制得的样品用红外光谱分析法(IR)、X 射线衍射法(XRD)、示差扫描量热分析法(DSC)进行结构和性能表征;在拉力机上测试拉伸强度;溶于硝基甲烷,涂膜,在水中浸泡 40h,测其溶胀度;溶于 30% 浓氨水,进行电导率测试。

五、注意事项

1. 引发剂偶氮二异丁腈(AIBN)的提纯溶剂主要是低级醇,尤其是乙醇,而水/乙醇混合液、甲醇、乙醚、甲苯、石油醚等也可作溶剂进行精制。

2. AIBN 的精制步骤。在装有回流冷凝管的 150mL 锥形瓶中加入 50mL 95% 乙醇,于水浴上加热至接近沸腾,迅速加入 5g AIBN,摇荡使其全部溶解(不可煮沸,否则分解严重),热溶液迅速抽滤(过滤所用漏斗和吸滤瓶必须预热),滤液冷却后得白色结晶,用布氏漏斗过滤后,结晶置于真空玻璃干燥器中干燥,称重,产品放在棕色瓶中,保存在干燥器内。

六、思考题

1. 精制引发剂 AIBN、单体 4-VP 和 MMA 的目的,引发剂和单体的匹配原则?

2. 聚合物亲水、亲油性能改进方法? MMA 与 4-VP 共聚的原理和目的?

3. 确定 MMA 与 4-VP 两种单体的实验配比依据(60℃时,4-VP 的竞聚率 $r_1 = 0.79 \pm 0.05$,MMA 的竞聚率 $r_2 = 0.57 \pm 0.004$)。

4. 季铵化过程中,不同长度卤代烃对于聚合物亲水性能的影响?

5. 聚合物结构和性能的基本表征技术和方法?用高分子理论对所得图谱和数据进行分析。

6. 合成具有特定使用要求和性能的聚合物的原则和方法?

七、参考文献

[1] 鲁俊,黄爱宾,肖超渤. 微型高分子科学综合实验设计——MMA 与 4-VP 共聚物的合成与表征 [J]. 大学化学,2007,22(1):45-47.
[2] 杨海浪,鲁俊. MMA 与 4-VP 共聚物的制备和性能研究 [J]. 武汉理工大学学报,2005,27(8):14-16.
[3] 李青山,王雅珍,周宁怀. 微型高分子化学实验 [M]. 北京:化学工业出版社,2003.

☑ **实验十二**

安息香的绿色催化氧化

一、实验目的

1. 学习 Salen 催化剂的制备方法;

2. 学习用 Salen 催化剂催化氧化安息香的方法。

二、实验背景及原理

苯偶酰即二苯基乙二酮，又叫联苯酰、联苯甲酰，是合成药物苯妥英钠的中间体，亦可用于杀虫剂及紫外线固化树脂的光敏剂，在医药、香料、日用化学品生产中有着广泛的应用。

苯偶酰的合成常用安息香（苯偶姻）氧化合成，常见的氧化方法有：铬酸盐氧化法、硝酸氧化法、高锰酸盐氧化法、氯化铁氧化法、硫酸铜氧化法等。这些氧化方法，存在问题的主要是铬酸盐氧化法，反应时间长达十多小时并且反应液中含有高价铬，铬污染不可避免；硝酸氧化法，不但反应激烈，放出大量氧化氮气体危害健康，易造成酸雨，而且反应后产生大量废酸，回收则增加成本，排放则污染环境；高锰酸盐氧化法，反应相对剧烈，难以控制，得到的产物中副产物比较多；氯化铁氧化法中 $FeCl_3 \cdot 6H_2O$ 是优良氧化剂，然而该工艺反应时间比较长，且 $FeCl_3 \cdot 6H_2O$ 易吸潮，难于保存，又易与水溶液形成胶体，给后处理带来不便；硫酸铜氧化法，氧化剂一次性消耗，反应操作繁杂，分离提纯困难，环境污染物排放量大。而且这些氧化剂被还原后，一般都不回收，增加了生产成本。

本实验从绿色化学的理念出发，研究用双水杨醛缩乙二胺合金属配合物〔M（Salen）〕（M＝Co，Cu，Zn）作催化剂，用空气氧化安息香合成苯偶酰，并对催化剂进行回收利用，从而降低了生产成本，极大地减少了废液的排放，开辟了绿色化合成苯偶酰的新途径。

双水杨醛缩乙二胺合金属配合物〔M（Salen）〕的制备方程式：

Salen 催化剂催化氧化安息香的反应方程式：

催化剂为 Co(Salen)，Cu(Salen) 和 Zn(Salen)

三、主要仪器与试剂

1. 仪器

三口烧瓶、球形冷凝管、布氏漏斗、抽滤瓶、锥形瓶、分液漏斗、量筒、电子恒速搅拌器、真空干燥箱、旋转蒸发仪（RE2000 型）、熔点测定仪（X-4 型）、红外光谱仪（德国 BRUKER 公司 VECTOR22 型）、质谱仪（美国 VARIAN 公司 1200 型）。

2. 试剂

安息香、水杨醛、乙二胺、乙醇、二氯甲烷、氮气、氢氧化钾、$CuSO_4 \cdot 5H_2O$、

$ZnAc_2 \cdot 2H_2O$、$CoAc_2 \cdot 2H_2O$、N,N-二甲基甲酰胺（DMF）、无水硫酸镁。

四、实验步骤

1. Salen 催化剂的制备

在 250mL 三口烧瓶中加入 80mL 95％乙醇和 16mL 水杨醛（0.18mol）。在搅拌下，再加入 5mL 乙二胺（0.075mol），片刻后，反应生成亮黄色的双水杨醛缩乙二胺片状晶体。m. p. 121～122℃。IR（ν/cm^{-1}）：3443（υ_{Ar-OH}），2900（υ_{-C-H}），1635（$\upsilon_{-C=N}$），1577（苯环骨架振动），980（δ_{-C-H}），750（δ_{Ar-H}）。MS（m/z）：268（M^+，46），134（42），122（56），107（100），77（73）。

然后，向三口烧瓶中通入氮气，以赶尽反应装置中的空气，再调节氮气气流，使气流速度稳定在每秒 1～2 个气泡。用 75℃水浴加热，在亮黄色片状晶体全部溶解后，把含 19g 醋酸钴（0.076mol）的 15mL 水溶液滴入三口烧瓶中。在 75℃下搅拌反应 50min，抽滤，得暗红色固体，用水洗涤三次，再用 95％乙醇洗涤。真空干燥，得产品 Co(Salen)，收率 65％。

采用与上述相同的方法，分别使用 $CuSO_4 \cdot 5H_2O$，$ZnAc_2 \cdot 2H_2O$ 与双水杨醛缩乙二胺配合，制取 Cu(Salen) 和 Zn(Salen)。

2. 苯偶姻催化氧化反应

在装配有搅拌器、回流冷凝管和空气导管的三口烧瓶中，加入 10.8g（0.05mol）苯偶姻和 60mL DMF（N,N-二甲基甲酰胺），溶解后加入 1g Co(Salen) 催化剂、2g KOH，水浴加热，通入空气进行氧化，利用薄层色谱跟踪反应进程。反应结束后，冷却到室温，调节反应液 pH＝3～4，加入 150mL 水，即析出固体，抽滤，水洗。

粗品用 80％乙醇重结晶，得黄色针状晶体苯偶酰。m. p. 94～96℃（文献值为 95～96℃）。MS（m/z）：210（M^+，73），105（100），77（100）。

采用类似的氧化方法，研究 Cu(Salen) 和 Zn(Salen) 对苯偶姻的氧化效果。

3. Salen 催化剂的回收套用

将苯偶姻催化氧化反应后的滤液用 CH_2Cl_2 分次萃取，萃取液用无水硫酸镁干燥，用旋转蒸发仪回收 CH_2Cl_2，残液为含 Salen 催化剂的 DMF 溶液。

补加少量 DMF 后，投入苯偶姻、KOH，进行下一批苯偶姻催化氧化反应，如此将 Salen 催化剂重复利用。

五、注意事项

1. 反应时间对安息香催化氧化反应的影响。分别 Co(Salen)、Cu(Salen) 和 Zn(Salen) 三种催化剂，采用不同的反应时间，研究对安息香的催化氧化反应的影响。从反应结果来看，Co(Salen) 催化剂的活性最好，反应进行 45min 后，产物收率达到 78％，再延长时间，收率反而下降，可能是氧化的副产物增加。Cu(Salen) 和 Zn(Salen) 催化剂的活性相对较差，反应时间要长一些，导致副产物的增加，产物的收率降低。

2. 反应温度对安息香催化氧化反应的影响。选用活性最好的 Co(Salen) 作催化剂，反应时间为 45min，寻求最佳反应温度，产率在 80℃时最高。随着温度提高，产物收率略有下降，但相差很小。因此，为节省能源，Co(Salen) 在 80℃下便可得到高的催化效果。

3. 催化剂套用对安息香催化氧化反应的影响。三种催化在利用到第四次后，收率都明显下降。主要原因是催化剂的催化效果下降，转化率低，反应很不完全，产品中含有大量原料。因此，此类催化剂最佳利用次数为两次，在第三次利用时，收率有所降低。

六、思考题

1. 在制备［Co(Salen)］配合物过程中，通氮气起何作用？

2. 产物二苯基乙二酮为一黄色结晶固体，原料安息香为白色固体。试从原料与产物的结构特点出发说明这种颜色的变化。

七、参考文献

[1] Smith M B, Organic Synthesis. 2nd ed. Singapore：McGrawHill，2002，186-305.

[2] Cainelli G，Cardillo G. Chromium Oxidations in Organic Chemistry. Berlin：Springer，1984.

[3] 邢春勇，李记太，王焕新．微波辐射下蒙脱土 K10 固载氯化铁氧化二芳基乙醇酮［J］．有机化学，2005，25（1）：113-115.

[4] 丁成，倪金平，唐荣等．安息香的绿色催化氧化研究［J］．浙江工业大学学报，2009，37(5)：542-544.

☑ 实验十三
三聚氰胺系水泥高效减水剂的制备及性能测试

一、实验目的

1. 了解水泥减水剂的种类、用途与现状，学习水泥减水剂的制备方法；

2. 学习磺化、缩合等反应的机理及操作方法。

二、实验背景及原理

外加剂是混凝土研究的重点和热点之一，目前国外已将其列为除水泥、砂、石、水之外的砼的第五组分。减水剂在外加剂中使用最多，可显著降低混凝土的水灰比，改善混凝土的性能。日本是混凝土外加剂掺用率最高的国家，含外加剂的混凝土已近 100％。日本建筑工程标准规定掺和混凝土时用水量不得超过 185kg/m³。要达到这样的标准，混凝土中必须添加减水剂。近年来，我国混凝土外加剂的生产发展较快。目前，我国混凝土年用量已达 $2 \times 10^8 m^3$，但强度等级普遍较低，通过使用减水剂同样可以在保持良好流动性的条件下获得高强度混凝土产品。因此，目前建筑市场上对高效减水剂的需求很迫切。

混凝土减水剂又称高性能外加剂、分散剂、超塑化剂，国内外将其分为标准型、引气型、缓凝型、早强型等。混凝土减水剂本质是一种表面活性剂，加入混凝土中能对水泥颗粒起吸附、分散作用，把水泥凝聚体中所包含的水分释放出来，使水泥质点间的润滑作用增强、水化速度改变，从而改善混凝土的和易性，提高混凝土强度和密实性。

混凝土减水剂分为普通减水剂和高效减水剂两类。高效减水剂，是指大幅度减少用水量和提高新拌混凝土和易性的外加剂。目前高效减水剂主要有以萘为原料的萘磺酸钠甲醛缩合物、以三聚氰胺为原料的磺化三聚氰胺甲醛树脂、具有单环芳烃型结构特征的氨基磺酸盐和烯烃与不饱和羧酸共聚的聚羧酸系等。

三聚氰胺系碱水剂的研制几乎都采用四步法，即羟甲基化、磺化、酸性缩合和碱性重整反应四个阶段。为降低原料成本，人们利用廉价单体取代部分三聚氰胺，或将三聚氰胺系超塑化剂与廉价的外加剂复配。用价廉的尿素替代部分昂贵的三聚氰胺，以降低生产成本。为了简化工艺，使羟甲基化和磺化同时进行，即将四步法简化为三步法。

第一步，磺甲基化反应：

第二步，酸性缩聚反应：

第三步，碱性重整。

三、主要仪器与试剂

1. 仪器

傅里叶变换（FT-IR）红外分光光度计（德国布鲁克仪器公司）、250mL 四口烧瓶、NLD-2 水泥胶砂流动度测试仪、YE-100 型数字式压力试验机、HYB-40 B 型水泥恒温恒湿标准养护箱、截锥体（上口直径 36mm，下口直径 64mm，高度 60mm，内壁光滑无接缝）。

2. 试剂

三聚氰胺、甲醛溶液（含量 37%～40%）、尿素、亚硫酸氢钠、氢氧化钠溶液、硫酸。

四、实验步骤

1. 减水剂（SMUF）的合成

SMUF 的合成分三步进行。

第一步为磺甲基化反应。在 250mL 四口烧瓶中加入甲醛（F）溶液，调节体系的 pH＝11，加热至 80℃，依次投入三聚氰胺（M）、尿素（U）和磺化剂（S），其中 $n(F):n(M):n(U):n(S) = 6:1:1:2$，反应时间 60min。

第二步为酸性缩聚反应。将反应液降温至 60℃，调节体系 pH＝4～5，进行酸性缩聚，反应时间 90min。

第三步为碱性重整反应。调节体系 pH＝8～9，在 80℃下反应 60min。最后调节体系 pH＝8～9，出料。

2. 减水剂（SMUF）的性能测试

（1）SMUF 黏度的测定。用蒸馏水将树脂配成质量分数为 20% 的溶液，用乌氏黏度计测定黏度，间接衡量 SMUF 分子量的大小。

（2）SMUF 的红外分析　采用 KBr 压片法，在傅里叶变换（FT-IR）红外光谱仪上进行测定，分辨率为 $4cm^{-1}$，扫描次数 32 次，扫描范围 400～4000cm^{-1}。

测试结果：在 1057cm^{-1} 处和 3386cm^{-1} 处分别出现 C—O—C 和—OH 的特征峰，证明发生了羟甲基化反应和缩聚反应；在 814cm^{-1} 和 1217cm^{-1} 处出现磺酸基—SO_3H 的特征峰，证明引入了—SO_3H 基团，发生了磺化反应。

（3）水泥标准稠度的测定。根据 GB 1346 方法采用调整水量法测定。将用不同量减水剂拌好的净浆立即装入锥模内，待试锥尖端与净浆面刚刚接触后固定，然后突然放松，试锥依自身重力自由下降沉入净浆中，观察在 1.5min 内试锥下沉深度 [以试锥沉入净浆深度规定值 $s＝(28±2)$ mm 时的稠度为标准稠度]。

五、注意事项

1. 磺化剂使树脂分子带上磺酸根，赋予 SMUF 负电性、水溶性和分散性能。因此，磺化反应直接影响 SMUF 的表面活性。磺化反应主要发生在三羟甲基三聚氰胺上，磺酸根取代其中一个羟基，赋予三聚氰胺水溶性。当 S∶(M+U) 小于 0.8 时，分子中磺酸根数量太少，分散性能就差。但磺化剂过多会影响下一步的缩聚反应，磺酸根庞大的体积形成很大的空间阻碍，阻碍羟甲基之间的脱水缩合反应，从而影响分子链的增长，得到的树脂分子量低，分散性能差。因此，磺甲基化反应的原料配比是非常关键的一个因素，它影响 SMUF 的水溶性和分散性能，影响后续的缩聚反应。

2. 缩聚反应结束后，有一些 H^+ 离子被树脂分子包裹缠绕起来，放置一段时间后，这些 H^+ 会被慢慢释放，继续催化分子进行缩聚，使树脂黏度增大，产生凝胶，所以通常加入碱性物质，并升高温度、不停搅拌溶液，使被包埋的 H^+ 释放出来，这一步称为重整反应或碱缩反应。通过碱性重整，有利于提高减水剂的稳定性。

六、思考题

1. 查阅有关资料，了解国内外水泥减水剂的发展现状、合成方法及其新技术。

2. 在磺甲基化反应这一步为什么要将 pH 值调节在 11 左右，碱度太高，对反应有什么影响？

3. 谈谈超塑化剂（水泥减水剂）减水增塑的作用机理。

七、参考文献

[1] 莫祥银，许仲梓，唐明述. 混凝土减水剂最新研究进展 [J]. 精细化工，2004，21（增刊）：17-20.
[2] 尚海萍，邓宇，周雅文. 三聚氰胺系高效减水剂的发展现状及其新技术 [J]. 杭州化工，2009，39（1）：20-23.
[3] 杨东杰，黄玉芬，邱学青. 三步法合成磺化三聚氰胺脲醛树脂的工艺研究 [J]. 精细化工，2002，19（增刊）：118-121.
[4] 张胜民，单松高，曹婉俊等. 改进型 SM 系高效减水剂制备及其对混凝土性能的影响 [J]. 建筑材料学报，1999，2（2）：167-170.

☑ 实验十四

酮类香料——紫罗兰酮的制备

一、实验目的

1. 学习香料基本知识；
2. 掌握交叉羟醛缩合的实验技术。

二、实验背景及原理

香料是一类具有令人愉快的香气或香味的芳香物质，很早以前开始使用。早期使用的芳香物质来源于动物和植物，而主要是来源于植物。由于从芳香植物提取的芳香油（又称精油）产量小且受季节限制，价格昂贵又不能满足需要，从而诞生了合成香料。

合成香料是指通过有机合成的方法得到的香料。合成香料的原料非常丰富，农副产品、煤炭化工产品和石油化工产品均可作为原料。随着生产工艺的改善，合成香料的品种迅速增加，目前已超过 5000 种。合成香料按产品的化学结构特征来分类，主要有烃类香料、醇类香料、酚类香料、醚类香料、醛类香料、酮类香料、缩羰基类香料、羧酸酯类香料、内酯类香料、麝香类香料以及含氮、含硫和杂环香料。

酮类化合物中，低级脂肪酮通常具有强烈而令人不感兴趣的气味。随着分子中碳原子数的增加，香气变得较为细腻但却微弱。所以，脂肪酮化合物大多数不宜作为香料使用。许多芳香族酮类化合物具有令人喜爱的香气，其中很多可作为香料。例如，苯乙酮（具有类似苦杏仁和山楂香气）、对甲氧基苯乙酮（具有山楂花香气）、二苯甲酮（具有柔而甜的玫瑰花香气，自然界中尚未发现其存在）等。

酮类香料中最重要的是紫罗兰酮类香料。属于紫罗兰酮型的化合物很多，其中紫罗兰酮、甲基紫罗兰酮、异甲基紫罗兰酮和鸢尾酮等均为珍贵的香料。它们的结构特征是含有多甲基取代的不饱和六元脂环（见图1）。

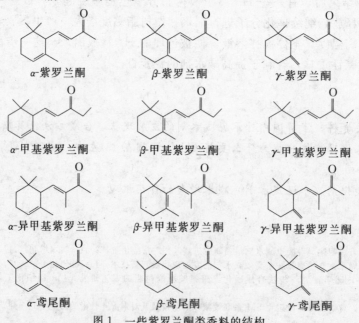

α-紫罗兰酮　　　　β-紫罗兰酮　　　　γ-紫罗兰酮

α-甲基紫罗兰酮　　β-甲基紫罗兰酮　　γ-甲基紫罗兰酮

α-异甲基紫罗兰酮　β-异甲基紫罗兰酮　γ-异甲基紫罗兰酮

α-鸢尾酮　　　　　β-鸢尾酮　　　　　γ-鸢尾酮

图 1　一些紫罗兰酮类香料的结构

紫罗兰酮存在于多种花精油和根茎油中，分子式 $C_{13}H_{20}O$，相对分子质量 192.29。天然产物中存在三种双键位置不同的异构体。

α-紫罗兰酮：b.p. 121～122℃（1.3kPa），d_4^{20} 0.931，UV_{max}228.5nm（ε＝14300）。

β-紫罗兰酮：b.p. 128～129℃（1.3kPa），d_4^{20} 0.940，UV_{max}293.5nm（ε＝8700）。

γ-紫罗兰酮：b.p. 80℃（1.3kPa），d_4^{20} 0.942。

α-紫罗兰酮在乙醇溶液中高度稀释时有紫罗兰香气；β-紫罗兰酮的花香气较清淡，有柏木香气；γ-紫罗兰酮具有质量最好的紫罗兰香气。它们都是液体，与绝对（无水）乙醇混溶，溶于 2～3 倍体积的 70%乙醇、乙醚、氯仿或苯中，微溶于水。

紫罗兰酮都是用合成方法得到的。市售的紫罗兰酮几乎都是 α-和 β-型的混合物。所谓 α-型紫罗兰酮，酮含量在 90%以上，α-型在 60%以上；β-型紫罗兰酮，酮含量在 90%以上，β-型在 85%以上。商品紫罗兰酮为淡黄色液体，是重要的合成香料之一，广泛用于调制化妆品用香精。β-紫罗兰酮的另一重要用途是用于制取维生素 A 的中间体。

紫罗兰酮的合成，是以柠檬醛为原料，首先与丙酮进行缩合，制成假性紫罗兰酮（ψ-紫罗兰酮），再用 60%的硫酸水溶液作催化剂，使假性紫罗兰酮闭环，制得紫罗兰酮。由此制得的产物，含 γ-异构体的量极微，基本上由 α-异构体与 β-异构体组成，以 α-异构体为主。

三、主要仪器与试剂

1. 仪器

恒压滴液漏斗、温度计、250mL 三口烧瓶、常压、减压蒸馏装置、分液漏斗、锥形瓶、电子恒速搅拌器、阿贝折光仪、红外光谱仪。

2. 试剂

柠檬醛［沸程 100～103℃（933Pa），含量 90%］、丙酮（经 K_2CO_3 干燥后重蒸）、金属钠、碳酸钠（15%）、无水乙醇、酒石酸、乙醚、无水硫酸钠、硫酸（60%）、甲苯。

四、实验步骤

1. 假性紫罗兰酮的制备

在装有搅拌器、滴液漏斗和温度计的 250mL 三口烧瓶中，加入 13.5g（15.3mL，0.08mol）柠檬醛和 54g（66.7mL，0.93mol）丙酮。用冰-盐冷却至－10℃，搅拌下由滴液漏斗快速滴入事先已配制好的由 0.61g 金属钠与 13.3mL 无水乙醇反应得到的乙醇钠-乙醇溶液。控制反应温度在－5℃以下。加完后，继续搅拌 3min，然后再快速加入含有 2g 酒石酸的 13.5mL 水溶液。搅拌均匀后，蒸出丙酮及其他低沸物，直到馏出液约 70mL 为止。残余物冷却后，分出油层，水层用乙醚（15mL×2）萃取。合并醚层，用无水硫酸钠干燥。蒸除溶剂，残留物减压蒸馏，收集123～124℃（330Pa）馏分，得到淡黄色液体约11g，产率约72%。

2. 紫罗兰酮的制备

在装有搅拌、滴液漏斗和温度计的50mL三口烧瓶中，放入12g 60%的硫酸溶液，搅拌下依次加入12g甲苯和滴加10g（0.052mol）假性紫罗兰酮。保持反应温度在25～28℃间搅拌15min。反应结束后，加10mL水，搅拌分出有机层。有机层用15%碳酸钠溶液中和后，再用饱和食盐水洗涤。常压下蒸除甲苯。残留物在4～5个理论塔板的分馏柱上，以（3～4）:1的回流比将粗制紫罗兰酮进行减压精馏，收集125～135℃（267Pa）的馏分，得到浅黄色油状液体紫罗兰酮7～8g，$n_D^{20}=1.499～1.504$，产率70%～80%。

3. 产品的鉴定

（1）假性紫罗兰酮的鉴定

① 折射率测定，假紫罗兰酮 $n_D^{20}=1.5158$。

② 红外光谱分析，特征吸收峰（cm^{-1}）：2968，2923（—CH_3，—CH_2—的伸缩振动），1670（共轭羰基伸缩振动），1630，1589（C＝C伸缩振动），1444（烷基弯曲振动），980（C＝C弯曲振动）等特征吸收。

（2）紫罗兰酮的鉴定

① 折射率测定，假紫罗兰酮 $n_D^{20}=1.500$。

② 红外光谱分析，液膜法测得红外光谱图：ν_{max} 1688.82（共轭羰基），1622.05，1360.12（C＝C），1400（—CH_2—），2916.31，2864.95（—CH_2—和—CH_3），2962.52（C＝C—H）等特征吸收。

五、注意事项

1. 假性紫罗兰酮制备过程中蒸出丙酮及其他低沸物时，要注意在蒸馏期间使反应液保持微酸性。

2. 假性紫罗兰酮的产率与缩合剂用量和反应时间有关。缩合剂用量太少或者反应时间太短，反应不完全，产率低；缩合剂用量过多或者反应时间过长，原料和产物易于聚合而降低产率。

3. 利用酸催化假性紫罗兰酮成为紫罗兰酮的环化剂，目前较为满意的是 H_2SO_4 和 H_3PO_4。但此类催化剂腐蚀性强，且反应条件较苛刻，后处理也麻烦。所以，人们陆续开发用固体超强酸、硫酸盐等为催化剂进行环化合成。

六、思考题

1. 用不纯净的柠檬醛来制备紫罗兰酮有何问题？应如何解决？

2. 柠檬醛与丙酮的缩合反应过程有哪些主要副反应？如何避免？

3. 在本实验的基础上用什么方法可将 α-紫罗兰酮与 β-紫罗兰酮分离开？

4. 查阅有关文献，了解影响 α-紫罗兰酮和 β-紫罗兰酮生成的主要因素。

七、参考文献

[1] 蔡干，曾汉维，钟振声. 有机精细化学品实验 [M]. 第一版. 北京：化学工业出版社，1997.

［2］刘公和，王碧玉．假性紫罗兰酮合成新工艺（Ⅱ）［J］．福州大学学报：自然科学版，1993，21（3）：104-107.

［3］王洪钟，刘亚华，唐澄汉等．假紫罗兰酮的环化反应 β-紫罗兰酮的合成［J］．化学世界，1995，（4）：195-197.

☑ 实验十五
固体颗粒比表面积和孔径分布的测定

一、实验目的

1. 了解固体颗粒比表面积和比孔容积测定的重要性及主要测定方法；
2. 了解 BET 和孔径测定的基本原理和 ASAP 2020 全自动物理化学吸附仪的基本组成；
3. 掌握采用 N_2-物理吸附法测定固体颗粒比表面积和孔径分布的方法。

二、实验背景及原理

比表面积是指单位质量（或单位体积）的物质所具有的表面积，以符号 Sg 表示，其数值与吸附质的性质有关。它是粉末及多孔性物质的一个重要特性参数，在生产和科研部门有着广泛的应用。

为了适应生产与科学技术的发展，建立了许多不同机理、较为经验性的表面积测试法，其中 BET 氮吸附法有较为扎实的理论基础，可靠的数据等特点，实验设备也不太复杂，因此其多层吸附等温方程成为以后发展吸附法的基础，并在此基础上建立和完善了静态吸附容量法和重量法实验技术。BET 理论是 Brunauer、Emmett 和 Teller 在 1938 年提出多层吸附模型，它发展了 Langmuir 单层吸附理论。他们把 Langmuir 动力学理论延伸至多层吸附，所作的假设除了吸附层不限于单层而可以是多层外，与 Langmuir 理论所作的假设完全相同。BET 理论假设吸附在最上层的分子与吸附质气体或蒸气处于动力学平衡之中。

BET 法已由各种官方机构用作为表面积测定的一种标准的工艺方法，例如，英国标准（British Standard）、法国标准（Norme Francaise）、美国国家标准（American National Standard）等。BET 法的原理是物质表面（颗粒外部和内部通孔的表面）在低温下发生物理吸附，假定固体表面是均匀的，所有毛细管具有相同的直径；吸附质分子间无相互作用力；可以有多分子层吸附且气体在吸附剂的微孔和毛细管里会进行冷凝。多层吸附是不等第一层吸满就可有第二层吸附，第二层上又可能产生第三层吸附，各层达到各层的吸附平衡时，测量平衡吸附压力和吸附气体量。所以吸附法测得的表面积实质上是吸附质分子所能达到的材料的外表面和内部通孔总表面之和。吸附温度在氮气液化点附近。低温可以避免化学吸附。相对压力控制在 0.05～0.35 之间，低于 0.05 时，氮分子数离多层吸附的要求太远，不易建立吸附平衡，高于 0.35 时，会发生毛细凝聚现象，丧失内表面，妨碍多层物理吸附层数的增加。根据 BET 方程，求出单分子层吸附量：

$$\frac{p/p_0}{V(1-p/p_0)}=\frac{C-1}{V_mC}\times p/p_0+\frac{1}{V_mC}$$

从而计算出试样的比表面积。

令 $Y=\dfrac{p/p_0}{V(1-p/p_0)}$、$X=p/p_0$、$A=\dfrac{C-1}{V_mC}$、$B=\dfrac{1}{V_mC}$，便得到 BET 直线图（见图1），通过一系列 p/p_0 和吸附量 V 的测量，由 BET 图和最小二乘法求出 A 和 B，进而求出单层

容量 V_m 和 BET 参数 C。若样品的重量为 m，用氮气吸附时样品的比表面积 $S_m = 4.35V_m/m$。

气体吸附法孔径分布测定利用的是毛细冷凝现象和体积等效交换原理，即将被测孔中充满的液氮量等效为孔的体积。毛细冷凝指的是在一定温度下，对于水平液面尚未达到饱和的蒸气，而对毛细管内的凹液面可能已经达到饱和或过饱和状态，蒸气将凝结成液体的现象。由毛细冷凝理论可知，在不同的 p/p_0 下，能够发生毛细冷凝的孔径范围是不一样的，随着 p/p_0 值的增大，能够发生毛细冷凝的孔半径也随之增大。对应于一定的 p/p_0 值，存在一临界孔半径 R_k，半径小于 R_k 的所有孔皆发生毛细冷凝，液氮在其中填充。临界半径可由凯尔文方程给出：$R_k = -0.414/\lg(p/p_0)$，R_k 完全取决于相对压力 p/p_0。该公式也可理解为对于已发生冷凝的孔，当压力低于一定的 p/p_0 时，半径大于 R_k 的孔中凝聚液气化并脱附出来。通过测定样品在不同 p/p_0 下凝聚氮气量，可绘制出其等温脱附曲线。由于其利用的是毛细冷凝原理，所以只适合于含大量中孔、微孔的多孔材料。

ASAP 2020 系列全自动快速比表面积及中孔/微孔分析仪，结构紧凑，操作简单，可同时进行一个样品的分析和两个样品的制备，仪器的操作软件为"Windows"软件，仪器可进行单点、多点 BET 比表面积、Langmuir 比表面积、BJH 中孔、孔分布、孔大小及总孔体积和面积、密度函数理论（DFT）、吸附热及平均孔大小等的多种数据分析。仪器的工作原理为等温物理吸附的静态容量法。仪器外观结构如图 2 所示，由图 2 可以看出，仪器从左到右主要包括脱气站、冷阱以及分析站三个部分。

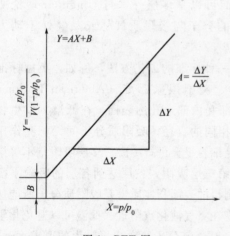

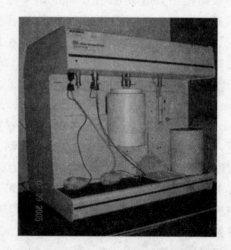

图 1　BET 图　　　　　　图 2　美国麦克 ASAP 2020 全自动物理化学吸附仪

该仪器测定的技术参数如下所示。①比表面分析从 $0.0005m^2/g$（Kr 测量）至无上限；②孔径分析范围：$3.5\sim5000\text{Å}$（氮气吸附），微孔区段的分辨率为 0.2Å，孔体积最小检测：$0.0001mL/g$。

三、主要仪器与试剂

1. 仪器

ASAP 2020 全自动物理化学吸附仪、冷阱罐、电子天平、样品管。

2. 试剂

氦气、氮气、液氮、Pd/Al_2O_3 催化剂。

四、实验步骤

1. 开机及仪器检查

首先打开氦气和氮气钢瓶的总阀门，把分压力表置于 0.2MPa 压力上，确保冷阱管干燥清洁、冷阱罐装满液氮且都安装正确后，打开仪器总开关，两个真空泵开关以及电脑电源，打开仪器操作软件 ASAP2020（此处注意要先打开仪器开关，再打开操作软件），软件操作界面如图 3 所示：

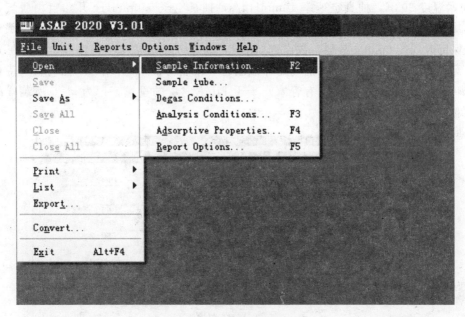

图 3　BET 仪器软件操作界面

2. 样品的称量及装样

待测样品的量根据样品本身的比表面积数值确定，如样品本身比表面积较大，样品的量可以略少，如样品本身比表面积较小，样品的量则需增大，一般所测样品的质量在 0.5g 左右即可。首先称量干燥洁净的样品管（有管塞）在装样前的重量，记为 m_1。将待测 Pd/Al_2O_3 样品倒入样品管中，倒入后将粘在管壁上的样品吹入或用纸擦出，盖好样品管的塞子。称量样品管（有管塞）＋湿 Pd/Al_2O_3 的重量，记为 m_2。将称量好的样品管放入加热套中固定好，并旋入相应的脱气口。此处注意，加热套和脱气口一一对应，如安装错误则会出现加热和控温不配套的情况，最终导致加热套烧坏。如图 3 所示，在软件操作界面上依次选择 file ＞ open ＞ sample information，打开后输入待测样品的名称，如 Pd/Al_2O_3-1（注意样品名称不要重复），此时会出现提示没有此文件名，是否建立，点击 yes。

3. 样品的脱气

测定样品的总表面积需要非选择的物理吸附。用简单的非极性分子（如稀有气体或氮）能最近似的达到这种预期的效果，并被广泛利用。在吸附之前，样品须加以足够程度的脱气，以保证放出的杂质气体对测定压力无影响。预先吸附的气体通常用真空泵（回转式和扩散式）和冷阱组合在一起从吸附剂上排除，精确的脱气条件（吸附剂的温度、抽气的时间和剩余压力）需要得到能再现的物理吸附等温线，这在很大程度上取决于吸附体系的性质和研究的目的。用氮吸附来测定表面积和孔径分布时，10^{-1} Torr[❶] 的真空状态通常认为是适宜的。脱气速率与温度关系很大。一般脱气的温度不应该超过该样品以前曾经受过的最高温度，以避免因烧结而损失表面积。在许多场合下，在温度处于 $300\sim400$K 脱气至 10^{-2} Pa 并持续脱气一小时是适合的，但脱气可接受的时间和温度范围，则需要对每一类样品从实验中加以建立。

按照步骤 2 中同样程序，打开 Pd/Al$_2$O$_3$-1，在 Degas Condition 中（如图 4 所示）设置脱气程序，脱气分为抽真空过程和升温过程，抽真空过程参数设置如下：初始升温速率 1K/min，初始温度 303K，抽真空速率 10mmHg/s，抽真空至 5.0mmHg 开始自由脱气，自由脱气至 10μmHg，保持时间 30min；升温过程参数设置如下：升温速率 10K/min，最终温度 393K，保持时间 360min。其他参数设置如图 4，设置结束点击 save 以保存设置。在 unit 菜单中选择 start degas，选择所要脱气的样品名称，准备好后点击 start。脱气结束待样品管温度冷却后取出，称量样品管（有管塞）＋干 Pd/Al$_2$O$_3$ 的重量，记为 m_3。所装样品的实际重量即为 m_3-m_1。

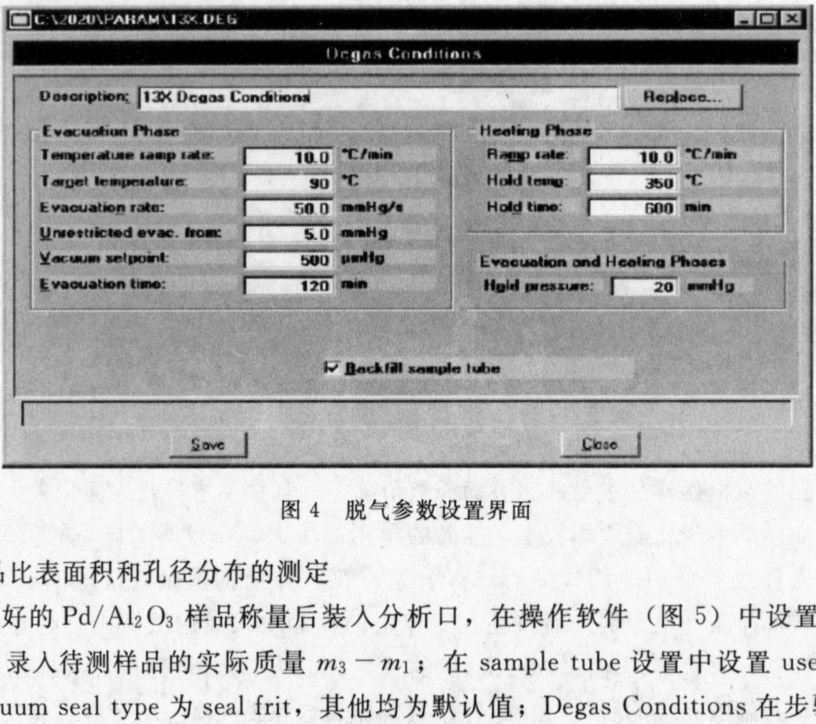

图 4　脱气参数设置界面

4. 样品比表面积和孔径分布的测定

将脱气好的 Pd/Al$_2$O$_3$ 样品称量后装入分析口，在操作软件（图 5）中设置 sample information，录入待测样品的实际质量 m_3-m_1；在 sample tube 设置中设置 use isothermal jacket，vacuum seal type 为 seal frit，其他均为默认值；Degas Conditions 在步骤 2 中已经设置；Analysis Conditions（图 6）中设置根据样品自身孔径分布所设定的 p/p_0 等参数。待各参数设定结束后，点击 save。在 unit 菜单中选择 sample analysis，选择 Pd/Al$_2$O$_3$-1，准备好后点击 start。

5. 分析报告的设定和读取

在 file 菜单中点击 report options，在出现的界面上对 summary，isotherm，BET sur-

---

❶　1Torr=133.322Pa。

44

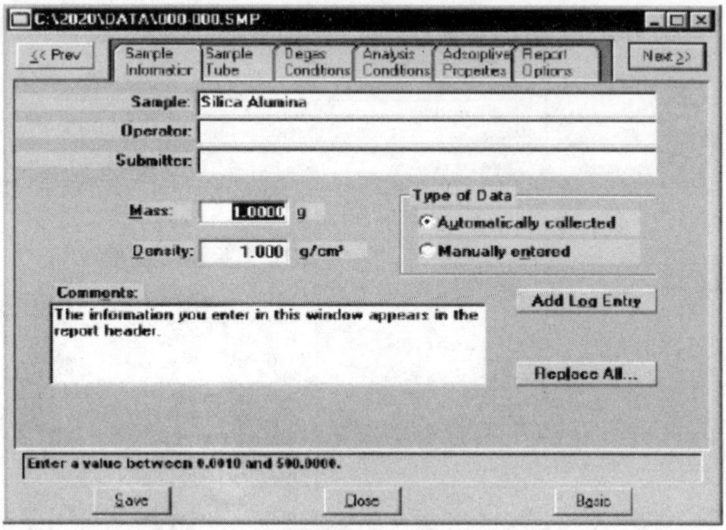

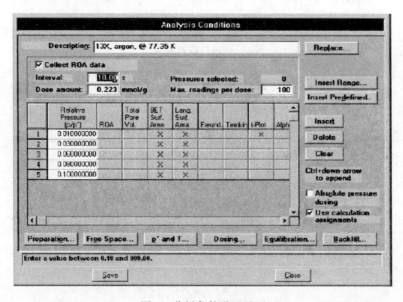

图 5　样品信息设置界面

图 6　分析条件设置界面

face area，BJH adsorption，BJH desorption 等进行设置（见图 7），待设置完成后点击 save。待样品分析完成后，点击 report 菜单中的 report generate。如图 8、图 9 所示会出现 summary report 以及 BJH desorption 等分析结果，可以根据需要读取分析数据。

测量完毕关闭仪器时，应先关闭操作软件，再关闭仪器。气体钢瓶在不用时要关闭，以防发生危险。

五、注意事项

1. 仪器开启之前要确保冷阱中装有充足的液氮。

2. 装样之前的空样品管及脱气之后装有样品的样品管一定要准确称量。

3. 样品脱气之前要预先干燥。脱气时一定要保证加热包和脱气口一一对应，以防止加

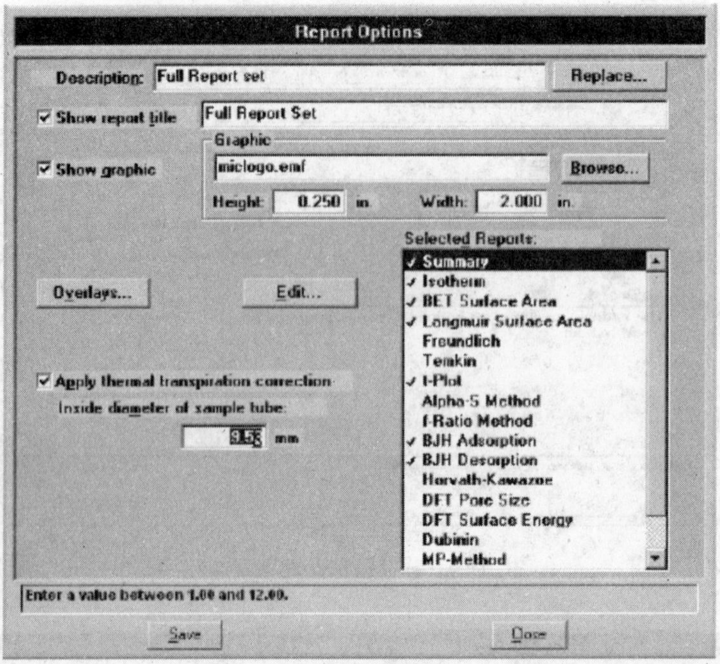

图 7　分析报告设置界面

Warm Free Space: 28.5489 cm^3 Entered　　　　Cold Free Space: 89.2905 cm^3
Equilibtation Interval: 45s　　　　　　　　　　Low Pressuro Doso: 0.1338 mmol/g
Automatic Degas: No

Comments: Nitrogen on 13X zeolite reference material. This is an example of a micropore analysis

Summary Report

Surface Area
Single point surface area at P/P$_0$=0.048878268: 643.1933 m^2/g

BET Surface Area: 646.3049 m^2/g

Langmuir Surface Area: 714.2172 m^2/g

t-Plot Micropore Area: 615.9375 m^2/g

t-Plot Exlernal Surface Area: 30.3674 m^2/g

Pore Volume
t-Plot micropore volume: 0.237962 cm^3/g

Horvath-Kawazoe
Maximum pore volume at P/P$_0$=0.300822914: 0.251503 cm^3/g

Median pore width: 4.6570A

图 8　分析结果

热包烧坏。

　　4. 脱气温度不能超过样品分解或发生变化的最低温度。

　　5. 样品管安装要保证不漏气。

　　6. 气体钢瓶在不用时要关闭，以防发生危险。

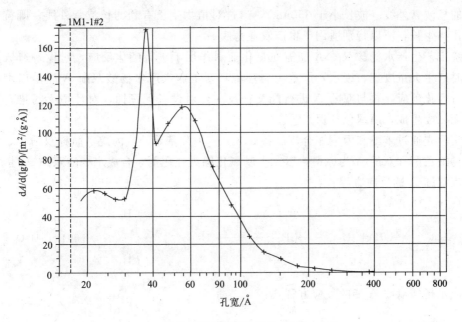

图 9　BJH 脱附孔径分布图

六、思考题

1. 在该仪器中冷阱有什么用途？

2. 样品脱气之前为何要先干燥？脱气时干燥温度应如何选择？

七、参考文献

[1] Barrett E P, Joyner L C, Haletda P P. JACS, 1951, 73: 373.

[2] Stevens G C, Edmonds T. Surface composition and chemical activity of a sulfided CoMo catalyst [J]. J Catal, 1976, 44: 488.

[3] 刘培生. 多孔材料比表面积和孔隙形貌的测定方法 [J]. 稀有金属材料与工程, 2006, 35 (S2): 25-29.

[4] 宝鸡有色金属研究所. 粉末冶金多孔材料 (下) [M]. 北京: 冶金工业出版社, 1979.

[5] 陈金妹, 张健. ASAP2020 比表面积及孔隙分析仪的应用 [J]. 分析仪器, 2009, (3): 61-64.

☑ **实验十六**

水杨酸双酚 A 酯的合成

一、实验目的

1. 掌握抗氧化剂双酚 A 及水杨酸双酚 A 酯原理和方法；

2. 了解抗氧化剂双酚 A 及水杨酸双酚 A 酯的化学特性及主要用途。

二、实验背景及原理

水杨酸双酚 A 酯（bisphenol A disalicylate），商品名称为光稳定剂 BAD 或紫外线吸收剂 BAD，化学名称为对，对′-亚异丙基双酚双水杨酸酯。

水杨酸双酚 A 酯除用作纺织品防紫外线外，还大量应用于聚丙烯、聚乙烯和聚氯乙烯等塑料，可吸收波长为 350nm 以下的紫外线，提高制品的耐候性。因其能有效地吸收对植物有害的短波紫外线（波长小于350nm），透过对植物生长有利的长波紫外线，既抗老化又不影响作物生长，所以特别适用于生产农业薄膜。

传统工艺生产水杨酸双酚 A 酯需在氯化亚砜作用下进行酯化反应，对设备造成严重腐蚀，同时产生大量废气、废水，严重污染环境。新工业生产水杨酸双酚 A 酯是以水杨酸先与醇进行酯化反应，再与双酚 A 进行酯交换反应，对设备无腐蚀，对环境无污染，后处理简单，无三废生成，属绿色环保工艺。

本实验先通过苯酚和丙酮缩合，制备 2,2-二（4-羟基苯基）丙烷（简称双酚 A，BPA），再用水杨酸乙酯和双酚 A 为原料，以二丁基氧化锡为催化剂，合成水杨酸双酚 A 酯。

合成双酚 A 的反应方程式：

$$2 \bigcirc\!\!-OH + H_3C-\overset{\overset{O}{\|}}{C}-CH_3 \xrightarrow[\text{水}]{\text{氢氧化钾}} HO-\bigcirc\!\!-\overset{\overset{CH_3}{|}}{\underset{\underset{CH_3}{|}}{C}}\!\!-\bigcirc\!\!-OH + H_2O$$

合成水杨酸双酚 A 酯的反应方程式：

$$2 \overset{\overset{O}{\|}}{\underset{OH}{\bigcirc\!\!-C-OC_2H_5}} + HO-\bigcirc\!\!-\overset{\overset{CH_3}{|}}{\underset{\underset{CH_3}{|}}{C}}\!\!-\bigcirc\!\!-OH \longrightarrow$$

$$\underset{OH}{\bigcirc\!\!-C}\overset{\overset{O}{\|}}{}-O-\bigcirc\!\!-\overset{\overset{CH_3}{|}}{\underset{\underset{CH_3}{|}}{C}}\!\!-\bigcirc\!\!-O-\overset{\overset{O}{\|}}{C}\!\!-\underset{OH}{\bigcirc} + 2C_2H_5OH$$

三、主要仪器与试剂

1. 仪器

三口烧瓶、二口连接管、球形冷凝管、恒压滴液漏斗、布氏漏斗、抽滤瓶、锥形瓶、分液漏斗、量筒、克氏蒸馏头、温度计、旋转蒸发仪、熔点测定仪、电子恒速搅拌器、真空干燥箱、红外光谱仪、质谱仪、核磁共振谱仪。

2. 试剂

苯酚、丙酮、氢氧化钾、水杨酸乙酯、二丁基氧化锡、氯苯。

四、实验步骤

1. 双酚 A 的合成

在装有搅拌器、冷凝管、温度计、滴液漏斗和导气管的五口烧瓶中，加入 28.2g（0.3mol）苯酚、1.5g 氢氧化钾（加入量约为苯酚质量的 5%），再加入 40mL 水作溶剂。通入氮气，在搅拌下将温度升到 70℃，滴加 7.5mL（0.1mol）丙酮进行反应，丙酮约在 30min 内滴加完毕。然后，继续回流 1.5h。

将反应混合物冷却后析出固体，减压过滤，用热水洗涤、分离后，粗产物重结晶，真空干燥，即得产品双酚 A，熔点为 155～157℃，收率约 70%。产物进一步用红外光谱、质谱、核磁共振氢谱表征。

2. 水杨酸双酚 A 酯的合成

在装有搅拌器、冷凝管、温度计、滴液漏斗和导气管的五口烧瓶中，加入 22.8g（0.1mol）双酚 A，31mL（0.21mol）水杨酸乙酯，0.6g 二丁基氧化锡。在氮气保护下加热搅拌，溶化后，迅速升温至 120～130℃。反应约 4h 后，减压蒸出生成的乙醇和未反应的水杨酸乙酯。加入 5mL 氯苯，趁热过滤，除去催化剂及杂质，冷却滤液，析出晶体，抽滤，用冷氯苯淋洗滤饼，真空干燥，得白色晶体，熔点为 158～161℃，收率约 94%。产物进一步用红外光谱、质谱、核磁共振氢谱表征。

五、注意事项

1. 合成双酚 A 的工艺技术主要有：硫酸法；盐酸法或氯化氢法；树脂法。前两种方法由于自身存在缺陷已趋于淘汰。树脂法常采用磺酸型阳离子交换树脂作催化剂，巯基化合物为助催化剂，此法具有腐蚀性小、污染少、催化剂易分离、产品质量高等优点，但成本费用高，丙酮单程转化率低，对原料苯酚要求较高。近年开发的以固体有机酸作催化剂，对设备的腐蚀比硫酸小，环境污染小，使用量小，不易引起副反应，价廉易得，是适于工业化生产的有效催化剂。室温离子液体作为一种环境友好的溶剂和催化剂体系，也正在被人们认识和接受，并被用在双酚 A 的合成中。

2. 合成双酚 A 时，丙酮过量有利于有效利用苯酚，提高收率，但易发生乳化现象。通过加热、加表面活性剂及加盐等办法可以破乳。

六、思考题

1. 本实验中合成双酚 A 属于以醛或酮为烷基化剂，在芳环上引入烷基的反应，反应可以在酸或碱的催化下进行。写出本实验碱催化反应的机理。

2. 双酚 A 的合成在有机合成上属于哪一类型的反应？

3. 本实验中可能发生的副反应有哪些？为避免副反应发生在实验中应注意哪些问题？

4. 合成双酚 A 的后处理时为何要使用热水洗涤？

七、参考文献

[1] 严一丰，李杰，胡行俊. 塑料稳定剂及其应用 [M]. 第 1 版. 北京：化学工业出版社，2008.
[2] 胡应喜，刘霞，翟严菊. 水杨酸双酚 A 酯的合成与表征 [J]. 化学试剂，2003，25（4）：235-236；249.
[3] 郝素娥，宋奎国，章鸿君. 用碱性催化剂催化合成双酚 A 的研究 [J]. 化学试剂，2000，22（2）：126-127.
[4] Eric L Margelefsky, Ryan K Zeidan, Ve'ronique Dufaudl. Organized Surface Functional Groups：Cooperative Catalysis via Thiol/Sulfonic Acid Pairing [J]. J Am Chem Soc, 2007, 129（44）：13691-13697.

☑ 实验十七
水热法合成 ZnO 纳米材料及其应用

一、实验目的

1. 了解纳米材料的制备方法；

2. 掌握水热法制备纳米材料的原理与方法；

3. 了解 ZnO 等氧化物纳米材料表征技术及其应用；

4. 了解 ZnO 纳米材料的光学特性。

二、实验背景及原理

纳米科学技术是 20 世纪 80 年代末诞生并迅速崛起的新科技，其主要是研究由尺寸在 $0.1\sim100nm$ 之间的物质组成体系的运动规律和相互作用及可能的实际应用技术问题的科学技术。纳米材料是指在三维空间中至少有一维处在纳米尺度范围，或由它们作为基本单元构成的材料。根据纳米材料的结构，可以分为零维纳米材料、一维纳米材料、二维纳米材料三类。纳米材料作为材料家族中的重要一员，近年来受到科学界和工程界广泛的重视。纳米材料的制备方法可以分为物理方法和化学方法两类，其中常用的化学方法有化学气相法、化学沉淀法、水热法、溶胶-凝胶法、溶剂蒸发法、电解法等。纳米技术制备的关键是如何控制颗粒大小和获得较窄且均匀的粒度分布。在制备过程中，应根据制备条件及要求，选择合适的制备方法。

水热法制备纳米技术是通过金属或沉淀物与溶剂介质——水，在一定的温度和压力下发生水热反应，直接合成化合物纳米尺寸粉末的方法。当溶剂为有机溶剂时，又被称作有机溶剂热合成法。以水为介质，一般用于合成氧化物晶态粉末。以有机溶剂为介质，一般用于非氧化物粉末的合成。该方法的最大优点是由于避开了前驱体的煅烧过程，因而粉末中不含硬团聚，所得粉末的烧结性极佳。但水热法制备复合粉末时，为保证成分的均匀性，反应条件苛刻，且制备成本高。

水热法特点：反应在密闭体系中，易于调节环境气氛，有利于特殊价态化合物和均匀掺杂化合物的合成；在反应过程中，溶液黏度下降，扩散和传质过程加快，而反应温度大大低于高温反应，因此可以替代某些高温固相反应；适合于在常温常压下不溶于各种溶剂或溶解后易分解，熔融前后易分解的化合物的合成，有利于合成低熔点、高蒸气压且不能在熔体中生成的材料；由于等温、等压和溶剂条件特殊，容易出现一些中间态、介稳态和特殊物相。因此，水热法特别适合于合成特殊结构、特种凝聚态的新化合物，以及制备有平衡缺陷浓度、规则取向和晶体完美的晶体材料。

从 1997 年发现氧化锌（ZnO）薄膜的紫外光发射后，氧化锌（ZnO）纳米材料的研究受到越来越广泛的重视。其作为一种重要的多功能半导体材料，具有很高的导电导热性能和化学稳定性及良好的紫外吸收性能，被广泛应用于橡胶、陶瓷、日用化工、涂料等方面，可以用来制备橡胶添加剂，气体传感器、紫外线掩蔽材料、变压器和多种光学装置。在室温下，ZnO 纳米材料具有很高的激子结合能（60MeV），远大于 ZnSe（20MeV）和 GaN（21MeV）的激子结合能。这一切使得 ZnO 成为最有潜在前景的紫外发光器件材料之一。

目前制备氧化锌纳米粉体的方法已有很多，如均相沉淀法、溶胶-凝胶法、水热法、电弧等离子体法、喷雾热解法、气相沉积法等，这些方法具有不同的优缺点。本实验采用水热法合成 ZnO 纳米材料。

三、主要仪器与试剂

1. 仪器

三口烧瓶、滴液漏斗、布氏漏斗、抽滤瓶、量筒、烧杯（400mL）、磁力搅拌器、干燥箱、X 射线衍射仪、透射电子显微镜、电子秤、高压釜。

2. 试剂

$Zn(NO_3)_2$、KOH、N_2、聚乙烯醇。

四、实验步骤

分别配制一定量浓度为 1.0mol/L $Zn(NO_3)_2$ 溶液和 2.0mol/L KOH 溶液。将 $Zn(NO_3)_2$ 溶液置于三口烧瓶中，加入少量助剂，搅拌，滴液漏斗滴加 KOH 溶液，在接近终点时，调剂溶液 pH 值为 7~13，然后继续搅拌反应一定时间。将溶液置入不锈钢高压反应釜内，充入 N_2 形成一定初压，然后升温至 150~250℃，保温一段时间后，然后冷却到室温，排空 N_2，取出反应釜中产品，过滤得沉淀物，用去离子水洗涤 3 次，过滤，干燥得最终产品。用 X 射线衍射仪，透射电子显微镜分析产品。

研究不同温度、压力、pH 值、反应时间、助剂等工艺条件对产品的影响。测量 ZnO 光学特征。

五、注意事项

1. 水热合成过程是前驱体的一个水解反应过程，其将直接影响产品的形态，必须认真了解水解反应的影响因素。

2. 在水热合成过程中，反应温度和压力直接影响 ZnO 晶体的形成以及生长方式和速度，从而影响产物的晶体结构和性能。

3. ZnO 晶体在常温下存在紫外受激发射特性，制备过程将影响 ZnO 纳米材料的晶形并对其光学特性产生影响。

六、思考题

1. 影响水解的因素有哪些？如何影响？

2. 制备过程对 ZnO 光学性能的影响。

七、参考文献

[1] 霍汉德, 左艳彬, 卢福华. 氧化锌晶体的水热法生长及其性能研究 [J]. 超硬材料工程, 2006, 18 (2): 60-62.
[2] 谢根生. 水热法合成 ZnO 及其光催化性质研究 [J]. 材料导报, 2006, 20 (6): 134-136.
[3] 李本林, 梁英, 和平. 水热法生产纳米 ZnO 的工艺研究 [J]. 武汉理工大学学报, 2006, 28 (7): 30-32.
[4] 孔祥荣, 刘琳, 邱晨. 氧化锌纳米棒的研究进展 [J]. 材料导报, 2009, 23 (3): 105-109.

☑ 实验十八
硫酸四氨合铜（Ⅱ）的制备

一、实验目的

1. 了解硫酸四氨合铜（Ⅱ）的制备步骤；

2. 掌握蒸馏法测定氨的技术及硫酸四氨合铜（Ⅱ）组成的测定方法；

3. 学习热重分析仪的使用。

二、实验背景及原理

硫酸四氨合铜（Ⅱ）常用作杀虫剂，是一种高效安全的广谱杀菌剂，对真菌、细菌性病害均有较好的防治效果，其 14％ 水剂稀释 250～300 倍后可以防止水稻稻曲病，稀释 200～250 倍，可以防治黄瓜角斑病以及番茄疫病，另外还可以应用于防治苹果腐烂病、棉花铃疫病、葡萄霉病等等；同时又是植物生长激素，在施药条件下，能促进作物生长，明显提高作物产量；另外它还可以作为媒染剂，以及在碱性镀铜中也常作为电镀液的主要成分，在工业上用途广泛。

硫酸四氨合铜（Ⅱ）是一种蓝色正交晶体，熔点 150℃（分解）。溶于乙醇和其他低级醇中，不溶于乙醚、丙酮、三氯甲烷等有机溶剂。常温下，能与空气中的水和 CO_2 反应，生成铜的碱式盐，使晶体变成绿色粉末。

其制备的主要原理为：

$$CuSO_4 + 4NH_3 + H_2O \Longrightarrow [Cu(NH_3)_4]SO_4 \cdot H_2O$$

由于硫酸四氨合铜（Ⅱ）加热易分解，因此制备过程不宜采用蒸发浓缩等操作步骤。主要是通过晶体析出的方法制备得到，析出晶体的方法有两种，一种是向硫酸铜溶液中通入过量氨气，并加入一定量硫酸钠晶体，使硫酸四氨合铜晶体析出；另一种方法是根据硫酸四氨合铜（Ⅱ）在乙醇中的溶解度远远小于水中的溶解度这一性质，向硫酸铜溶液中加入浓氨水后再加入浓的乙醇溶液使晶体析出。

硫酸四氨合铜（Ⅱ）晶体中，主要成分为 NH_3，Cu^{2+}，SO_4^{2-} 三种，其组分的测定可以根据三种不同组分的性质，设计测定方法（化学滴定方法）进行测定。

三、主要仪器与试剂

1. 仪器

烧杯、布氏漏斗、抽滤瓶、锥形瓶、量筒、导管、普通漏斗、酒精灯、铁架台、铁圈、十字夹、磁力搅拌器、真空干燥箱、分光光度计、热重分析仪。

2. 试剂

乙醇、氨水、硫酸铜、盐酸、NaOH、$BaCl_2$ 等（可根据设计方案添加仪器和试剂）。

四、实验步骤

1. 硫酸四氨合铜（Ⅱ）的制备

取 10g 硫酸铜（带结晶水）于 100mL 小烧杯中，用 14mL 水溶解，然后加入浓氨水 20mL，再沿烧杯壁慢慢加入 35mL 95％乙醇，盖上表面皿，静止。待晶体析出后，减压过滤，得到晶体用乙醇、浓氨水混合液（1∶2 体积比）洗涤，然后用乙醇与乙醚的混合液淋洗，在 60℃ 左右烘干即得产品。

2. 硫酸四氨合铜（Ⅱ）成分测定

根据所学知识，查阅相关文献，设计合理的方案测定硫酸四氨合铜（Ⅱ）中各组分的含量，并对照晶体分子结构。用热重分析测定硫酸四氨合铜（Ⅱ）的 TG 曲线。

五、注意事项

1. 注意组分理论含量与测定值之间的差距比较，优化合成路线。

2. 原料铜的不同（如以回收铜丝或废弃电路板为原料）制备硫酸四氨合铜（Ⅱ）晶体的实验方案也不尽相同，应注意原料改变对合成路线的影响。

3. 根据 TG 曲线，了解硫酸四氨合铜（Ⅱ）的热分解过程。

六、思考题

1. 比较两种晶体析出方法的优劣。
2. 硫酸四氨合铜（Ⅱ）组分测定过程中，各组分有哪些测定方法，并说明其优缺点。
3. 计算铜含量的利用率，试说明哪些因素影响铜的利用率，如何提高铜的利用率。
4. 计算本实验的原子经济性。

七、参考文献

[1] 石莉萍，刘纯，王丽君. 硫酸四氨合铜的制备及组成测定的实验研究. 沈阳教育学院学报，2002，4（4）：112-114.
[2] 王岚，张泽民. 由粗铜电解精炼制备硫酸铜和硫酸四氨合铜（Ⅱ）晶体. 化学教育，1983，（6）：40-41.
[3] 黄中强，蒋毅民. 硫酸四氨合铜制备工艺研究. 广西师范大学学报，1999，17（3）：69-71.

☑ 实验十九
无机硼酸材料的合成及应用

一、实验目的

1. 了解无机硼酸盐材料的制备方法；
2. 掌握硼酸钙的制备方法及应用；
3. 学习无机材料的表征技术。

二、实验背景及原理

硼是一种十分有用的无机工业材料，根据 20 世纪末期统计，硼化物的产量占无机盐产量的一半以上，在七大无机盐产业中居首位。硼化物具有阻燃、耐热、耐磨、高硬、高强、质轻、催化等特性，因此在国民经济和人民生活中具有广泛的用途。如硼氢化物中的硼烷、硼双氢化合物，可用作火箭的高能染料和有机合成的高效还原剂。硼的金属化合物，如硼化钛，硼化（锂）铝等可被应用于原子能工业、航天工业、电讯工业以及电子工业中。硼的卤化物及氟硼酸盐因其特殊的性能而应被用于有机合成工业、纺织印染工业、合成树脂催化剂以及电镀工业中。各种硼酸盐，如硼酸钠、硼酸钾被应用于搪瓷、玻璃、医药等领域中。

作为硼酸盐材料的一种——硼酸钙，有二元二硼酸钙（$CaO \cdot B_2O_3 \cdot nH_2O$）、二元四硼酸钙（$CaO \cdot 2B_2O_3 \cdot nH_2O$）、四元六硼酸钙（$2CaO \cdot 3B_2O_3 \cdot nH_2O$）和二元六硼酸钙等几种结构。其在玻璃、陶瓷、搪瓷和釉行业被广泛应用，尤其在无碱玻璃纤维中，硼酸钙是唯一无氟、低镁、铁基微的一种重要的化工原料。一直以来，无碱玻璃纤维中的硼，来自于硼酸，但由于硼酸材料费用占原料总价的 70%～80%，增加了生产成本，而且由于硼酸具有挥发性，造成一定的污染。目前，国内一些企业生产的无碱玻璃纤维，大部分依赖进口硼酸钙石。和硼酸、硼镁矿、硬硼钙石相比，硼酸钙具有以下优点：在熔制质量不变的情况下，能使熔化温度降低 13℃，节约能源 16%；低挥发性，损耗少，其用量约为硼酸的 80%；B_2O_3 含量达 48%～51%，影响玻璃纤维产品性能的镁、磷、硫、砷杂质含量低，使产品质量提高，而且对熔炉无任何危害；作为一种较好的釉用原料，使瓷色均匀、提高制品光洁度。

目前硼酸钙生产工艺路线有硼酸石灰乳法、硼矿石灰乳法、硼砂石灰乳法等几种。根据硼源的不同，合成方法也各不相同，其所用的原料主要有硼酸、硼矿和硼砂。在合成过程中，应根据不同的原料以及不同种类的硼酸钙盐选择合适的合成路径。

三、主要仪器与试剂

1. 仪器

烧杯、布氏漏斗、抽滤瓶、锥形瓶、量筒、铁架台、滴定管、磁力搅拌器、干燥箱、红外光谱仪、X 射线衍射仪、热重分析仪。

2. 试剂

CaO、硼砂、无水 $CaCl_2$、乙二胺四乙酸二钠、甘露醇等（可根据设计方案添加仪器和试剂）。

四、实验步骤

1. 硼酸钙的合成

查阅文献，根据硼酸钙的不同形态，确定合适的制备方法。注意投料比、pH 值、干燥时间及条件等因素对产品的影响。考察合成方法的原子利用率。

2. 产品的分析

(1) 产品中氧化钙含量的测定。根据已学知识，钙含量的测定可以采用 EDTA 络合滴定法。用盐酸将准确称量的产品溶解后，用 NaOH 调节 pH > 12.5，然后加入钙指示剂，用标准的 EDTA 溶液滴定至溶液由淡红色变为纯蓝色，并根据滴定结果计算 CaO 的质量分数。

(2) 产品中氧化硼含量的测定。产品中氧化硼含量的测定可采用甘露醇法：用盐酸将准确称量的产品溶解，用 NaOH 溶解调节其 pH 约等于 4.4（甲基红正好变黄色），然后加入一定量的甘露醇和酚酞指示剂，用 NaOH 标准溶液滴定至终点。根据所消耗的 NaOH 标准溶液体积，计算氧化硼的质量分数。

(3) 产品的仪器分析。用红外光谱，XRD，以及热重分析仪对产品进行分析。

五、注意事项

1. pH 值对硼酸钙合成的影响，pH > 11 时基本形成偏硼酸盐，pH = 7~11 时形成多硼酸盐，不同的 pH 值将直接影响合成产品的形态。

2. 硼酸钙组分含量分析过程中，分析方法的选择将直接影响结果的准确性，必须认真分析，确立合适的化学分析方法，在测定过程中严格按照分析操作要求进行实验。

3. 合成硼酸钙中 CaO 和 B_2O_3 均具有一定的质量分数，在硼盐投料量不变的情况下，改变原料的投料比，将影响产物中 CaO 和 B_2O_3 的质量分数，在合成过程应控制一定的投料比。

六、思考题

1. 简述硼酸盐类化合物的应用范围及其制备方法。

2. 在硼酸钙合成过程中，试分析 pH 值如何影响硼酸钙的形态。

3. 结合实验过程中的各种不同分析方法，试说明其在分析硼酸钙过程中的作用及其优缺点。

七、参考文献

[1] 王文侠，李洪岭. 硼酸钙的合成方法探析 [J]. 河南化工，2001，(5)：4-6.
[2] 李治阳，廖梦霞，邓天龙. 合成硼酸钙的研究进展 [J]. 无机盐工业，2007，39 (11)：4-7.
[3] 程广生，赵杉林，姜恒. 六水合二硼酸钙晶体合成的新方法 [J]. 无机盐工业，2009，41 (2)：16-18.
[4] 王凯，于天明，仲剑初. 由硼砂和消石灰制备偏硼酸钙 [J]. 无机盐工业，2009，41 (4)：31-34.

☑ 实验二十
模板法制备介孔分子筛

一、实验目的

1. 通过分子筛的制备，了解分子筛的制备方法；
2. 了解模板法制备介孔材料的方法；
3. 掌握分子筛的物性测定方法以及相关仪器的使用。

二、实验背景及原理

分子筛又称沸石，是一种新型高效能和高选择性的吸附剂，被广泛应用于石油化工及其他化学工业中。分子筛其既可以作为催化剂使用，又能作为催化剂的载体。

分子筛是一类结晶的硅酸盐，化学组成一般可以表示为：

$$[M_2(Ⅰ)/M(Ⅱ)]O \cdot Al_2O_3 \cdot nSiO_2 \cdot mH_2O$$

其中 M 为金属离子，常见的金属离子有 Na，Ca 等；n 为分子筛中的 Si/Al，一般 $n=2\sim11$；m 为结晶水量。由于 n 值的不同可以形成不同类型的分子筛，如 A 型分子筛（$n=2$）、X 型分子筛（$n=2.1\sim3.0$）、T 型分子筛（$n=3.1\sim5.0$）、丝光沸石（$n=9\sim11$）。不同类型的分子筛其晶体结构也各不相同，往往表现出各自的特性，即各种型号的分子筛的耐酸性、热稳定性等性质也不同。

分子筛中 Si、Al 同种或两种原子之间不彼此相互连接成键，而是由 O 原子连接而成，形成 Si—O—Si 或 Si—O—Al 键，由此形成硅铝氧四面体的组成单元，即硅氧四面体和铝氧四面体按一定的方式通过公用顶点的氧而连接在一起，形成环状、链状或笼状骨架。在同样形状的骨架中，由于四面体的数目不同，则其形状和大小也各不相同，如四个四面体形成一个四元环，六个四面体可形成一个六元环，环中间是一个孔，不同的环则有不同的孔径。同一种型号分子筛中可以由多种环组成，因而形成分子筛中多种不同的孔径。

由于分子筛中 Si、Al 分别和 O 形成四面体的结构，其中 Si 是四价的，而 Al 只有三价，即 Al、O 配位形成负电性的四面体，因此整个硅氧铝骨架是带负电荷的，必须吸附阳离子以保持电荷平衡。分子筛中，由硅氧四面体和铝氧四面体连接形成的孔道结构是规则而均匀的，这些孔道的直径为分子大小。通常，这些孔道被吸附水或结晶水占据，加热脱水后就可以吸附直径小于孔道的分子。另外分子筛的孔道具有非常大的内表面，由于晶体晶格的特点而具有高度的极性，因而对极性分子和可极化分子具有较强的吸附能力，这样就可以按照吸附能力的大小对某些物种进行选择性吸附。

由于传统的分子筛孔径太小（一般为 2nm），因此其应用范围受到较大限制。1992 年自 Mobil 公司科学家首次报道利用表面活性剂聚集体做模板合成介孔分子筛 MCM-41 以来，有关介孔材料的研究引起了人们的重视，介孔分子筛在分子的催化、吸附、分离等其他领域的应用研究成为人们关注的热门话题。

表面活性剂模板法合成 MCM-41 是利用多个表面活性剂分子相互聚集起来，形成多分子聚集体（胶束、胶囊等形态）作为模板来合成所需要材料的一种方法。其主要是利用了表面活性剂在溶液中形成定向排列的胶束，并将无机物溶液嵌入在胶束间隙里，形成一定的排列结构后，再进行干燥处理，焙烧除去表面活性剂等有机物，从而得到定向排列的有序介孔固体材料。利用此法可合成出具有孔道排列有序，孔径均一可调，形貌易于剪裁，并可制成膜、片、球状材料等优点的材料。

三、主要仪器与试剂

1. 仪器

量筒、烧杯、磁力搅拌器、高压釜、布氏漏斗、抽滤瓶、干燥箱、马弗炉、X 射线衍射仪、透射电子显微镜。

2. 试剂

硅酸钠、铝酸钠、硫酸、十六烷基三甲基溴化铵、N_2。

四、实验步骤

(1) 将一定量的铝酸钠溶解在水中，加入十六烷基三甲基溴化铵，搅拌，并加入一定比例的硅酸钠，在室温下继续搅拌半小时，并用一定浓度的硫酸溶液调节反应液的 pH 值，使其生成大量的白色沉淀。之后将其转移到高压釜中，水热处理一段时间，取出粗产品过滤得到固体，用去离子水洗涤后，干燥，并在一定温度下（大于 500℃）下煅烧移除模板（表面活性剂）即可获得产品。

(2) 用透射电子显微镜，X 射线衍射仪测量介孔分子筛的结构以及孔径大小孔间距等参数；用比表面与孔径分布仪测量样品的比表面及孔径分布和脱吸附曲线，并了解其吸附类型；分析样品的热稳定性（介孔分子筛的制备需学生自己查阅相关文献，根据以上所提供基本步骤，优化合成工艺）。

五、注意事项

1. 注意表面活性剂是影响模板形成的关键因素，应认真考察十六烷基三甲基溴化铵的用量。

2. Si/Al 将影响分子筛的形态及结构，投料过程中注意 Si/Al。

3. MCM-41 制备过程中，pH 值将影响硅酸盐沉淀的生成，必须调控溶液 pH 值。

4. 注意水热处理过程的操作。

六、思考题

1. MCM-41 制备过程中，pH 值对制备有何影响？应如何控制？

2. MCM-41 分子筛表征中，常用的表征手段和技术有哪些？这些表征技术有何异同点？

3. 模板法可以应用于哪些介孔材料的制备？其与水热合成法的区别？

4. 多孔材料根据孔径的大小可以分为几类？它们可以被应用于哪些领域？

5. 试述分子筛制备的方法。

七、参考文献

[1] 沈俊，罗文彬，张昭. 低质量分数表面活性剂作模板合成 MCM-41 中孔分子筛的研究 [J]. 精细化工，2003，(3)：140-142.

[2] 沈俊，罗文彬，张昭. 低质量分数表面活性剂作模板合成 MCM-41 中孔分子筛的机理探讨 [J]. 四川大学学报，2003，35 (2)：60-63.

[3] 杜君，袁跃华. 表面活性剂模板法制备中孔材料的合成过程及其影响因素. 雁北示范学院学报，2004，20 (5)：46-48.

[4] 刘超，成国祥. 模板法制备介孔材料的研究进展 [J]. 离子交换与吸附，2004，19 (4)：374-384.

☑ 实验二十一
汽油饱和蒸气压和燃烧焓的测定

一、实验目的

1. 使用低真空系统测定汽油液体饱和蒸气压；

2. 使用氧弹式量热计测定汽油的燃烧焓；

3. 了解量热计的原理和构造，掌握其使用方法；

4. 掌握贝克曼温度计的使用方法；

5. 了解低真空系统的组成及测压原理；

6. 了解汽油的基本物性及其对产品质量的影响。

二、实验背景及原理

1. 汽油饱和蒸气压的测定原理

在一定的温度下与纯液体处于平衡状态时的蒸气压力，称为该温度下的饱和蒸气压，这里的平衡状态是指动态平衡。在某一温度下被测液体处于密封容器中液体分子从表面逃逸成蒸气，同时蒸气分子因碰撞而凝结成液体，当两者的速度相同时，就达到动态平衡，此时气相中的蒸气密度不再改变，因而具有一定的饱和蒸气压。

液体的饱和蒸气压与温度的关系可用克拉贝龙方程式表示：

$$\mathrm{d}p/\mathrm{d}T = \Delta_{vap}H_m/T\Delta V_m$$

设蒸气为理想气体，在实验温度范围内摩尔气化焓 $\Delta_{vap}H_m$ 为常数，忽略液体体积，对上式积分可得克-克方程式：

$$\lg p = -\Delta_{vap}H_m/2.303RT + C$$

式中 p——液体在温度 T 时的饱和蒸气压；

C——积分常数。

根据克-克方程，以 $\lg p$ 对 $1/T$ 作图，得一直线，其斜率 $m = -\Delta_{vap}H_m/2.303R$，由此可求得 $\Delta_{vap}H_m$。

本实验采用静态法以等压计在不同温度下测定汽油的饱和蒸气压，其实验装置图如图 1

所示。等压管右侧小球中盛被测样品试液，U形管中用样品本身做封闭液。

在一定温度下，若等压计小球液面上方仅有被测物质的蒸气，那么U形管右支管液面上所受压力就是其蒸气压。当这个压力与U形管左支液面上的空气压力相平衡时（U形管两臂液面齐平），就可从等压计相接的压差测量仪中测出此温度下的饱和蒸气压。

2. 燃烧焓的测量原理

在适当的条件下，许多有机物都能迅速而完全地进行氧化反应，这就为准确测定他们的燃烧热创造了有利条件。

在实验中用压力为 2.5～3MPa 的氧气作为氧化剂。用氧弹量热计进行实验时，在量热计与环境没有热交换的情况下，实验时保持水桶中水量一定，可写出如下的热量平衡式：

$$-Q_v \times a - q \times b + 5.98c = K \times \Delta T \tag{1}$$

式中　Q_v——被测物质的定容热值，J/g；

　　　a——被测物质的质量，g；

　　　q——引火丝的热值，J/g（铁丝为-6694J/g）；

　　　b——烧掉了的引火丝质量，g；

　　5.98——硝酸生成热为-59831J/mol，当用 0.100mol/L NaOH 滴定生成的硝酸时，每毫升相当于-5.98J；

　　　c——滴定生成的硝酸时耗用 0.100mol/L NaOH 的体积，mL；

　　　K——量热计常数，J/K；

　　　ΔT——与环境无热交换时的真实温差。

标准燃烧热是指在标准状态下，1mol 物质完全燃烧成同一温度的指定产物的焓变化，以 $\Delta_c H_m^{\ominus}$ 表示。在氧弹量热计中可得物质的定容摩尔燃烧热 $\Delta_c U_m$。如果把气体看成是理想的，且忽略压力对燃烧热的影响，则可由下式将定容燃烧热换算为标准摩尔燃烧热。

$$\Delta_c H_m^{\ominus} = \Delta_c U_m + \Delta n R T \tag{2}$$

式中　Δn——燃烧前后气体的物质的量的变化。

实际上，氧弹式量热计不是严格的绝热系统，加之由于传热速度的限制，燃烧后由最低温度达最高温度需一定的时间，在这段时间里系统与环境难免发生热交换，因此从温度计上读得的温度就不是真实的温差 ΔT。为此，必须对读得的温差进行校正，下面是常用的经验公式：

$$\Delta T = (V + V_1)m/2 + V_1 \times r \tag{3}$$

式中　V——点火前，每分钟量热计的平均温度变化；

　　　V_1——样品燃烧使量热计温度达到最高而开始下降后，每分钟的平均温度变化；

　　　m——点火后，温度上升很快（大于每分钟 0.3℃）的半分钟间隔数；

　　　r——点火后，温度上升较慢的半分钟间隔数。

在考虑了温差校正后，真实温差 ΔT 应该是：

$$\Delta T = T_{高} - T_{低} + \Delta T_{校正}$$

式中　$T_{低}$——点火前读得量热计的最低温度；

　　　$T_{高}$——点火后，量热计达到最高温度后，开始下降的第一个读数。

从式(1)可知，要测得样品的 Q_V，必须知道仪器常数 K。测定的方法是以一定量的已知燃烧热的标准物质（常用苯甲酸）在相同条件下进行实验，测得 $T_高$、$T_低$，并用式(3)算出 $\Delta T_{校正}$ 后，就可按式(1)算出 K 值。

三、主要仪器与试剂

1. 仪器

真空泵、缓冲贮气罐、干燥塔、恒温槽、冷阱、等压计、数字测压仪、氧弹量热计、数字贝克曼温度计、电子分析天平、万用表。

2. 试剂

汽油样品、苯甲酸标样、内径为 4mm 的聚乙烯管、燃烧丝、棉线。

四、实验步骤

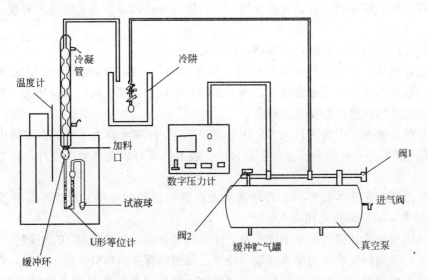

图 1　汽油的饱和蒸气压测定装置

1. 汽油饱和蒸气压的测定（图 1）

（1）恒温调节。首先插上恒温槽总电源插座，打开电源开关，打开搅拌器开关，按下温度设定开关，设定目标温度如 20℃，加热恒温。

（2）检漏。将烘干的等压计与冷凝管连接，打开冷却水，关闭放空阀 1，打开真空泵、进气阀及系统抽气阀 2，使低真空测压仪上显示压差为 4000～5000Pa。关闭真空泵、进气阀、系统抽气阀 2，注意观察压力测量仪的数字变化。如果系统漏气，则压力测量仪的显示数值逐渐变小。此时应细致分段检查，寻找漏气部位，设法消除。

（3）装样。取下等压计，从等位计加料口注入汽油，使汽油充满试液球体积的 2/3 和 U 形等位计的大部分。

（4）体系抽真空、测定饱和蒸气压。等压计与冷凝管接好并用橡皮筋固定牢，置 20℃ 恒温槽中，开动真空泵，开启进气阀，缓缓开启系统抽气阀 2，使等压计中液体缓缓沸腾，排尽其中的空气，关闭抽气阀 2 和进气阀，缓缓开启放空阀 1，调节 U 形管两侧液面等高，从压力测量仪上读出 Δp 及恒温槽中的 T 值，同法再抽气，再调节等压管双臂液面等高，重读压力差，直至两次的压力差读数相差无几。则表示样品球液面上的空间一全部被汽油蒸气充满，记下压力测量仪上的读数。

（5）同法测定 25℃，30℃，35℃，40℃时汽油的蒸气压（升温过程中应经常开启放空阀，缓缓放入空气，使 U 形管两臂液面接近相等，如放入空气过多，可缓缓打开抽气阀 2 抽气）。

（6）实验完后，缓缓打开放空阀至大气压止。并在数字式大气压力计上读取当时的室温和大气压，并记录。

2. 汽油燃烧焓的测定

（1）在台秤上称约 0.8g 苯甲酸，在压片机上压片，除去片上的粉末，在分析天平上准确称量。

（2）准确称取 10cm 棉线和 15cm 左右的引火丝，将引火丝缠绕在棉线上。然后用棉线绑住苯甲酸片。

（3）用手拧开氧弹盖，将盖放在专用架上，将引火丝两端在引火电极上缠紧，使药片悬在坩埚上方。

（4）用万用表检查二电极是否通路，拧紧氧弹。

（5）关好出口，拧下进气管上的螺钉，导气管的另一端与氧气钢瓶上的氧气减压阀连接，打开钢瓶阀门及减压阀缓缓进气，达 1.2MPa 左右后，关上阀门及减压阀，拧下氧弹上的导气管螺钉，再次检查电极是否通路。

（6）量热计水夹套中装入自来水。用量筒量取 3L 自来水装入干净的铜水桶中，水温较夹套水温低 0.5℃左右。在两极上接上点火线，装上已调好的贝克曼温度计，盖好盖子，开动搅拌器。

（7）待温度变化基本稳定后，开始读点火前最初阶段的温度，每隔半分钟读一次，共 10 次，读数完毕，立即按电钮点火。

（8）继续每半分钟读数，至温度开始下降后，再读取最后阶段的 10 次读数，停止实验。

（9）聚乙烯塑料安瓿瓶的制备。取一段聚乙烯塑料管在酒精灯火焰上烤软，将一段稍微拉细，然后将细端熔融封口。封好后，在酒精灯上烤软（忽使塑料管直接接触火焰），通过一个装有氯化钙的干燥管，用嘴将其吹成带毛细管的塑料安瓿瓶封样管。封样管的质量为 0.2g 左右，吹好后放入干燥器中待用。

（10）聚乙烯塑料安瓿瓶热值的测定。在测定时，聚乙烯塑料安瓿瓶取 0.5～0.6g。称准至 0.0002g。将聚乙烯塑料安瓿瓶缠缚在燃烧丝上（也可用棉线缠缚帮助燃烧）并置于小皿中。其他步骤同上述步骤（4）～（8）。

（11）聚乙烯塑料安瓿瓶的热值 $Q_{D/J}$（cal/g）计算：

$$Q_{D/J}=[K \times H(T_n-T_0+\Delta T)-Q_1 \times G_1]/G$$

式中　K——量热计的水值，cal/℃；

　　　H——贝克曼温度计的修正系数；

　　　T_n——主期末次温度，℃；

　　　T_0——主期的开始温度，℃；

　　　Q_1——燃烧丝的燃烧热，cal/g；

　　　G_1——燃烧丝的重量，g；

　　　G——聚乙烯塑料安瓿瓶的重量，g。

（12）汽油试样的测定。仪器准备同苯甲酸标样测定。

① 聚乙烯塑料安瓿瓶的封样。将安瓿瓶预先在分析天平上称重（精确至 0.0002g），然后，将预先冷却的试样用注射器注入 0.5～0.6g 塑料安瓿瓶中，立刻用手卡住毛细管中部，让毛细管上端在酒精灯火焰上方熔融封口，封好后，稍冷一会，再放到分析天平上称重（精确至 0.0002g）。将封好试样的聚乙烯塑料安瓿瓶的毛细管端系在燃烧丝上（也可用棉线缠缚帮助燃烧），底部放在小皿上，装入氧弹，用氧气充至 30～32kg/cm^2。

② 其他试验同苯甲酸测定。

五、数据处理

① 将测得数据计算结果列表。

温度	$\Delta p/Pa$	$p/Pa = p_0 - \Delta p$	$\lg(p/Pa)$	$1/(T/K)$	备注

注：p_0 为大气压，气压计读出后，加以校正之值，Δp 为压力测量仪上读数。

② 根据实验数据作出 $\lg p \sim 1/T$ 图。

③ 从直线 $\lg p \sim 1/T$ 上求出汽油在实验温度范围内的平均摩尔气化焓，讨论其误差来源。

④ 列出温度读数记录表格，在直角坐标纸上作图，用外推法计算 $\Delta T_{校正}$，计算量热计常数和聚乙烯塑料安瓿瓶的燃烧热。

⑤ 计算汽油的标准摩尔燃烧热，讨论误差。

⑥ 查阅相关资料，分析汽油的饱和蒸气压、燃烧热与其质量的关系。

六、注意事项

1. 整个实验过程中，应保持等压计样品球液面上空的空气排净。

2. 抽气的速度要合适，必须防止等压计内液体沸腾过剧，致使 U 形管内液封被抽尽。

3. 蒸气压与温度有关，所以测定过程中恒温槽的温度波动需控制在 ±0.1℃。

4. 实验过程中需防止 U 形管内液体倒灌入样品球内，带入空气，使实验数据偏大。

5. 实验结束时，必须将体系放空，使系统内保持常压，关掉缓冲罐上抽真空开关及所有电源开关和冷却水。

七、思考题

1. 克-克方程式在什么条件下才适用？

2. 等压计 U 形管中的液体起什么作用？对该液体的性能有什么要求？冷凝器起什么作用？

3. 实验过程中为什么要防止空气倒灌？应如何操作？

4. 在使用氧气钢瓶及氧气减压阀时，应注意哪些规则？

5. 写出汽油燃烧过程的反应方程式。如何根据实验测得的 $\Delta_c U$，求出 $\Delta_c H_m^{\ominus}$。

6. 如何消除测量过程体系与环境热交换的影响？

八、参考文献

［1］罗澄源，向明礼. 物理化学实验［M］. 北京：高等教育出版社，2003.
［2］GB 384—81 石油产品热值测定法.

☑ 实验二十二
三氯化六氨合钴（Ⅲ）的制备及组成测定

一、实验目的

1. 学习分子间化合物的制备方法；
2. 加深理解配合物的形成对三价钴稳定性的影响；
3. 学习水蒸气蒸馏的操作；
4. 进一步掌握无机合成的基本步骤和熟练容量分析的基本操作；
5. 全面了解 Co^{2+}、NH_3、Cl^- 测定的各种方法。

二、实验背景及原理

Co 为正三价离子，$d^2 sp^3$ 杂化，内轨型配合物。$[Co(NH_3)_6]Cl_3$ 为橙黄色晶体，20℃ 在水中的溶解度为 0.26mol/L。

$[Co(NH_3)_6]^{3+}$ 离子是很稳定的，其 $K_稳＝1.6×10^{35}$，因此在强碱的作用下（冷时）或强酸作用下基本不被分解，只有加入强碱并在沸热的条件下才分解。

在酸性溶液中，Co^{3+} 具有很强的氧化性，易与许多还原剂发生氧化还原反应而转变成稳定的 Co^{2+}。

在水溶液中，电极反应 $\varphi^\ominus(Co^{3+}/Co^{2+})＝1.84V$，所以在一般情况下，Co（Ⅱ）在水溶液中是稳定的，不易被氧化为 Co（Ⅲ），相反，Co（Ⅲ）很不稳定，容易氧化水放出氧气，$[\varphi^\ominus(Co^{3+}/Co^{2+})]＝1.84V>\varphi^\ominus(O_2/H_2O)＝1.229V$。但在有配合剂氨水存在时，由于形成相应的配合物 $[Co(NH_3)_6]^{2+}$，电极电势 $\varphi^\ominus[Co(NH_3)_6^{3+}/Co(NH_3)_6^{2+}]＝0.1V$，因此 Co（Ⅱ）很容易被氧化为 Co（Ⅲ），得到较稳定的 Co（Ⅲ）配合物。因此，通常采用空气或过氧化氢氧化二价钴的配合物的方法，来制备三价钴的配合物。

氯化钴（Ⅲ）的氨合物有许多种，主要有三氯化六氨合钴（Ⅲ）$[Co(NH_3)_6]Cl_3$（橙黄色晶体）、三氯化一水五氨合钴（Ⅲ）$[Co(NH_3)_5H_2O]Cl_3$（砖红色晶体）、二氯化一氯五氨合钴（Ⅲ）$[Co(NH_3)_5Cl]Cl_2$（紫红色晶体）等。它们的制备条件各不相同。三氯化六氨合钴（Ⅲ）的制备条件是以活性炭为催化剂，用过氧化氢，有氨及氯化铵存在的氯化钴（Ⅱ）溶液。反应式为：

$$2CoCl_2＋2NH_4Cl＋10NH_3＋H_2O_2 ＝＝2[Co(NH_3)_6]Cl_3＋2H_2O$$

将产物溶解在酸性溶液中以除去其中混有的催化剂，抽滤除去活性炭，然后在较浓盐酸存在下使产物结晶析出。

所得产品 $[Co(NH_3)_6]Cl_3$ 为橙黄色单斜晶体，20℃时在水中的溶解度为 0.26mol/L。$K_不稳＝2.2×10^{-34}$，在过量强碱存在且煮沸的条件下会按下式分解：

$$2[Co(NH_3)_6]Cl_3＋6NaOH \xrightarrow{煮沸} 2Co(OH)_3＋12NH_3\uparrow＋6NaCl$$

本实验利用上述反应对配合物的组成进行测定：①用过量标准酸吸收反应中逸出的氨，再用标准碱反滴剩余的酸，从而测定出氨的含量；②配合物溶解后，游离的 Cl^- 与 Ag^+ 标准溶液作用，定量生成 $AgCl$ 沉淀，由 Ag^+ 标准溶液的消耗量可以确定样品中 Cl^- 的含量；③配合物经完全分解反应后的溶液，在酸性介质中与 KI 作用，定量析出 I_2，用标准 $Na_2S_2O_3$ 溶液滴定，由下式计算 Co 的含量。

$$Co(OH)_3 + 3H^+ + I^- = Co^{2+} + 1/2I_2 + 3H_2O$$

$$I_2 + 2S_2O_3^{2-} = 2I^- + S_4O_6^{2-}$$

三、主要仪器与试剂

1. 仪器

台秤，电子分析天平(±0.1mg)，烘箱，恒温水浴，减压过滤装置一套，漏斗和漏斗架，0～100℃酒精温度计，酸、碱式滴定管。

2. 试剂

0.1mol/L HCl 标准溶液、浓盐酸、0.1mol/L NaOH 标准溶液、10％NaOH 溶液、$NH_3 \cdot H_2O$（浓）、0.01mol/L $Na_2S_2O_3$ 标准溶液、0.01mol/L $AgNO_3$ 标准溶液、5％ K_2CrO_4 溶液、$CoCl_2 \cdot 6H_2O$、NH_4Cl、KI、KIO_3、活性炭、60g/L H_2O_2 溶液、无水乙醇、1％淀粉溶液。

四、实验步骤

1. 制备三氯化六氨合钴（Ⅲ）

将研细的氯化钴 $CoCl_2 \cdot 6H_2O$ 和 6g 氯化铵转入 100mL 锥形瓶内，加入 10mL 水中加热溶解。稍冷，加 0.5g 活性炭并加热煮沸。冷却后，加 20mL 浓氨水，进一步冷却至 10℃以下，缓慢加入 20mL 60g/L 过氧化氢。在水浴上加热至 60℃，恒温 20min。以水流冷却后再以冰水冷却之，加压过滤。将沉淀溶于含有 3mL 浓盐酸的 80mL 沸水中，趁热过滤。加 10mL 浓盐酸于滤液中，以冰水冷却，即有晶体析出。过滤，用少量 C_2H_5OH 洗涤抽干。将固体置于真空干燥器中干燥或在 105℃以下烘干，称量，计算产率。

2. 三氯化六氨合钴（Ⅲ）组成的测定

（1）氨的测定。用减量法精确称取所得产品 0.2g 左右，用少量水溶解，完全转入 250mL 三口烧瓶中，然后加入 10mL 10％NaOH 溶液。在另一锥形瓶中准确加入 40mL 0.1mol/L HCl 标准溶液吸收液，安装水蒸气蒸馏装置如图 1 所示，加热水蒸气发生器，产生的蒸汽加热样品溶液，蒸出的氨通过导管被标准 HCl 溶液吸收。约 1 小时左右可将氨全部蒸出。取出并拔掉插入 HCl 溶液中的导管，用少量水将导管内外可能遗留的溶液洗入锥形瓶内。用 0.1mol/L NaOH 标准溶液滴定过量 HCl（以酚酞为指示剂）。根据加入的 HCl 溶液体积及浓度和滴定所用 NaOH 溶液体积及浓度，计算样品中氨的质量分数，与理论值比较。

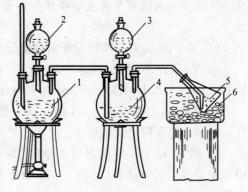

图 1　水蒸气蒸馏

1，2—水；3—10％NaOH；4—样品溶液；
5—0.1mol/L 标准 HCl；6—冰盐水

63

(2) 钴的测定。精确称取 0.1g 左右的产品于 250mL 烧杯中，加水溶解。加入 10％氢氧化钠溶液 10mL。将烧杯放在水浴上加热，待氨全部被赶走后冷却，加入 1g 碘化钾固体及 10mL 6mol/L HCl 溶液，于暗处放置 5min 左右。用 0.01mol/L $Na_2S_2O_3$ 溶液滴定到浅黄色，加入 5mL 新配制的 1g/L 的淀粉溶液后，再滴至蓝色消失（溶液为淡粉红色）。其反应式：

$$Co_2O_3 + 3I^- + 6H^+ =\!=\!= 2Co^{2+} + I_3^- + 3H_2O$$

$$2Na_2S_2O_3 + I_3^- =\!=\!= Na_2S_4O_6 + 2NaI + I^-$$

按下式：

$$w_{Co} = \frac{c_{Na_2S_2O_3} \times V_{Na_2S_2O_3} \times 58.93}{1000 \times m} \tag{1}$$

式中　$c_{Na_2S_2O_3}$——$Na_2S_2O_3$ 溶液的准确浓度，mol/L；

$V_{Na_2S_2O_3}$——$Na_2S_2O_3$ 溶液消耗的体积，mL；

m——三氯化六氨合钴（Ⅲ）样品的质量，g。

计算钴的质量分数，与理论值比较。

(3) 氯的测定。采用 0.01mol/L $AgNO_3$ 标准溶液滴定样品中的氯含量（莫尔法）。准确称取样品 0.2g 于小烧杯中，加适量水溶解，完全转入 250mL 容量瓶中，准确移取 25mL 样液，以 2mL 5％K_2CrO_4 为指示剂，在不断摇动下，滴入 0.01mol/L $AgNO_3$ 标准溶液，直至呈橙红色，即为终点（土色时已到终点，再加半滴）。记下 $AgNO_3$ 标准溶液的体积，计算出样品中氯的百分含量。

(4) 产品实验式的计算。由以上分析钴、氨、氯的结果，写出产品的实验式。

3. 实验中各标准溶液的配制与标定

(1) 0.1mol/L HCl 标准溶液的标定。在电子分析天平上，准确称取已在 170℃下烘干的无水碳酸钠三份，置于 3 只 250mL 锥形瓶中，加水约 30mL，温热，摇动使之溶解，以甲基橙为指示剂，以 0.1mol/L HCl 标准溶液滴定至溶液由黄色转变为橙色，即为终点。记下 HCl 标准溶液的耗用量，重复测定三次，并计算出 HCl 标准溶液的浓度。

(2) 0.1mol/L NaOH 标准溶液浓度的标定。准确称取三份已在 105～110℃烘干 1 小时以上的邻苯二甲酸氢钾（AR），每份 1～1.5g，放入 250mL 锥形瓶中，用 50mL 煮沸后刚刚冷却的水使之溶解（如没有完全溶解，可稍微加热）。冷却后加入 2 滴酚酞指示剂，用 NaOH 标准溶液滴定至溶液呈微红色半分钟内不退，即为终点。计算出 NaOH 标准溶液的浓度。

(3) 0.01mol/L 硝酸银标准溶液的配制与标定

① NaCl 标准溶液（0.0100mol/L）配制。称取预先在 400℃干燥的 0.1482 克基准 NaCl，溶解于水中，移入 250mL 容量瓶中，用水稀释至刻度，摇匀。

② $AgNO_3$ 标准溶液（0.01mol/L）配制。称取 1.69 克 $AgNO_3$ 溶解于水中，稀释至 1 升，摇匀，储于棕色试剂瓶中。

③ 标定 $AgNO_3$ 标准溶液。吸取 25mL 0.0100mol/L NaCl 标准溶液于 250mL 锥形瓶中，加 1mL 5％ K_2CrO_4 溶液，在不断摇动下用 $AgNO_3$ 标准溶液滴定，直至溶液由黄色变为稳定的橘红色，即为终点。

同时作空白实验

$AgNO_3$ 标准溶液的浓度可按下式计算：

$$c_{AgNO_3} = \frac{c_{NaCl} \cdot V_1}{V - V_0} \qquad\qquad (2)$$

式中 c_{AgNO_3}——AgNO₃ 标准溶液的浓度，mol/L；

V——滴定用去 AgNO₃ 标准溶液的总体积，mL；

c_{NaCl}——NaCl 标准溶液的浓度，mol/L；

V_1——NaCl 标准溶液的体积，mL；

V_0——空白滴定用去的 AgNO₃ 标准溶液的总体积，mL。

（4）0.01mol/L Na₂S₂O₃ 溶液的配制与标定

① 0.01mol/L Na₂S₂O₃ 溶液的配制。称取 1.3g Na₂S₂O₃·5H₂O 溶于 500mL 新煮沸的纯水中，加入约 0.1g Na₂CO₃，冷却后，保存于棕色细口瓶中，放暗处 1～2 周后再进行标定。

② 0.01mol/L Na₂S₂O₃ 溶液的标定。在分析天平上用减量法准确称取 KIO₃ 3 份，分别置于 250mL 碘量瓶中，加 30mL 左右去离子水，使 KIO₃ 完全溶解。

每份在滴定前先加入 4mL 10％ KI 溶液及 1mL 6mol/L HCl 溶液，摇匀后，立即用 0.01mol/L Na₂S₂O₃ 溶液滴定至淡黄色，然后加入 1％淀粉溶液数滴，此时溶液呈深蓝色，继续滴定至恰好无色（淀粉质量不好时呈浅紫色）时为终点。记录 Na₂S₂O₃ 体积读数，重复滴定 2～3 次。根据 Na₂S₂O₃ 溶液的体积数，计算出 Na₂S₂O₃ 标准溶液的浓度。

五、注意事项

1. 三氯化六氨合钴（Ⅲ）的制备中注意过氧化氢加入的速度一定要缓慢，加入过氧化氢后的溶液要在 60℃恒温 30min，确保过量的过氧化氢能完全分解。

2. 在氨含量测定的水蒸气蒸馏时，注意装置的密封性和安全性，确保氨完全分解和被吸收液完全吸收。

六、思考题

1. 在制备过程中，为什么在溶液中加入了过氧化氢后要在 60℃恒温一段时间？为什么在滤液中加 10mL 浓盐酸？为什么用冷的稀盐酸洗涤产品？

2. 要使三氯化合钴（Ⅲ）合成产率高，你认为哪些步骤是比较关键的？为什么？

3. 若钴的分析结果偏低，估计一下产生结果偏低的可能因素有哪些？钴含量的测定还有什么分析方法？

七、参考文献

[1] 陈烨璞. 无机及分析化学实验 [M]. 北京：化学工业出版社，2001.
[2] 武汉大学. 分析化学 [M]. 第 4 版. 北京：高等教育出版社，2005.
[3] 南京大学大学化学实验教学组. 大学化学实验 [M]. 北京：高等教育出版社，1999.

第二部分　研究探索性实验

☑ 实验二十三

山梨醇催化氢解制备 $C_4 \sim C_6$ 多元醇

一、实验目的

1. 了解山梨醇催化氢解制备 $C_4 \sim C_6$ 多元醇的意义;
2. 掌握催化氢解反应的原理和高压反应釜的使用方法;
3. 研究不同 Cu/Zn、不同 pH 值、不同沉淀温度等对催化剂性能的影响。

二、实验背景及原理

山梨醇即 D-山梨醇（D-sorbitol），全名山梨糖醇，又名清凉茶醇、蔷薇醇等，化学名为 1,2,3,4,5,6-己六醇，1872 年 Joseph Boussingault 从山梨树果实的果汁中分离出山梨醇，山梨醇由此得名。

作为一种重要的化工产品，山梨醇在自然界中广泛存在，如蔬菜、烟草和水果，特别是在梨和桃中的质量分数高达 10％以上。山梨醇还可以方便地由生物质转化而来的淀粉、蔗糖或葡萄糖制备得到，而生物质属于来源十分广泛的可再生资源。

山梨醇催化氢解制备 $C_4 \sim C_6$ 多元醇不仅其原料来自可再生资源，而且在水溶液中进行，是一个绿色化学反应过程。反应目标产物 $C_4 \sim C_6$ 多元醇（特别是脱氧己糖醇包括己二醇，己三醇，己四醇等由己糖醇脱掉部分羟基生成的产物）用途广泛，可以用来合成聚酯、醇酸树脂和聚亚胺酯等，还可进一步应用于油漆、染料、涂料以及建筑材料等行业。它可以克服由乙二醇和甘油等小分子醇合成的产物难干燥和使用山梨醇或甘露醇等己糖醇合成的产物具有颜色等不足。此外，来源于石油工业的乙二醇（MEG）、甘油等原料的价格随着石油资源的日益稀缺和油价的逐步攀升而不断上涨，这使得由山梨醇催化氢解制备 $C_4 \sim C_6$ 多元醇的研究更有意义。

为提高山梨醇催化氢解制高碳多元醇，特别是脱氧己糖醇的选择性，关键在于优化催化剂和反应温度促使 C—O 键断裂而非 C—C 键断裂（见图 1）。

Beranrd Blanc 等率先对山梨醇催化氢解进行了研究，结果表明山梨醇催化氢解反应中，采用钌和镍催化剂反应主要生成 $C_1 \sim C_3$ 的碳氢化合物。铂和钯在此反应中也没有表现出较好的催化性能，山梨醇发生分子内脱氢环化生成 C_6 环醚。而铜基催化剂显示了较高的活性和选择性。在 180℃和 13MPa 的条件下，山梨醇的质量分数为 21.3％时（水为溶剂），以 CuO-ZnO 为催化剂 C_4 以上多元醇的收率可达 73％，脱氧己糖醇更是高达 63％。

三、主要仪器与试剂

1. 仪器

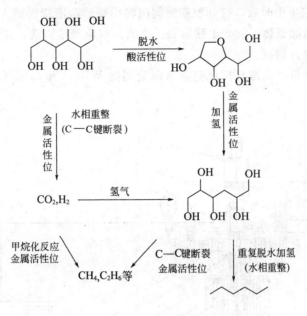

图1 山梨醇液相重整机理

恒温水槽、滴液漏斗、pH计、烧杯、变速电动搅拌机、搅拌机调速器、电热恒温干燥箱、马弗炉、天平、精密控温仪、WDF-1型高压反应釜、气相色谱-质谱分析仪

2.试剂

氢气、山梨醇、去离子水、硝酸铜、硝酸锌、无水碳酸钠、三甲基硅烷、六甲基二氯硅烷。

四、实验步骤

1. 催化剂的制备

催化剂采用并流共沉淀法制备。按 $n(CuO) : n(ZnO)$ 为一定比例称取 $Cu(NO_3)_2 \cdot 3H_2O$ 和 $Zn(NO_3)_2 \cdot 6H_2O$，配成总浓度 1.0mol/L 的混合溶液，沉淀剂采用 1.0mol/L 的 Na_2CO_3 溶液。先设定一定的沉淀温度，然后调节不同 pH 值进行沉淀，沉淀后老化 1h，用蒸馏水反复打浆洗涤后放入 110℃ 烘箱内干燥 12h，置于马弗炉内，350℃ 在空气气氛中焙烧 4h 即得备用催化剂。催化剂制备在恒温水槽中进行，反应装置示意图如图 2 所示：

2. 催化剂活性评价

将 90mL 的蒸馏水和 3.0g 催化剂先后倒入反应釜，将 60mL 的山梨醇溶液（含 34.5g 山梨醇）用漏斗加到反应釜上部的加料罐内，拧紧釜盖，向釜内充入 1.0MPa 的高纯氮然后放气并重复三次，以置换釜内空气，再用高纯氢置换三次，最后充入高纯氢 8.0MPa，然后启动电热炉开始加热，待釜

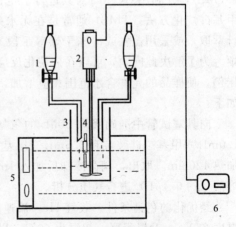

图2 催化剂制备装置

1—滴液漏斗；2—变速电动搅拌机；
3—烧杯；4—pH计；5—数显恒温水浴槽；
6—搅拌机调速器

温升到 200℃ 后稳定半小时后，打开加料罐阀门将山梨醇溶液缓慢滴入反应釜内开始反应。每次操作完毕，应清除釜体、釜盖上残留物。主密封口应经常清洗，并保持干净，不允许用硬物或表面粗糙物进行擦拭。

催化剂的活性评价在威海自控反应釜有限公司的 WDF-1 型高压反应釜中进行（如图 3 所示）。

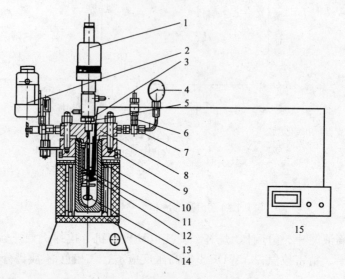

图 3　催化剂活性评价装置

1—磁力搅拌器；2—滴液罐；3—热电偶；4—压力表；5—针型阀；

6—防爆装置；7—三通阀；8—釜盖；9—法兰；10—反应釜；

11—取样管；12—冷却管；13—搅拌桨；14—加热炉；15—控温仪

3. 产物分析方法

山梨醇催化氢解反应生成的产物含有多个羟基，不能在高温下直接挥发，无法直接用气相色谱进行分析，因此本实验对山梨醇催化氢解产物的水溶液进行了三甲基硅烷化衍生反应（TMS），并利用 GC-MS 对其进行了定性和定量分析。由于衍生化试剂易水解，传统的三甲基硅烷化方法（TMS）通常是在无水条件下进行的，所以需要对含水样品用无水溶剂进行萃取，或采用蒸发或冷冻干燥等手段来除水，但由此会引起测定不够准确，操作十分麻烦。为了解决此问题，可以在硅烷化反应的过程中适当的加大硅烷化试剂对氢解产物的用量比例，使样品的允许含水范围相应增加，操作简单，准确性和重复性也较好。具体操作步骤如下：

向具塞试管中准确吸取 50μL 的氢解反应产物的水溶液，然后依次加入 0.5mL 吡啶、1.0mL 六甲基二硅胺烷和 0.5mL 三甲基氯硅烷，超声震荡 3min 后在约 90℃ 的恒温水浴中加热 120min。取出，稍微冷却后加入 1mL 蒸馏水，振荡，待溶液分层后，取少量上层吡啶溶液（约 0.4μL）进行气质分析。

经优化的色谱条件。载气 He，流速 1.0mL/min，分流进样，分流比为 30：1，气化室温度 230℃，升温程序：初温为 60℃，以 5℃/min 升到 120℃，再以 20℃/min 升到 200℃，保持 15min。进样量约为 0.4μL。

质谱条件。电离方式为电轰击电离（EI），解离电压为 70eV，离子源温度为 150℃，四级杆温度为 230℃，辅助加热器温度为 280℃。

五、数据记录与处理

1. 数据记录

记录不同 Cu/Zn、不同 pH 值、不同沉淀温度时山梨醇催化氢解反应产物的组成及其含量。

2. 数据处理

总结出最适宜 Cu/Zn 比，最适宜 pH 值以及最适宜沉淀温度，并记录在最佳条件下，山梨醇的转化率及产物 $C_4 \sim C_6$ 多元醇的选择性各为多少。

六、注意事项

1. 干燥箱和马弗炉使用时要小心，以防烫伤。

2. 高压反应釜操作严禁带压拆卸。在装反应釜釜盖时，应防止釜体釜盖之间密封面相互磕碰。将釜盖按固定位置小心放在釜体上，拧紧主螺母时，必须按对角、对称地分多次逐步拧紧。用力要均匀，不允许釜盖向一边倾斜，以达到良好的密封效果。装釜完成后要用肥皂水检验是否漏气，反应釜出气口要求排空，且排空口附近不得靠近危险源。在开始加热之前，一定要检查热电偶是否安装到位。

3. 对产物进行烷基化反应时，具塞试管的塞子要拧紧，以防烷基化反应中生成的氨气将塞子顶开，造成试剂的挥发。

七、思考题

1. 为什么说山梨醇氢解是生产 $C_4 \sim C_6$ 多元醇的绿色先进技术？

2. 山梨醇及其催化加氢产物为什么不能直接用气相色谱进行分析？

3. 高压反应釜换气时为何先用 N_2 置换釜内空气？为何不能直接用 H_2 置换釜内空气？

八、参考文献

[1] 张光杰. 药用辅料应用技术 [M]. 上海：中国医药科技出版社，1991，205-213.
[2] 周日尤，伍玉碧. 山梨醇的生产、应用与开发 [J]. 广西轻工业，2001，1：35-38.
[3] Gorp K，Boerman E，Cavenaghi C V. Catalytic hydrogenation of fine chemicals: sorbitol production [J]. Catal Today，1999，52 (2)：349-361.
[4] Blanc B，Bourrel A，Gallezot P. Starch-derived polyols for polymer technologies: preparation by hydrogenolysis on metal catalysts [J]. Green Chem，2002，2 (2)：89-91.

☑ 实验二十四

浸渍法制备 $Pd/\gamma\text{-}Al_2O_3$ 催化剂

一、实验目的

1. 了解 $Pd/\gamma\text{-}Al_2O_3$ 催化剂的用途，学习负载型金属催化剂的制备方法；

2. 掌握等体积浸渍和浸渍沉淀法制备 $Pd/\gamma\text{-}Al_2O_3$ 催化剂。

二、实验背景及原理

全球工业分析公司（Global Industry Analysts）日前发布了纳米催化剂的全球战略化商业报告，预测到 2015 年全球纳米催化剂市值将达到 60 亿美元。该报告同时指出，纳米催化剂具有密度小、比表面积大、有效活性中心多等特点，使它们能够表现出比传统催化剂更优异的性能，将会得到越来越广泛的应用。全球纳米催化剂百万美元以上的市场主要有炼油、石化、制药、化工、食品加工、环保等。

贵金属 Pd 催化剂由于其无可替代的催化活性和选择性，在炼油、石油化工和有机合成中占有极其重要的位置。在石油精炼中的催化重整，乙醛、醋酸、乙烯等有机化工原料的生产，各类有机化学反应如氢化、氧化脱氢、氧化裂解等反应中，钯都是优良的催化剂。这是因为贵金属钯不仅资源丰富、价格低廉，而且具有良好的抗烧结能力，可减缓高温热失活的影响。

把活性的 Pd 担载在诸如氧化铝、活性炭、二氧化硅等载体上有很多优点，Pd 多半以微晶的形式，高度分散在载体的整个表面上，就能产生较大的活性表面，如果 Pd 无需回收的话，这对贵金属 Pd 来说优点尤为显著；负载型 Pd 催化剂被制成适当的球状或粒状时还有利于气流通过反应器，以及因此使反应物易于通过孔向活性物质扩散；载体还能改善反应热的发散，阻止 Pd 金属微晶的烧结及由此产生的活性表面的降低；除此之外，还能增加抗毒性能，因此延长催化剂的使用寿命。

活性氧化铝是最重要的催化剂载体之一，在石油加工催化剂领域应用广泛。迄今已知氧化铝有 8 种晶态，其中 γ-Al_2O_3 具有较高的孔容、比表面积和热稳定性，因此得到广泛的应用。此外，Al_2O_3 作为催化剂载体时，除了 Pd 是活性组分，Al_2O_3 也是活性组分，这种催化剂具有双功能作用。

催化剂的性质除取决于催化剂的组成和含量之外，还与催化剂的制备方法和工艺条件等密切相关，同一种原料，相同的组成和含量，制备方法不同时，催化剂的活性和热稳定性可能有很大的差异。因此，研究催化剂的制备方法具有极为重要的意义。Pd 负载型催化剂的制备方法主要包括浸渍法、胶体法、离子交换法、表面活性-稳定法、化学蒸气沉积法、生物化学法。其中浸渍法是制备负载型贵金属催化剂的传统方法，是生产钯催化剂的优良方法，工艺简单，适于制备单、双或多金属负载型催化剂。

浸渍法通过把 $PdCl_2$ 担载在高度分散载体上而进行还原，可以制得晶粒大小达到硅胶孔（1.5～3nm）那样的金属微粒。主要包括化学浸渍、超声和微波浸渍等方法。化学浸渍法是将载体置于含活性组分 Pd^{2+} 的溶液中浸渍，达到平衡后将剩余液体除去，再经干燥、焙烧、活化等步骤，制得催化剂。化学浸渍法是制备催化剂的最简便方法，浸渍法制备的催化剂，活性组分多数情况下仅仅分布在载体表面上，利用率高、用量少、成本低，适于制备单、双或多金属负载型催化剂。缺点是浸渍法制备催化剂的过程中影响因素较多，其中主要有载体的选择、浸渍液的配制、浸渍时间、干燥、焙烧、还原等对催化剂的性能均有影响。浸渍法按浸渍方式可分为湿法浸渍（又称为过量）、等体积浸渍、多次浸渍、浸渍沉淀等。

电镜表明直径为 1.5～2.5nm 的金属微粒接近球形。在由浸渍法制备负载型 Pd 催化剂时，可以清楚地看到，原来的金属离子是在分散状态下被还原成金属原子的；在还原过程中，生成的金属原子确实具有甩开载体而相互吸引的凝聚力。可以用甲醛还原、加氢还原或者其他的还原方法。

三、主要仪器与试剂

1. 仪器

三口烧瓶、磁力搅拌器、恒温水浴、温度计、电子天平、玻璃棒、坩埚、研钵、马弗炉、布氏漏斗、抽滤瓶、超声仪、烧杯、量筒、容量瓶、蒸馏水瓶、真空干燥箱、胶头滴管、广泛 pH 试纸。

2. 试剂

氯化钯固体、盐酸、去离子水、氢氧化钠、γ-Al$_2$O$_3$、H$_2$、甲醛、水合肼。

四、实验步骤

1. H$_2$PdCl$_4$ 溶液的配制

称取 8.3393g PdCl$_2$（PdCl$_2$ 分子量为 177.31g/mol）固体置于 100mL 容量瓶中，然后量取 10mL 盐酸和 80mL 水一起置于容量瓶中，振荡后放在超声清洗器中超声至 PdCl$_2$ 固体溶解后取出，将容量瓶中溶液摇匀后添加去离子水至容量瓶的刻度线，配好的溶液即为 100mL 0.05g/mL H$_2$PdCl$_4$ 溶液。

2. 等体积浸渍法制备负载量为 2.5%（质量分数）的 Pd/γ-Al$_2$O$_3$ 催化剂

称取两份质量皆为 5g 的 γ-氧化铝。其中一份作为空白载体先做一组空白实验，以确定载体 γ-氧化铝的吸水率。一般来说，可以量取 5g 载体的堆体积，然后配制等体积的浸渍液。如需得到较准确的载体吸水率，可称取 5g 载体，试着边慢慢加入去离子水边不停搅拌，当载体达到黏稠状时，视为催化剂溶液达到饱和，根据用掉的去离子水量即可计算出载体的吸水率。

量取 2.5mL 0.05g/mL 的 H$_2$PdCl$_4$ 溶液，加入去离子水使溶液总量为 5g 载体 γ-氧化铝的吸水量，将溶液搅拌均匀后慢慢加入载体中并不停搅拌，当载体达到黏稠状后，放置 4h，然后置于 120℃的干燥器中干燥 8h，取出后磨碎，最后置入 350℃的马弗炉中焙烧 6h。冷却取出后准备还原。

3. 浸渍沉淀法制备负载量为 2.5%（质量分数）的 Pd/γ-Al$_2$O$_3$ 催化剂

向烧瓶中加入 5g 载体 γ-氧化铝，后加入一定比例的去离子水，放置于 60℃的恒温水浴中，并用磁力搅拌器搅拌，待搅拌均匀后，逐滴加入 2.5mL 浓度为 0.05g/mL 的 H$_2$PdCl$_4$ 溶液，加入完成后恒温 60℃并持续搅拌 6h，后逐滴加入浓度为 5%的 NaOH 溶液至 pH 值为 10 以沉淀未被载体完全吸附的 H$_2$PdCl$_4$，继续搅拌 1h 后，过滤，然后用去离子水进行洗涤至 pH 值不变为止，置于 120℃干燥器中干燥 8h，取出后磨碎，置入 350℃的马弗炉中焙烧 6h。冷却取出后准备还原。

4. Pd/γ-Al$_2$O$_3$ 催化剂的还原

用 H$_2$ 对催化剂进行还原是最常用的催化剂还原方法之一。最常用的 H$_2$ 还原装置示意图如图 1 所示。使用氢气进行催化剂还原时，一定要在通氢气之前利用惰性气体进行验漏，以避免危险发生。H$_2$ 流量设为 10mL/min，由流量计进行控制，还原温度为 300℃，升温速率为 10℃/min，由程序升温控制系统进行控制。还原结束待温度冷却至室温后再停止通入 H$_2$，还原好的样品装入样品袋密封保存。

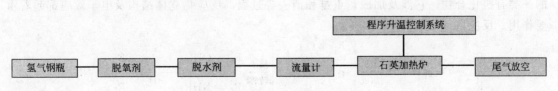

图 1　H$_2$ 还原实验装置示意图

五、注意事项

1. 使用等体积浸渍法制备负载型贵金属催化剂时，一定要准确测定载体的吸水率，且要搅拌均匀，使催化剂呈现均匀黏稠状后再进行室温静置和干燥等步骤。

2. 使用浸渍沉淀法制备负载型贵金属催化剂时，一定要在浸渍结束前对浸渍溶液进行 pH 值调节，以避免贵金属的浪费。

3. 使用氢气进行催化剂还原时，一定要在通氢气之前利用惰性气体进行验漏，以避免危险发生。H_2 尾气放空一定要注意，不能将尾气排放在不通风的室内，一定要将尾气排放口放在无火灾隐患的室外通风处。

4. 还原好的样品由于具有较强的活性，容易燃烧，因此在催化剂取出时要小心谨慎，防止催化剂粉尘飘飞。

六、思考题

1. 什么叫做催化剂？催化剂的作用是什么？

2. 等体积浸渍法制备催化剂时，为什么要准确测定载体的吸水率？为什么要不停搅拌直至黏稠状？

3. 浸渍沉淀法制备催化剂时，为什么要在浸渍结束前用 NaOH 溶液调节 pH 值至碱性？

七、参考文献

[1] 全球纳米催化剂市值将达 60 亿美元 [J]. 纳米科技, 2009, 6 (2): 79.
[2] 张晓梅等. 石油化学工业中的贵金属催化剂 [J]. 贵金属, 1998, 19 (2): 54-58.
[3] 吴越, 催化化学 [M]. 北京: 科学出版社, 2000.
[4] 彭绍忠, 王继锋. γ-氧化铝载体合成的研究 [J]. 辽宁化工, 2003, 32 (6): 241-243.
[5] 杨永辉, 林彦军. 超声浸渍法制备 Pd/Al$_2$O$_3$ 催化剂及其催化蒽醌加氢性能 [J]. 催化学报, 2006, 27 (4): 304-308.
[6] 金钦汉, 戴树珊, 黄卡玛. 微波化学 [M]. 北京: 科学出版社, 1999.
[7] 王桂香, 董国君, 张密林, 景晓燕. 负载型 Pd 催化剂 [J]. 化学工程师, 2001, 87 (6): 6-8.

☑ 实验二十五

N-(2-水杨醛缩氨基)苯基-N'-苯基硫脲的合成

一、实验目的

1. 学习制备 Schiff 碱的有关反应机理和方法；
2. 学会用已学的波谱知识解析产品的结构。

二、实验背景及原理

Schiff 碱是指由含有醛基和氨基的两类物质通过缩合反应而形成的含亚胺基或甲亚胺基的一类有机化合物。它涉及加成、重排和消去等过程，反应物立体结构及电子效应都起着重要作用。反应机理如下：

$$\begin{matrix} R_1 \\ R_2 \end{matrix}\!\!=\!\!O + H_2NR_3 \xrightarrow[\text{加成}]{\text{亲核}} \left[\begin{matrix} R_1 & O^- \\ & \diagdown \diagup \\ R_2 & \diagup \diagdown \\ & \overset{+}{N}HR_3 \\ & | \\ & H \end{matrix} \right] \xrightarrow[\text{转移}]{\text{质子}} \begin{matrix} R_1 & OH \\ & \diagdown \diagup \\ R_2 & \diagup \diagdown \\ & NHR_3 \end{matrix} \xrightarrow[-H_2O]{\text{消去}} \begin{matrix} R_1 \\ R_2 \end{matrix}\!\!=\!\!NR_3$$

过渡态

这类化合物是因 H. Schiff 于 1864 年首次发现而得名的。由于 Schiff 碱在合成上具有很大的灵活性，此基团可以引入各类功能基团使其衍生化，在 19 世纪 60 年代又报道了它与金属形成的配合物，特别是近年来，Schiff 碱及其配合物在医药和农药、缓蚀剂、催化剂、有机合成、新材料开发和研制领域以及分析化学方面的研究取得了重大进展，并得到了广泛应用，使其成为配位化学和有机化学的研究热点。

本实验用异硫氰酸苯酯和水杨醛作原料，合成一种新型含硫希夫碱：N-（2-水杨醛缩氨基）苯基-N'-苯基硫脲，并用元素分析、红外光谱、质谱及核磁共振氢谱对其进行表征。反应式如下。

N-（2-水杨醛缩氨基）苯基-N'-苯基硫脲的合成路线

三、主要仪器与试剂

1. 仪器

三口烧瓶、球形冷凝管、恒压滴液漏斗、布氏漏斗、抽滤瓶、锥形瓶、量筒、熔点测定仪、电子恒速搅拌器、真空干燥箱。

AVANCE Ⅲ 500MHz 全数字化傅里叶超导核磁共振谱仪（德国 Bruker 公司，内标 TMS），Waster 1525 型高效液相色谱仪（美国 Waster 公司），Carlo Erba 1106 型元素分析仪（意大利 Carlo Erba 公司），Varian Saturm1200 中型四极杆质谱仪（美国 Varian 公司），TENSOR27 型红外光谱仪（德国 Bruker 公司），X-6 型显微熔点测定仪（北京和众视野科技科技有限公司）。

2. 试剂

无水乙醇、邻苯二胺、异硫氰酸苯酯、水杨醛、氮气。

四、实验步骤

1. 中间体 N-（2-氨基）苯基-N'-苯基硫脲的合成

取 2.0g（18.5mmol）邻苯二胺和 40mL 无水乙醇置于 150mL 三口烧瓶中，在 20℃ 恒温水浴中搅拌。待邻苯二胺完全溶解后，滴加 2.2mL 异硫氰酸苯酯（18.5mmol）与 10mL 无水乙醇配成的溶液。滴加不久便有白色固体析出。待滴加完毕后，继续反应 30min，析出大量白色固体。抽滤，用无水乙醇洗涤，真空干燥，得产品 3.7g，收率 82.3%。经液相色谱检测，纯度 98.5%，m. p. 148～149℃。IR（KBr，ν/cm^{-1}）：3473（$\nu_{\text{Ar}-\text{NH}_2}$），3146、2978（$\nu_{-\text{N}-\text{H}}$），1384（$\nu_{-\text{C}=\text{S}}$），1590（$\delta_{\text{Ar}-\text{NH}_2}$），765（$\gamma_{\text{Ar}-\text{NH}_2}$）。MS（$m/z$）：243（M$^+$，24），210（100），150（20），108（46），77（38）。元素分析 $C_{13}H_{13}N_3S$，实测值（计算值）/%：C64.28（64.20），H5.47（5.35），N17.23（17.28），S13.02（13.17）。

2. N-（2-水杨醛缩氨基）苯基-N'-苯基硫脲的合成

取 1.2g（5.0mmol）N-（2-氨基）苯基-N'-苯基硫脲和 100mL 无水乙醇于三口烧瓶中，

在 N_2 保护下搅拌，加热至 $80℃$，待完全溶解后（为浅黄色透明溶液），加入 $0.63mL$（$6.0mmol$）水杨醛，回流 $10min$ 后，即析出大量黄色固体，继续反应 $2.5h$。反应结束后，趁热过滤，产品真空干燥，得亮黄色晶体 $1.4g$，收率 80.7%，m. p. $182\sim183℃$。IR（KBr，ν/cm^{-1}）：3283（υ_{Ar-OH}），1297（δ_{Ar-OH}），3147、2977（ν_{-N-H}），1614（$\nu_{-C=N}$），1384（$\nu_{-C=S}$）；MS（m/z）：347（M^+，12），254（20），211（100），196（73），150（38），119（47），77（41）。^{1}HNMR（DMSO-d_6，$500MHz$，δ/ppm）：$6.95\sim7.63$（13H，m，ArH），8.88（1H，m，N=CH），9.49，9.90（2H，s，C—NH），12.65（1H，m，OH）。元素分析 $C_{20}H_{17}ON_3S$，实测值（计算值）$/\%$：C 69.24（69.16），H 4.83（4.90），N 12.17（12.10），S 9.18（9.22）。

3. 液相色谱检测方法

液相色谱分析条件。

柱子：Inertsil ODS-3V $250\times4.6mm$，$5\mu m$。

柱温为 $35℃$。

流动相：甲醇、水（8:2）。

流速为 $1.0mL/min$。

检测波长：UV254nm。

进样量：$20\mu L$。

将样品 $2.5mg$ 溶解在 $5mL$ 流动相中，按上述条件取样分析。

五、注意事项

1. 在合成中间体 N-(2-氨基)苯基-N'-苯基硫脲时，温度若高于 $60℃$，收率很低，所得的固体中原料邻苯二胺含量很高，这可能是由于该中间体在高温下不稳定、易分解造成的。将反应后的母液放置两天后，又有白色固体析出，m. p. $142\sim143℃$，该白色固体主要是二缩合产物，含量在 80% 以上。

2. 在合成 N-(2-水杨醛缩氨基)苯基-N'-苯基硫脲时，如先用水杨醛与邻苯二胺缩合反应，再与异硫氰酸苯酯反应的方法，其结果将是水杨醛与邻苯二胺在 $10\sim40℃$ 范围内反应，很容易生成一缩合（单希夫碱）与二缩合（双希夫碱）的混合物，而且不易将其分离；当升高温度时，反应产物主要是以二缩合为主。

因此，采用异硫氰酸苯酯与邻苯二胺缩合，再与水杨醛缩合合成目标产物的方法，可以得到纯度很高的中间体 N-(2-氨基)苯基-N'-苯基硫脲，直接用于下一步的反应。

六、思考题

1. 解析中间体及产物的红外光谱、质谱、核磁共振氢谱。

2. 写出水杨醛与中间体 N-(2-氨基)苯基-N'-苯基硫脲的反应机理。

七、参考文献

[1] 游效曾，孟庆金，韩万书. 配位化学进展 [M]. 北京：高等教育出版社，2000.

[2] 朱万仁，陈渊，李家贵. 含水杨基新型希夫碱的合成与表征 [J]. 化学世界，2008，(5)：282-285.

[3] Shoichiro Yamada. Advancement in Stereochemical Aspects of Schiff Base Metal Complexes [J]. Coordination Chemistry Reviews, 1999, 190-192: 537-555.

[4] 贾真，戚晶云，贺攀. N-(2-水杨醛缩氨基)苯基-N'-苯基硫脲的合成研究 [J]. 化学试剂，2010，32 (4)：359-361.

催化降解有机废水制氢的资源化技术

一、实验目的
1. 了解水环境治理的重要性及其现状；
2. 了解催化降解有机废水制氢的资源化技术。

二、实验背景及原理

水环境（污染）治理是当前生态保护中一项非常重要和极具挑战性的工作。来自印染、制药、农药、制革、石油化工和食品工业等生产过程中的有机废水成分复杂、可生化性差，严重污染水环境，甚至将削弱水生生物等的长期繁殖能力。现有的有机废水净化处理技术可归纳为生物法（包括好氧生物、厌氧生物、生物膜法、酶生物处理技术以及发酵工程等）、化学法（包括焚烧、Fenton氧化、臭氧氧化、电化学氧化、湿式催化氧化、光催化氧化和超临界水氧化等方法）、物理-化学偶合法和物化-生化偶合法等。通常，生物法具有经济性好、无二次污染的优点，但不能完全净化难降解高毒性的有机废水。化学法可以完全净化生物难降解高毒性的有机废水，但往往存在降解条件苛刻、有时还需要使用强氧化剂等不足。物理-化学偶合法或物化-生化偶合法是彻底净化有机废水和降低处理成本的有效途径之一。但是，这些方法都仅将废水中的有机物转化为 H_2O 和 CO_2 等无机分子，没有实现有机物的资源化利用。有机废水资源化利用是指将有机物从废水中分离出来回用或将其转化为新的有价值物质。

任南琪等文献报道的有机废水微生物发酵制氢是有机废水净化处理和资源化利用的重要方法。Huber 和 Dumesic 等提出在 Ni 或 Pt 系等催化剂的作用下和比较温和的条件（约 500K，2.5MPa）下，生物质衍生物含氧碳氢化合物通过水相重整过程（包括水相重整和水汽变换二步反应）可以高选择性地生成 H_2 和 CO_2。李小年等也开展了类似的研究工作，将含氧碳氢化合物水相重整产生的氢原位地应用于有机物的液相催化加氢，提出了一类新的液相催化加氢体系，并在此基础上以雷尼镍为催化剂利用水相重整反应技术降解含苯酚、苯胺、硝基苯、四氢呋喃、甲苯、N，N-二甲基甲酰胺（DMF）和环己醇等有机废水和制氢资源化研究。结果表明，废水中的有机物可以 100% 地降解为 H_2 和 CO_2 等无机分子，且 H_2 的选择性也可以达到 100%。这为生物难降解高毒性的有机废水的净化处理和制氢资源化利用提供了一条技术路线，其概念流程如图 1 所示。

催化水相重整降解有机废水制氢资源化过程是一个复杂的催化反应体系，其中包括一系列平行和串联的化学反应。图 2 为催化水相重整降解有机废水与制氢资源化反应机理网络图。废水中的有机物首先在催化剂表面上发生吸附，紧接着发生脱氢和 C—C 键断裂反应产生吸附氢（H^*）和吸附在催化剂表面上的碳氢碎片（$C_xH_y^*$），$C_xH_y^*$ 在催化剂作用下与 H_2O 发生重整反应生成 CO 和 H_2。

$$2C_xH_y + 2xH_2O \longrightarrow (y+2x)H_2 + 2xCO$$

CO 和 H_2O 在催化剂作用下进一步发生水气变换（WGS）反应生成 CO_2 和 H_2，CO 或 CO_2 和 H_2 之间的烷基化反应和 C_xH_y 与 H_2 之间的加氢反应生成 CH_4 等低碳烷烃。另外，

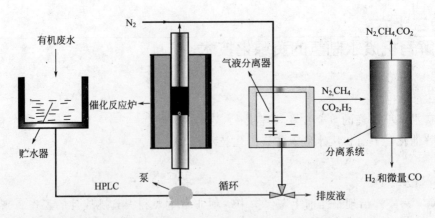

图 1　催化水相重整降解有机废水和制氢资源化流程示意图

在有机废水降解过程中，未降解的有机物还可能发生催化加氢、氢解和水解等副反应生成新的有机物（如苯酚加氢生成环己醇和环己酮，硝基苯加氢生成苯胺，苯胺氢解生成苯，苯胺加氢/水解生成环己醇等）。因此，催化剂具有高的 C—C 键断裂活性、水气变换活性和 C_xH_y 重整反应活性，以及低的烷基化和催化加氢反应活性是保证废水中有机物完全降解、并同时获得高 H_2 选择性的关键。由于工业有机废水成分复杂，而且不同分子结构的有机物在催化剂表面上发生水相重整制氢的机理（中间产物的种类及其形成机理）有别，如硝基苯在催化剂作用下可能发生 C—N 键的断裂（脱硝基，423K 以上）反应形成硝基游离基（NO_2^*）和苯环游离基（$C_6H_6^*$），NO_2^* 在 H_2 的作用下逐步被还原为 N_2；苯胺（硝基苯加氢产物）在催化剂作用下也同样会发生 C—N 键的断裂（脱胺基）反应，主要产物是环己醇和 NH_3，因此，针对多组分有机废水的水相重整净化处理与制氢资源化反应的机理还有待进一步的研究。

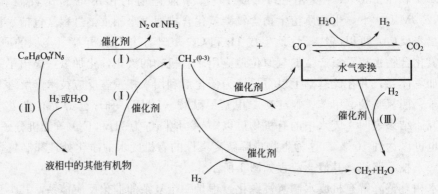

图 2　催化水相重整降解有机废水与制氢资源化反应机理网络图
（Ⅰ）C—C 键断裂反应；（Ⅱ）催化加氢、氢解或水解反应；（Ⅲ）烷基化反应

三、主要仪器与试剂

1. 仪器

天平、气相色谱仪、气相色谱-质谱连用仪、催化剂评价装置、微量泵。

2. 试剂

四氢呋喃、镍铝合金粉、氢氧化钠、氯化锡、乙醇、去离子水、氢气、空气、氮气、氩气。

四、实验步骤

1. 催化剂的制备

雷尼镍催化剂的制备方法如下：在镍铝合金粉中缓慢加入质量浓度为 20% 的 NaOH 溶液，同时逐渐从室温升温至 353K，并保持 2~3h 抽提出镍铝合金中的铝，直至铝的质量含量少于 6% 后出料，然后静置，去除溶液，先用 343~353K 的去离子水洗涤，再用常温的去离子水洗至 pH＝8~9，即得雷尼镍催化剂。

Sn 修饰的 Raney-Ni 催化剂（Sn-Raney-Ni）的制备方法如下：取一定量的 Raney-Ni 催化剂配置成乙醇浆液，在室温下按 Sn/Ni 比例加入一定量的 $SnCl_2 \cdot 2H_2O$ 乙醇溶液，搅拌浸渍 12h 后，在 383K 和真空条件下干燥 6h 制得所需的催化剂，密封备用。反应评价进行之前，在流量为 50mL/min 的 H_2（≥ 99.999%）气流中，以 2K/min 的速率升温至 723K，并维持在该温度下 2h 将 Sn-Raney-Ni 催化剂还原，接着用 Ar 气（流量 50mL/min）吹扫吸附在催化剂表面的 H_2，直至气相中检测不到 H_2 为止。

2. 有机废水的净化处理与制氢资源化反应评价

有机废水（由一定量的四氢呋喃溶于蒸馏水配置而成，浓度为 1×10^{-3} mol/L）的净化处理与制氢资源化反应评价在连续固定床反应器（如图 3 所示）中进行。在固定床反应器（内径 8mm）等温区装填 5g（湿重）Raney-Ni 或 Sn-Raney-Ni 催化剂，反应温度为 493~543K，压力为 2.5~5.6MPa（反应压力与温度相对应，保证反应在液相状态下进行），有机废水的液体空速为 0.86~8.57h^{-1}（液体空速为有机废水的体积进料速率与所述催化剂在反应器中的堆积体积的比值），反应器出口的产物经气液分离后得到的液组分由气相色谱仪［Shimadzu GC-14B，Agilent 柱（HP-5 柱，30m×0.320mm，0.25μm），FID 检测器］测定；气相组分由在线气相色谱仪（Fuli GC-9790，13X 分子筛，Porapak Q 填料柱，TCD 检

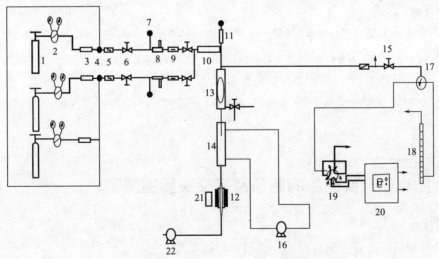

图 3　固定床反应装置示意图

1—钢瓶；2—气瓶阀稳压阀；3—净化管；4，17—三通阀；5—过滤器；6—开关阀；
7—压力表；8—质量流量计；9—单向阀；10—混合罐；11—安全阀；12—反应器；
13—气液分离器；14—冷凝器；15—背压阀；16—制冷系统；
18—皂沫流量计；19—六通阀；20—气相色谱；21—控温仪；22—微量泵

测器）测定。H_2 选择性定义为：检测到的 H_2 实际生成量与 H_2 理论生成量之比。

五、数据记录与处理

1. 数据记录

记录不同催化剂、反应温度、反应压力及不同液体空速下，四氢呋喃液相重整制氢反应结束后液相组分中原料的含量以及气相组分的组成和含量。

2. 数据处理

由得到的气、液相组分及其含量可以计算有机废水的降解率（降解率＝已降解原料的量/原料总量×100%）以及 H_2 选择性（检测到的 H_2 实际生成量/H_2 理论生成量×100%）。比较催化剂、反应温度、压力、液体空速等对四氢呋喃降解率以及 H_2 选择性的影响。

六、注意事项

1. 制备雷尼镍催化剂时，会用到有强烈刺激和腐蚀性的 NaOH 溶液，使用时应注意安全。

2. 催化剂还原和产物分析步骤中都会用到氢气钢瓶，使用氢气钢瓶时尾气一定要排空，且不能靠近热源或火源等危险源。

七、思考题

1. 在评价反应之前为何要用惰性气体吹扫吸附在催化剂表面上的 H_2？这对于气体产物的测定有何意义？

2. 在评价反应中，反应压力和温度应如何对应变化才能保证该反应是在液相状态下进行？

八、参考文献

[1] 白赢，卢春山，马磊等. Ce 和 Mg 改性 γ-Al₂O₃ 负载 Pt 催化剂乙二醇水相重整制氢 [J]. 催化学报，2006，27（3）：275-280.
[2] 李小年，项益智. 一类新的液相催化氢化反应体系的提出 [J]. 中国科学 B 辑：化学，2007，37（2）：136-142.
[3] 李小年，孔令鸟，项益智. 一种催化降解有机废水制氢的资源化技术 [J]. 中国科学 B 辑：化学，2008，38（9）：816-823.
[4] 李小年，张军华，项益智等. 硝基苯和乙醇一锅法合成 N-乙基苯胺 [J]. 中国科学 B 辑：化学，2008，38（1）：27-34.

☑ 实验二十七

强酸型阳离子交换树脂的制备及其交换量的测定

一、实验目的

1. 学习如何通过悬浮聚合制得颗粒均匀的悬浮共聚物；
2. 通过苯乙烯和二乙烯苯共聚物的磺化反应，了解制备功能高分子的一个方法；
3. 掌握离子交换树脂体积交换量的测定方法。

二、实验背景及原理

悬浮聚合是指在较强的机械搅拌下，借悬浮剂的作用，将溶有引发剂的单体分散在另一与单体不溶的介质中（一般为水）所进行的聚合。根据聚合物在单体中溶解与否，可得透明状聚合物或不透明不规整的颗粒状聚合物。可作为悬浮剂的有两类物质：一类是可以溶于水的高分子化合物，如聚乙烯醇、明胶、聚甲基丙烯酸钠等；另一类是不溶于水的无机盐粉末，如硅藻土、钙镁的碳酸盐、硫酸盐和磷酸盐等。

离子交换树脂是球型小颗粒，这样的形状使离子交换树脂的应用十分方便。用悬浮聚合方法制备球状聚合物是制取离子交换树脂的重要实施方法。在悬浮聚合中，影响颗粒大小的因素主要有三个，分散介质（一般为水）、分散剂和搅拌速度。水量不够不足以把单体分散开，水量太多反应容器要增大，给生产和实验带来困难，一般水与单体的比例在 $2\sim5$。分散剂可以降低液体的界面张力，使单体液滴的分散程度更高；也可以增加聚合介质的黏度，从而阻碍单体液滴之间的碰撞黏结；同时它们还可以在单体的液滴表面形成保护膜防止液滴的凝聚。分散剂的最小用量虽然可能小到是单体的 0.005% 左右，但一般常用量为单体的 $0.2\%\sim1\%$，太多容易产生乳化现象。当水和分散剂的量选好后，只有通过搅拌才能把单体分开，所以调整好搅拌速度是制备粒度均匀的球状聚合物的极为重要的因素。离子交换树脂对颗粒度要求比较高，所以严格控制搅拌速度，制得颗粒度合格率比较高的树脂，是实验中需特别注意的问题。

在聚合时，如果单体内加有致孔剂[1]，得到的是乳白色不透明状大孔树脂，带有功能基后仍为带有一定颜色的不透明状。如果聚合过程中没有加入致孔剂，得到的是透明状树脂，带有功能基后，仍为透明状，这种树脂又称为凝胶树脂。凝胶树脂只有在水中溶胀后才有交换能力。这是因为凝胶树脂内部渠道直径只有 $2\sim4\mu m$，树脂干燥后，这种渠道就消失，所以这种渠道又称隐渠道。大孔树脂的内部渠道，直径可小至数个微米，大至数百个微米，树脂干燥后这种渠道仍然存在，所以又称为真渠道。大孔树脂内部由于具有较大的渠道，溶液以及离子在其内部迁移扩散容易，所以交换速度快，工作效率高。目前大孔树脂发展很快。

按功能基分类，离子交换树脂又分为阳离子交换树脂和阴离子交换树脂。当把阳离子基团固定在树脂骨架上，可进行交换的部分为阳离子时，称为阳离子交换树脂，反之为阴离子交换树脂，所以树脂的定义是根据可交换部分确定的。不带功能基的大孔树脂，称为吸附树脂。

阴离子交换树脂用酸处理后，得到的都是酸型，根据酸的强弱，又可分为强酸型及弱酸型树脂。一般把磺酸型树脂称为强酸型，羧酸型树脂称为弱酸型，磷酸型树脂介于这两种树脂之间。

离子交换树脂应用极为广泛，它可用于水处理、原子能工业、海洋资源、化学工业、食品加工、分析检测、环境保护等领域。

在这个实验中，制备的是凝胶型磺酸树脂。反应式如下。

聚合反应：

（交联聚苯乙烯）

磺化反应：

$$\text{+}\text{CH}_2\text{—CH}\text{+}_n \quad \text{(苯环)} \quad + H_2SO_4 \longrightarrow \text{+}\text{CH}_2\text{—CH}\text{+}_n \quad \text{(苯环-}SO_3H\text{)} + H_2O$$

三、主要仪器和试剂

1. 仪器

三口烧瓶、球型冷凝管、直型冷凝管、交换柱、量筒、烧杯、搅拌器、水银导电表、继电器、电炉、水浴锅、标准筛（30～70 目）

2. 试剂

苯乙烯（St）、二乙烯苯（DVB）、过氧化苯甲酰（BPO）、5％聚乙烯醇（PVA）水溶液、0.1％次甲基蓝水溶液、二氯乙烷、H_2SO_4（92％～93％）、HCl（5％）、NaOH（5％）

四、实验步骤

1. St-DVB 的悬浮共聚

在 250mL 三口瓶中加入 100mL 蒸馏水、5％PVA 水溶液 5mL，数滴次甲基蓝溶液[2]，调整搅拌片的位置，使搅拌片的上沿与液面平[3]。开动搅拌器并缓慢加热，升温至 40℃后停止搅拌。将事先在小烧杯中混合并溶有 0.4g BPO、40g St 和 10g DVB 的混合物倒入三口瓶中。开动搅拌器，开始转速要慢，待单体全部分散后，用细玻璃管（不要用尖嘴玻璃管）吸出部分油珠放到表面皿上，观察油珠大小。如油珠偏大，可缓慢加速。过一段时间后继续检查油珠大小，如仍不合格，继续加速，如此调整油珠大小，一直到合格为止[4]。

待油珠合格后，以 1～2℃/min 的速度升温至 70℃，并保温 1h，再升温到 85～87℃反应 1h。在此阶段避免调整搅拌速度和停止搅拌，以防止小球不均匀和发生黏结。当小球定型后升温到 95℃，继续反应 2h。停止搅拌，在水浴上煮 2～3h，将小球倒入尼龙纱袋中[5]，用热水洗小球 2 次，再用蒸馏水洗 2 次，将水甩干，把小球转移到瓷盘内，自然晾干或在 60℃烘箱中干燥 3h，称量。用 30～70 目标准筛过筛，称重，计算小球合格率。小球外观为乳白、不透明状，称为白球。

2. 共聚小球的磺化

称取合格白球 20g，放入 250mL 装有搅拌器、球型冷凝管的三口烧瓶中，加入 20g 二氯乙烷，溶胀 10min，加入 92.5％的 H_2SO_4 100g。开动搅拌器，缓慢搅动，以防把树脂粘到瓶壁上。用油浴加热，1h 内升温至 70℃，反应 1h，再升温到 80℃反应 6h。然后改成蒸馏装置，搅拌下升温至 110℃，常压蒸出二氯乙烷，撤去油浴。

冷至近室温后，用玻璃砂芯漏斗抽滤，除去硫酸，然后把这些硫酸缓慢倒入能将其浓度降低 15％的水中，把树脂小心地倒入被冲稀的硫酸中，搅拌 20min。抽滤除去硫酸，将此硫酸的一半倒入能将其浓度降低 30％的水中，将树脂倒入被第二次冲稀的硫酸中，搅拌15min[6]。抽滤除去硫酸，将硫酸的一半倒入能将其浓度降低 40％的水中，把树脂倒入被三次冲稀的硫酸中，搅拌 15min。抽滤除去硫酸，把树脂倒入 50mL 饱和食盐水中，逐渐加水稀释，并不断把水倾出，直至用自来水洗至中性。

取约 8mL 树脂于交换柱中，保留液面超过树脂 0.5cm 左右即可，树脂内不能有气泡。加 5％NaOH 100mL 并逐滴流出，将树脂转为 Na 型。用蒸馏水洗至中性。再加 5％盐酸

100mL，将树脂转为 H 型。用蒸馏水洗至中性。如此反复三次。

3. 树脂性能的测试

① 质量交换量。单位质量的 H 型干树脂可以交换阳离子的物质的量。

② 体积交换量。湿态单位体积的 H 型树脂交换阳离子的物质的量。

③ 膨胀系数。树脂在水中由 H 型（无多余酸）转为 Na 型（无多余碱）时体积的变化。

④ 视密度。单位体积（包括树脂空隙）的干树脂的质量。

本实验只测体积交换量与膨胀系数两项。其测定原理如下：

$$\begin{array}{c}\text{—}[CH_2\text{—}CH]_n\text{—}\\ | \\ \bigcirc \\ | \\ SO_3H\end{array} + nNaCl \longrightarrow \begin{array}{c}\text{—}[CH_2\text{—}CH]_n\text{—}\\ | \\ \bigcirc \\ | \\ SO_3Na\end{array} + nHCl$$

取 5mL 处理好的 H 型树脂放入交换柱中，倒入 1mol/L NaCl 溶液 300mL，用 500mL 锥形瓶接流出液，流速 1～2 滴/min。注意不要流干，最后用少量水冲洗交换柱。将流出液转移至 500mL 容量瓶中。锥形瓶用蒸馏水洗三次，也一并转移至容量瓶中，最后将容量瓶用蒸馏水稀释至刻度。然后分别取 50mL 液体于两个 300mL 锥形瓶中，用 0.1mol/L 的 NaOH 标准溶液滴定。

空白实验：取 300mL 1mol/L NaCl 溶液于 500mL 容量瓶中，加蒸馏水稀释至刻度，取样进行滴定。体积交换容量 E 用下式计算

$$E = \frac{M(V_1 + V_2)}{V} \tag{1}$$

式中　E——体积交换容量，mol/mL；

　　　M——NaOH 标准溶液的浓度，mol/L；

　　　V_1——样品滴定消耗的 NaOH 标准溶液的体积，mL；

　　　V_2——空白滴定消耗的 NaOH 标准溶液的体积，mL；

　　　V——树脂的体积，mL。

用小量筒取 5mL H 型树脂，在交换柱中转为 Na 型并洗至中性，用量筒测其体积。膨胀系数 P 按下式计算：

$$P = \frac{V_H - V_{Na}}{V_H} \times 100\% \tag{2}$$

式中　P——膨胀系数，%；

　　　V_H——H 型树脂体积，mL；

　　　V_{Na}——Na 型树脂体积，mL。

或者在交换柱中测 H 型树脂的高度，转型后再测其高度，则：

$$P = \frac{L_H - L_{Na}}{L_H} \times 100\% \tag{3}$$

式中　L_H——H 型树脂的高度，cm；

　　　L_{Na}——Na 型树脂的高度，cm。

五、注意事项

[1] 致孔剂就是能与单体混溶，但不溶于水，对聚合物能溶胀或沉淀，但其本身不参加

聚合也不对聚合产生链转移反应的溶剂。

[2] 次甲基蓝为水溶性阻聚剂。它的作用是防止体系内发生乳液聚合，如水相内出现乳液聚合，将影响产品外观。

[3] 搅拌速度要适当，太快粒子太细，太慢容易黏结，更不能中途停止。由于采用单叶桨，为了保证搅拌强度，搅拌桨叶最下端应接近三口烧瓶底部，搅拌后应能观察到液面上有较深的漩涡，否则实验易失败。

[4] 珠粒的大小是根据需要确定的。

[5] 这时洗球是为了洗掉PVA，在尼龙纱袋中进行比较方便。

[6] 由于是强酸，操作中要防止酸溅出。可准备一空烧杯，把树脂倒入烧杯内，再把硫酸倒进盛树脂的烧杯中，可以防止酸溅出。

六、思考题

1. 为什么聚乙烯醇能够起稳定剂的作用？聚乙烯醇的质量和用量在悬浮聚合中，对颗粒度影响如何？

2. 如何提高共聚小球合格率？实验应注意什么些问题？

3. 聚合过程中油状单体变成黏稠状，最后变成硬的粒子现象如何解释？

4. 磺化后为什么要加稀酸逐步稀释？不是加水稀释？

5. 磺化时，加入二氯乙烷的目的是什么？

七、参考文献

[1] 潘祖仁. 高分子化学 [M]. 北京：化学工业出版社，2003.
[2] 沈阳化工学院高分子教研室离子交换树脂教学小组. 提高离子交换树脂强度实验 [J]. 当代化工，1980，(3)：6-10.
[3] 杨先麟. 精细化工产品配方与实用技术 [M]. 武汉：湖北科学技术出版社，1995.

☑ 实验二十八
Pd/C 催化剂中 Pd 粒径对氯代硝基苯加氢反应的影响

一、实验目的

1. 了解催化剂粒径变化的意义；
2. 探讨催化剂粒径对氯代硝基苯加氢反应的影响。

二、实验背景及原理

氯代苯胺是一类重要的有机中间体，广泛应用于染料、医药、农药等精细化学品的合成。目前，氯代苯胺大多数由芳香硝基化合物还原制得，工业上主要采用铁粉、硫化碱、水合肼还原法和催化加氢还原法。铁粉、硫化碱、水合肼还原法流程长、三废多、产品质量差；催化加氢还原法环境友好、产品质量稳定、工艺先进，受到人们的广泛关注。随着科学技术的发展以及环保意识的提高，加氢还原法制备氯代苯胺是发展的必然趋势。

氯代硝基苯催化加氢制备氯代苯胺是一个复杂的反应过程，催化加氢过程中会发生大量副反应，其中加氢脱氯反应是最严重的副反应，必须加以抑制。目前，抑制脱氯反应的方法大致分为两类：一是在反应中加入脱氯抑制剂，如吗啉、多胺、硫、磷化物等，通过抑制剂与金属粒子间相互作用改变催化剂的性质，从而提高反应的选择性，这种方法在抑制脱氯副反应的同时也大大降低了催化剂的活性，并且造成产品后处理复杂；二是对催化剂性质进行优化，比如将贵金属形成合金，改变催化剂的粒径或选择适当的载体等提高反应选择性，目前这种方法受到人们广泛关注。氯代硝基苯加氢制备氯代苯胺催化剂的研究进展，突出了近年来在纳米催化剂领域的新成果，指出了未来的研发方向。

硝基化合物加氢是一个较复杂的化学反应过程，包括几个平行反应和连串反应，可能生成不同的加氢中间产物，其可能的反应路线如图1所示（以氯代硝基苯为例）。

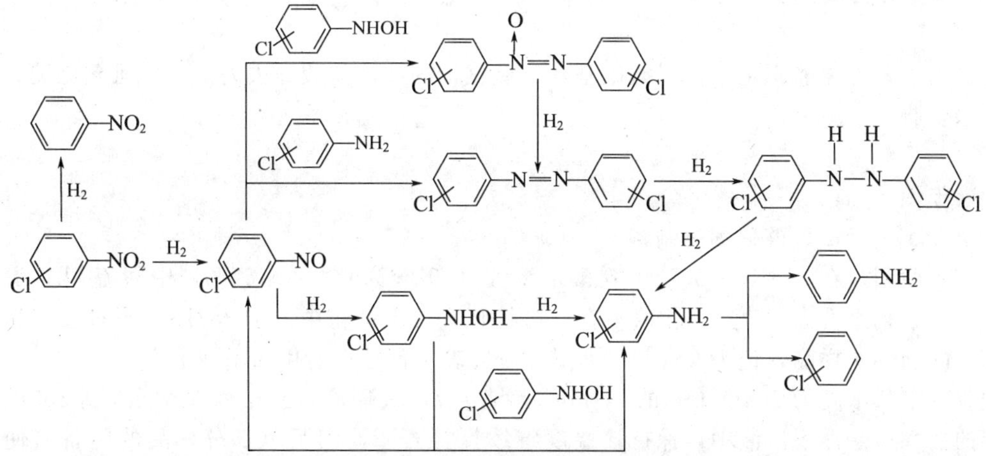

图 1　氯代硝基苯加氢反应路线

由图 1 可以看出，卤代硝基苯加氢反应是分段进行的，一方面可能产生 C—Cl 键的氢解，生成苯胺；另一方面可能形成氧化偶氮氯苯等副产物。含卤硝基苯加氢时，常常发生脱卤副反应，产品收率、纯度就会降低，且腐蚀设备本身。因此，催化加氢还原法的关键问题是如何抑制脱卤副反应的发生。现在抑制脱卤的基本方法主要有两种：一是在反应剂中使用特殊的添加剂，即脱卤抑制剂；二是对催化剂进行修饰处理。

脱卤抑制剂通常是碱或其他给电子化合物，这些化合物通过金属粒子相互作用改变了催化剂的某种电性质，从而提高了反应的选择性。到目前为止，已经发现了多种脱卤抑制剂，例如，吗啉、$pK_b < 3$ 的有机胺或磷酸三苯酯、三苯基亚磷酸、碱性添加剂、甲脒盐、噻唑等。虽然加入脱卤抑制剂可以将副产物限制到较低的程度，提高反应的选择性，但是该方法的最大缺陷就是需要额外的步骤处理液体废物，因而增加了反应过程的复杂性，提高了生产成本。

将催化剂预先进行毒化处理或改性处理也可起到抑制脱卤的作用。贵金属催化剂的改性通常涉及以下三个方面：①改变金属粒子的大小；②将贵金属与其他金属形成合金；③选择适当的载体，以调整金属与载体之间的作用。

催化剂金属粒子的大小对于反应的活性和选择性都有较大的影响。金属粒子的改变可以通过反应底物在金属颗粒上的吸附构型、金属不同晶面的相对比例、反应物与催化剂金属颗粒之间的几何和电子相互作用等因素的改变来影响反应的活性和选择性。例如 Giovanni Neri 及 G. Barone 等研究表明钯颗粒的增大有利于反应速率以及反应产物 2,4-二氨基甲苯产率的提高；Peuckert 等及 Stonehart 发现 Pt/C 催化剂中当颗粒在 3～5nm 之间时能够得到很好的氧还原活性；而 Frelink 等则提出当 Pt 颗粒在 1.2～5nm 对于甲醇的氧化反应来说是适宜的，颗粒小于1.2nm则反应活性降低，颗粒大于5nm时反应活性也没有提高。本实验主要探讨金属粒子的大小对于氯代硝基苯反应的影响。

三、主要仪器与试剂

1. 仪器

三口烧瓶、磁力搅拌器、恒温水浴、温度计、电子天平、玻璃棒、布氏漏斗、抽滤瓶、超声仪、烧杯、量筒、容量瓶、蒸馏水瓶、真空干燥箱、胶头滴管、广泛pH试纸、高压反应釜、程序升温控制仪。

2. 试剂

对氯硝基苯、邻氯硝基苯、间氯硝基苯、氯化钯固体、盐酸、去离子水、氢氧化钠、活性炭、水合肼。

四、实验步骤

1. 不同粒径Pd/C催化剂的制备

将35g原料炭在366K下350mL硝酸水溶液（硝酸为0.5%～67%）中回流6h，滤去酸液后，用蒸馏水洗涤，直至pH值不变，再将其置于干燥箱中，于383K干燥过夜，得到预处理过的活性炭样品，记为C（x%），其中x%表示预处理所用的硝酸浓度。

配制一定量浓度为50mg/mL的H_2PdCl_4水溶液，按理论负载量为5%加入到353K匀速搅拌的活性炭悬浮水溶液中，保持该温度继续搅拌若干小时后（部分样品的制备需使用NaOH溶液调节pH值至碱性），过滤洗涤至中性，最后真空干燥过夜。将干燥好的催化剂样品加入到适量的水合肼溶液中，搅拌若干小时，过滤，洗涤至中性，然后于383K下真空干燥3h，后降至室温并恢复常压后取出。所得样品记为Pd/C（x%）并装样品袋密封保存。经不同浓度硝酸预处理得到的载体制备所得的Pd/C催化剂拥有从2～22 nm大小不等的Pd粒径（通过TEM、XRD或CO-化学吸附测得）。

2. 氯代硝基苯加氢

将5g氯代硝基苯（邻、间、对-氯硝基苯）、30mL甲醇、0.5g Pd/C（x%）催化剂加入100mL高压反应釜中，在60℃，压力为1.0MPa等条件下反应。反应完成后将催化剂滤出回收。液体产物取样进行色谱分析。

3. 色谱分析条件

HP6890气相色谱；色谱柱HP-5毛细管柱30米；柱温90℃；程序升温到200℃，升温速率10℃/min；载气氮气；氢火焰FID检测器。

五、数据记录与处理

1. 数据记录

记录不同硝酸处理浓度得到的Pd/C催化剂的Pd粒径。

记录不同Pd粒径作用下氯代硝基苯加氢反应的转化率和产物组成、含量。

2. 数据处理

探讨催化剂粒径对于氯代硝基苯加氢反应转化率和选择性的影响。

六、注意事项

1.由于硝酸具有较强的腐蚀性和氧化性，因此在硝酸处理载体活性炭的过程中要小心谨慎，以免被硝酸灼伤。

2. 催化剂制备完成后进行真空干燥时，一定要等真空箱温度降至室温后再取出催化剂，以免催化剂再次被空气氧化，催化剂取出后也一定要密封保存。

七、思考题

1. 邻、间、对-氯硝基苯分别进行加氢时，加氢难易程度如何？

2. 氯代硝基苯发生脱卤反应的机理？

3. 催化剂中活性金属组分的粒径大小对反应转化率和选择性的影响？

八、参考文献

[1] Veena L Khilnani, Chandalia S B. Selectivehydrogenation. I. *para*-chloronitrobenzene to *para*-chloroaniline platinum on carbon as catalyst [J]. Org Process Res Dev, 2001, 5 (3): 257-262.

[2] Chen B, Dingerdissen U, Krauter J G E. New developments in hydrogenation catalysis particularly in synthesis of fine and intermediate chemicals [J]. Appl Catal A, 2005, 280 (1): 17-46.

[3] Zou B J, Wang Y, Wang Q L, An efficient ruthenium catalyst for selective hydrogenation of ortho-chloronitrobenzene prepared via assembling ruthenium and tin oxide nanoparticles [J]. J Catal, 2004, 222: 493-498.

[4] Neri G, Musolino M G, Milone C, Particle size effect in the catalytic hydrogenation of 2, 4-dinitrotoluene over Pd/C catalysts [J]. Appl Catal A: Gen, 2001, 208 (1-2): 307-316.

☑ 实验二十九
纳米 TiO$_2$ 的制备及其光催化性能研究

一、实验目的

1. 掌握胶溶法制备纳米 TiO$_2$ 粉末和薄膜的原理及实验方法；

2. 掌握纳米 TiO$_2$ 的光催化原理和实验方法；

3. 了解 X 射线衍射仪表征纳米 TiO$_2$ 的原理。

二、实验背景及原理

二氧化钛有三种晶体结构，分别为属于正交晶系的板钛矿、立方晶系的锐钛矿和金红石。其中金红石（R）型和锐钛矿（A）型的晶胞中的分子数分别为 2 和 4，晶胞参数分别为：R 型 $a=4.593$Å（1Å=0.1nm），$c=2.959$Å；A 型 $a=3.784$Å，$c=9.515$Å。晶胞结构如图 1 所示。

1. 纳米 TiO$_2$ 的光催化原理

TiO$_2$ 作为一种半导体材料，其能带结构是由一个充满电子的价带和一个空的导带构成，价带和导带之间的区域为禁带，禁带的宽度称为带隙能。TiO$_2$ 的带隙能为 3.0eV（金红石型）～3.2eV（锐钛矿型），相当于波长为 387.5nm 的能量。计算公式如下所示：

$$\lambda_g/nm = \frac{1240}{E_g/eV} \tag{1}$$

当锐钛矿型纳米 TiO$_2$ 吸收波长大于或等于 387.5nm 的光时，TiO$_2$ 价带上的电子（e）被激发跃迁至导带，在价带上留下相应的空穴（h$^+$），而导带上产生激发态电子（e），被激发的光生电子-空穴对一部分在体内或表面重新复合在一起，而另一部分在电场的作用下分离并迁移到表面。实验表明，价带上的空穴是良好的氧化剂，导带上的电子是良好的还原

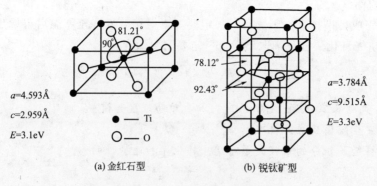

(a) 金红石型　　　　　　(b) 锐钛矿型

图 1　TiO₂ 的晶胞结构

剂。表面的电子 e 能够与吸附在 TiO₂ 颗粒表面上的 O₂ 发生还原反应，生成$\cdot O_2^-$。$\cdot O_2^-$ 与空穴 h⁺ 进一步反应生成 H_2O_2，而空穴 h⁺ 与 H_2O、OH^- 发生氧化反应生成高活性的$\cdot OH$ 和 H_2O_2，$\cdot OH$ 把吸附在 TiO₂ 表面上的有机污染物降解为 CO_2、H_2O 等，将无机污染物氧化或还原为无害物。其反应机理如图 2 所示。

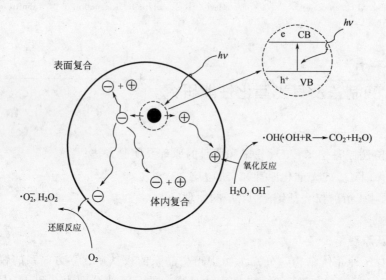

图 2　TiO₂ 光催化反应机理图

2. X 射线衍射仪表征纳米 TiO₂ 的原理

如下图所示，一束平行的波长为 λ 的单色 X 光，照射到两个间距为 d 的相邻晶面上，发生反射，设入射角和反射角为 θ，两个晶面反射的 X 射线干涉加强的条件必须满足布拉格方程，即二者的光程差等于波长的整数倍：

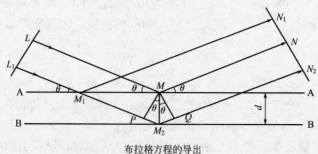

布拉格方程的导出

$$2d\sin\theta = n\lambda \tag{2}$$

式中 n——整数，称为衍射的级。

根据入射光的波长 λ 值及 XRD 谱图 2θ 角，可以由此式算出晶体不同晶面的面间距 d。并根据 XRD 衍射谱峰，通过对比标准的二氧化钛图谱，可以得到样品的晶型。当晶粒小于 200nm 时，使用半高宽和积分宽进行分析处理 X 射线峰形，可以获得样品的相关晶面尺寸。

（1）利用仪器自带软件计算的半峰宽及 Scherrer 公式可以计算纳米晶体的平均粒径：

$$D[hkl] = \frac{k\lambda}{\beta\cos\theta} \tag{3}$$

式中 D——平均晶粒尺寸，nm；

k——晶粒的形状因子，一般可取 $k=0.89$；

λ——X 射线波长，本实验中采用波长为 0.154056nm；

β——垂直于 $[hkl]$ 晶面族方向的衍射峰的半高宽（RAD），

θ——衍射角。

（2）利用 XRD 谱图上锐钛矿（101）晶面特征峰和金红石（110）晶面特征峰的峰强度 I_A 和 I_R 面积。按照如下三式计算得到组成样品的金红石率（$R\%$）、板钛矿率（$B\%$）和锐钛矿率（$A\%$）。

$$R\% = \frac{I_R}{k_A I_A + I_R + k_B I_B} \times 100\% \tag{4}$$

$$B\% = \frac{k_B I_B}{k_A I_A + I_R + k_B I_B} \times 100\% \tag{5}$$

$$A\% = 1 - R\% - B\% \tag{6}$$

式中 I_R，I_A，I_B——金红石的（110）晶面、锐钛矿（101）晶面和板钛矿（121）晶面的衍射峰积分强度；

k_A，k_B——常数，$k_A = 0.884$，$k_B = 2.721$。

3. 胶溶法制备纳米 TiO₂ 薄膜的原理

（1）纳米 TiO₂ 薄膜的制备流程。胶溶法制备纳米 TiO₂ 粉末和薄膜的流程如下图 3 所示：

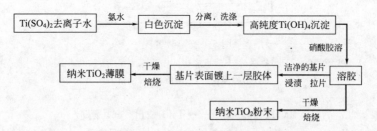

图 3 纳米 TiO₂ 粉末和薄膜的制备流程图

（2）TiSO₄ 水解制备 Ti（OH）₂。制备纳米 TiO₂ 粉末和薄膜的第一步是需要把硫酸钛溶解在去离子水中，在加入一定量的氨水，反应得到大量的白色沉淀。

反应式如下式所示：

$$\text{Ti(SO}_4)_2 + 4\text{NH}_4\text{OH} \xrightarrow{80℃油浴} \text{Ti(OH)}_4 \downarrow (白色) + 2(\text{NH}_4)_2\text{SO}_4$$

水解装置如图 4 所示。

（3）胶溶-凝胶反应的基本过程。溶胶-凝胶过程包括水解和聚合两个互相制约的反应，

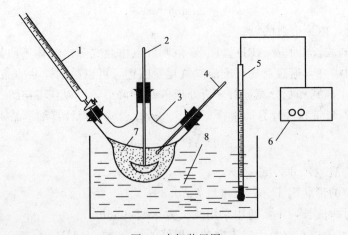

图 4 水解装置图

1—酸式滴定管；2—搅拌器；3—三口烧瓶；4—温度计；5—触点式温度控制器；

6—继电器；7—液相；8—油浴

其反应速度与水、催化剂、醇溶剂量有很大关系。

胶溶过程是把洗净的白色沉淀分散到胶溶剂中，制成 TiO_2 溶胶，从而消除一次粒子的团聚问题，使二次粒子到达纳米级。所选择的胶溶剂是常用的无机酸。沉淀胶溶装置如图 5 所示。

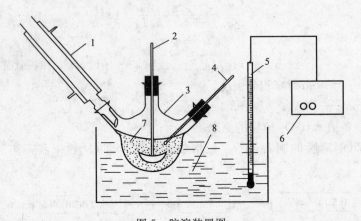

图 5 胶溶装置图

1—回流装置；2—搅拌器；3—三口烧瓶；4—温度计；5—触点式温度控制器；

6—控温仪；7—溶胶；8—油浴

$$Ti(OH)_4(沉淀) \xrightarrow{H^+} TiO_2 \cdot 2H_3^+O(溶胶)$$

将洗净的沉淀物用一定浓度的 HNO_3 溶液直接打浆后移入三口烧瓶，控制加入的酸量以调节 $[H^+]$ / $[Ti]$。然后在一定温度（论文中如没有特殊说明，默认胶溶温度为 60℃）的油浴中，高速搅拌胶溶，形成带浅蓝色的透明溶胶。

（4）用浸渍提拉法制备纳米 TiO_2 薄膜。薄膜形成过程如图 6 所示。薄膜是通过膜中溶剂蒸发、胶粒聚集、膜层收缩几个主要步骤形成的。影响薄膜结构和均匀性的因素有很多，如溶胶的均匀性、黏度，水解缩合反应溶剂蒸发的相对速度；水解过程中形成的无机网络的结构和大小；基片表面的均一性，溶胶和基板的相互作用；提拉速度和提拉区温度、湿度变化等。

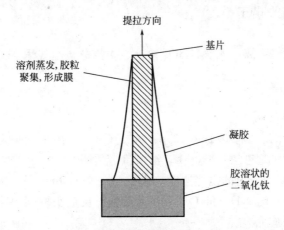

图6　纳米 TiO$_2$ 薄膜形成过程

所以在提拉石英玻璃片的过程中要注意提拉速度，提拉出来后用吹风机把负载在石英玻璃片的溶胶吹干，以备进行第二次负载。

4. 纳米 TiO$_2$ 薄膜的光催化性能研究

纳米 TiO$_2$ 薄膜的光催化性能研究的整套实验装置如图7所示。光源为1支40W的防紫外黄光灯，峰值波长为 500nm。开始进行实验时，先将甲醛气体缓慢的通入反应器内，待甲醛混合均匀后、在开灯前，先通过气相色谱仪监测甲醛的浓度是否变化。如果浓度保持稳定，待甲醛混合均匀 30～60min 后，开始试验。分别考察两组不同实验条件下的效果。一组为单纯光源对污染物降解的效果，另一组为纳米 TiO$_2$ 薄膜光催化对甲醛降解的效果。

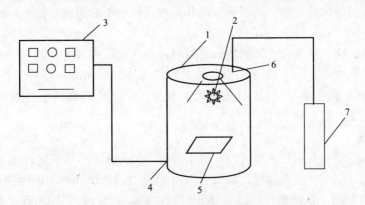

图7　光催化降解甲醛装置图

1—反应器实体；2—光源；3—气相色谱仪；4—出气孔；5—石英玻璃片（共六片）；
6—进气孔；7—甲醛气瓶

三、主要仪器与试剂

1. 仪器

FA2004 型数字式分析天平、LD5-10 型离心分离机、JB50-D 型增力电动搅拌机、三口烧瓶、酸式滴定管、接触式温度控制器、71 型晶体管继电器、PHS-3C 精密 PH 计、迴转式管式电阻炉、干燥箱、40W 防紫外灯、40W 紫外灯、磁力搅拌器、恒温水套、避光箱、气相色谱仪、Thermo ARL SCINTAG X'TRA X 射线衍射仪、钻有小孔的石英玻璃片若干、

50mL 量桶和 500mL 烧杯若干等。

2. 试剂

Ti（SO₄）₂、氨水、去离子水、HNO₃ 溶液、甲醛分析纯气体。

四、实验步骤

1. 纳米 TiO_2 粉体的制备

（1）$Ti(SO_4)_2$ 的水解。将 0.1mol（24g）的 $Ti(SO_4)_2$ 用少量去离子水溶解后倒入容量为 500mL 的三口烧瓶中，定容至 300mL，溶液澄清透明。

在 80℃的水浴温度和一定的搅拌速度（大约为 110r/min）下，按一定的比例往上述溶液中加入浓度为 5mol/L 的 $NH_3 \cdot H_2O$（80mL）溶液，反应很剧烈，生成大量白色沉淀。继续搅拌 30min，直至反应完全。

（2）水解产物的洗涤。待水解液冷却到室温后，离心分离（离心机转速为 3000r/min），倾去上层清液。离心分离后的白色沉淀用去离子水洗涤→离心分离，共进行 4 次，直至上层清液用 5%的 $Ba(NO_3)_2$ 检测不到 SO_4^{2-}，这时 $[SO_4^{2-}]$ <10^{-9}mol/L。

（3）溶胶-凝胶。将洗净的沉淀物（取四分之一）用一定浓度的 HNO₃ 溶液直接打浆后移入三口烧瓶，控制加入的酸浓度（0mol/L、0.5mol/L、1mol/L、2mol/L、4mol/L、6mol/L）以调节 $[H^+]$ / $[Ti]$ ＝0、0.8、1.6、3.2、6.4、9.6。然后在一定温度（如没有特殊说明，默认胶溶温度为 60℃）的水浴中，高速搅拌胶溶，形成带浅蓝色的透明溶胶，制得的溶胶静置 48 小时。

（4）浸渍拉片。将洗净的石英玻璃片，干燥称重，垂直放入装有溶胶的大烧杯中进行垂直拉片，每进行完一次拉片后，将石英玻璃片用吹风机吹干后再进行拉片，制得多层厚度的薄膜。

（5）干燥和焙烧。将负载有薄膜的石英玻璃片放入烘箱中在 80℃干燥 24 小时，再将其放入管式电阻炉中在 400℃下焙烧 2 小时，升温速率为 2℃/min。待炉子冷却后得到纳米 TiO_2 薄膜，并称量涂有 TiO_2 薄膜石英玻璃的重量。同时我们将剩余的溶胶在相同的条件下进行干燥和焙烧，制得纳米 TiO_2 粉末。

2. 结构表征

（1）热分析实验（TG-DTA）。353K 烘干后的 TiO_2 粉体的热稳定性实验在 ZRY-2p 型差热仪上进行。以 α-Al_2O_3 为标样，载气为 N_2，流速为 40mL/min，升温速率为 10K/min。TG-DTA 实验在室温下，以载气吹扫 30min 后，在 293～1173K 范围内程序升温测试。

（2）X 射线衍射仪的表征。将得到的纳米 TiO_2 晶体放入 X 射线衍射仪中进行的表征（CuK_α 辐射，λ＝1.54056Å，扫描范围 2θ＝20°～80°，扫描步速 0.02°/s），本步骤由老师完成，根据表征的结果计算制备的纳米 TiO_2 晶体的平均粒径和相组成。

（3）高分辨电镜（HRTEM）采用 Philips T20ST 透射电子显微镜分析，工作电压为 200kV。

3. 光催化性能测定——光催化降解甲醛

按照光催化降解甲醛的装置示意图安装好仪器，再将甲醛气体缓缓的通入反应器内，通过气相色谱仪（气相色谱仪的使用请参考说明书或相关参考书）在线监测甲醛浓度变化。待降解物混合均匀后进行光催化反应，打开光源（灯）前，记录初始浓度和温度数据。如果初始浓度变化十分大，则认为有漏气现象发生，此次试验失败。打开试验舱检查门，放掉通入的甲醛气体，强制通风一段时间后，认为反应器内的空气已和环境空气一致时，准备下一次试验；如果初始浓度保持稳定，待降解物混合均匀 $30\sim60min$ 后，打开光源，开始试验，同时记录反应时间、温度和浓度。分别进行两组试验。一组为单纯的光源对甲醛降解的效果；另一组为光催化对甲醛降解的效果。比较结果，以观察纯光催化的降解效果。在实验过程中，若无特殊说明，记录试验数据的时间间隔为 2min。

五、数据记录与处理

1. 将得到的纳米 TiO_2 晶体放入 X 射线衍射仪中进行表征，根据表征结果计算制备的纳米 TiO_2 晶体的平均粒径和相组成。

2. 根据石英玻璃片负载薄膜前后的质量变化，计算出负载在石英玻璃片上的薄膜厚度。

3. 记录没有放入负载有薄膜的石英玻璃片时，反应器中甲醛浓度随时间的变化数据，并画出甲醛浓度随时间变化的关系曲线；记录放入负载有薄膜的石英玻璃片时，反应器中甲醛浓度随时间的变化数据，并画出甲醛浓度随时间变化的关系曲线。

4. 当把反应器中的紫外灯换为防紫外灯后，重复步骤 3，并对比在两组不同光源的照射下，甲醛浓度的降解效果。

六、思考题

1. 气相色谱仪的分析原理？气相色谱仪是如何对被分析的物质进行定性和定量分析的？

2. 常用的制备胶体的方法有哪些？与其他制备纳米 TiO_2 方法相比较，用溶胶-凝胶法制备纳米 TiO_2 的优点？

3. H^+ 在胶溶 $Ti(OH)_4$ 沉淀过程中的作用和机理？

4. 在制备纳米 TiO_2 过程中，焙烧的作用？焙烧过程和焙烧温度如何影响纳米 TiO_2 晶型和晶粒大小？

七、参考文献

[1] 高濂, 郑珊, 张青红. 纳米氧化钛光催化材料及应用 [J]. 北京：化学工业出版社, 2002.
[2] 卞飞荣. 氮掺杂可见光响应型纳米 TiO_2 的制备及光催化性能研究 [D]. 杭州：浙江工业大学, 2007.
[3] 吕德义, 卞飞荣, 许可等. 胶溶-水热晶化过程中 TiO_2 晶粒聚集机理及形貌的研究 [J]. 无机材料学报, 2007, 22 (1)：59-64.
[4] 唐浩东, 肖莎, 吕德义等. 胶溶-水热晶化过程中纳米 TiO_2 相稳定性研究 [J]. 无机化学学报, 2007, 23 (3)：494-498.

☑ **实验三十**

离子液体中 4,6-二取代氨基-1,3,5-三嗪类衍生物的合成

一、实验目的

1. 学习离子液体的制备方法；
2. 学习在离子液体中合成三嗪类除草剂的方法。

二、实验背景及原理

除草剂 4,6-二取代氨基-1,3,5-三嗪类衍生物的合成通常是以三聚氯氰和不同取代基的

胺为原料，经两步取代反应制得。通常，根据所用溶剂的不同，分为水相法、溶剂法及均相混合法。

水相法以水作为介质。由于三聚氯氰化学性质活泼，容易发生水解反应。环境温度升高，水解反应加快。溶剂法是最早的生产方法，以氯苯等为溶剂。由于采用大量的溶剂，相应地增加了溶剂消耗，在生产时设备投资增加，污染严重。

均相混合法是上世纪九十年代的技术，即采用水加溶剂混合介质，在多种助剂的作用及相对低温下，使三聚氯氰均匀乳化在混合液中。既避免了水相法的不均匀分散问题，又大大减少了溶剂的使用量，具有较好的反应效果，收率大于 94%。但由于水和有机溶剂（如氯苯）几乎不溶，而且存在密度的差异，必须选用合适的复合助剂，达到水油乳化均相混合，并减少密度差异，以求共混。

文献 [1] 开发了在离子液体中合成除草剂 4,6-二取代氨基-1,3,5-三嗪类衍生物的新方法，避免工业化生产中对环境的污染，具有较高的应用价值。

离子液体（ionic liquid）是在室温及相邻温度下完全由离子组成的有机液体物质，所以又称室温离子液体（room or ambient temperature ionic liquid）或室温熔融盐（room temperaturemolten salt or fused salt）。离子液体是优良的溶剂，可溶解极性、非极性的有机物、无机物和聚合物，具有易于与其他物质分离，可以循环利用等优良特性。它最吸引人的特点是：虽然在室温下离子液体是液态，但无蒸气压，不挥发，不会逃逸损失，不会对环境造成污染，因而这种"熔盐"可作为化学反应和分离中所用溶剂的替代物。许多离子液体具有很宽的液态温度范围（−70～400℃），这就意味着在这些温度下都可以作为液态使用。

离子液体的种类繁多，改变正离子和负离子的不同组合，可以设计得到众多不同的离子液体。如果以正离子的不同对离子液体进行分类，最为常见的一般有 4 种类型：普通季铵盐离子液体（正离子部分可记作 $[NR_xH_{4-x}]^+$）、普通季鏻盐离子液体（正离子部分可记作 $[PR_xH_{4-x}]^+$）、咪唑盐离子液体（正离子部分可记作 $[R_1R_2IM]^+$）和吡啶盐离子液体（正离子部分可记作 $[RP_y]^+$）。如果以负离子的不同对离子液体进行分类，大致可以分为两种类型：一类是"正离子卤化盐＋$AlCl_3$"型的离子液体，如 $[BMIM]AlCl_4$，该体系的酸碱性随 $AlCl_3$ 的摩尔分数的不同而改变，此类离子液体对水和空气都相当敏感；另一类可称为"新型"离子液体，体系中与正离子匹配的负离子有多种选择，如 BF_4^-、PF_6^-、SbF_6^-、AsF_6^-、OTf^-（即 $CF_3SO_3^-$）、NTf_2^- [即 $N(CF_3SO_2)_2^-$]、CF_3COO^-、Cl^-、Br^-、I^-、NO_2^- 等，这类离子液体与 $AlCl_3$ 类不同，具有固定的组成，对水和空气相对稳定。

本实验采用 1-溴丁烷合成 1-丁基-3-甲基咪唑（$[bmim]Br$），并在水溶剂中与四氟硼酸钠（$NaBF_4$）进行离子交换，制备了 1-丁基-3-甲基咪唑四氟硼酸盐（$[bmim]BF_4$）。然后以该离子液体作溶剂，合成一系列 4,6-二取代氨基-1,3,5-三嗪类衍生物。

离子液体 $[bmim]BF_4$ 的制备：

4,6-二取代氨基-1,3,5-三嗪类衍生物的合成：

$$R_1, R_2 = -CH_2CH_3, \quad -CH(CH_3)_2, \quad -CH_2(CH_2)_4CH_3, \quad \text{(六元环)}, \quad \text{(三元环)}$$

三、主要仪器与试剂

1. 仪器

三口烧瓶、球形冷凝管、恒压滴液漏斗、布氏漏斗、抽滤瓶、锥形瓶、分液漏斗、量筒、旋转蒸发仪、熔点测定仪、电子恒速搅拌器、真空干燥箱、红外光谱仪、质谱仪。

2. 试剂

N-甲基咪唑、1-溴丁烷、四氟硼酸钠、二氯甲烷、无水硫酸镁、食盐、三聚氯氰、氢氧化钠、二氯甲烷、甲苯、乙胺、异丙胺、正己胺、环己胺、环丙胺。

四、实验步骤

1. 离子液体 [bmim] BF$_4$ 的制备

(1) N-烷基化反应。在 500 三口烧瓶中，加入 79mL（1.0mol）N-甲基咪唑和 25mL（0.23mol）1-溴丁烷，搅拌，慢慢加热。当温度达到 100℃左右时，突然放热，温度急剧上升，此时，即停止加热，反应放出的热量足以使温度维持在 100℃左右。待反应平稳后，滴加剩余的 87.8mL（0.82mol）1-溴丁烷。滴加完毕，加热搅拌，使温度维持在 100℃左右 4h。反应物冷却后，凝结成白色固体 [bmim] Br。

(2) [bmim] BF$_4$ 的合成。将制得的 [bmim] Br 加入到约 1350mL 的水中，再加入 110g（1.0mol）NaBF$_4$（如颜色较深，可用甲苯洗涤两次），在室温下搅拌过夜。

用 700mL 二氯甲烷分次萃取。萃取液用无水硫酸镁干燥，减压过滤，滤液用旋转蒸发仪浓缩（80℃）2h，得到 [bmim] BF$_4$ 约 150g。

2. 4,6-二取代氨基-1,3,5-三嗪类衍生物的合成通法

(1) 一取代反应。在 250mL 三口烧瓶中，加入 100g 离子液体 [bmim] BF$_4$，用冰盐浴将温度冷却到 0℃以下，迅速加入三聚氯氰 6.05g（0.0328mol）。搅拌均匀后，开始滴加 70％的一取代胺（R$_1$NH$_2$）水溶液（含胺 0.0325mol），滴加过程中保持温度在 0℃以下。

滴加结束后，在此温度下，滴加 30％的氢氧化钠溶液 4.4g（含氢氧化钠 1.3g，0.0325mol）。滴加完毕，继续搅拌 30min。

(2) 二取代反应。逐渐将温度升到 15℃，滴加 70％的二取代胺（R$_2$NH$_2$）水溶液溶液（含胺 0.0333mol），滴加过程中保持温度在 15～20℃。滴加结束后，在此温度下，滴加 30％的氢氧化钠溶液 4.48g（含氢氧化钠 1.344g，0.0336mol）。滴加完毕，继续搅拌 30min。

在反应混合物中加入 100mL 水，搅拌，减压过滤，滤饼分别用 2×20mL 水、3×20mL 二氯甲烷洗涤，抽干。然后在 110℃下真空干燥，得到目标产物，收率 90％以上。测定产物的熔点，并进一步用红外光谱、质谱进行表征。

(3) 离子液体的回收套用。将滤饼用水洗涤后的滤液放置，分成两层，下层为离子液体层，上层为水层。分离后，水层用 2×30mL 二氯甲烷萃取。合并二氯甲烷的洗涤液、萃取液及离子液体层，用无水硫酸镁干燥，减压过滤，滤液用旋转蒸发仪浓缩（80℃）2h，回收离子液体 [bmim] BF$_4$ 85％左右。

根据不同的取代胺，合成以下 9 个 1,3,5-三嗪类衍生物：

2-氯-4,6-二乙胺基-1,3,5-三嗪（西玛津），熔点 222～224℃；

2-氯-4,6-二异丙胺基-1,3,5-三嗪（扑灭津），熔点 215～216℃；

2-氯-4-乙胺基-6-异丙胺基-1,3,5-三嗪（阿特拉津），熔点 172～174℃；

2-氯-4,6-二正己胺基-1,3,5-三嗪，熔点 191～193℃；

2-氯-4,6-二环己胺基-1,3,5-三嗪，熔点 238～240℃；

2-氯-4,6-二环丙胺基-1,3,5-三嗪，熔点 208～209℃；

2-氯-4-乙胺基-6-环丙胺基-1,3,5-三嗪，熔点 198～200℃；

2-氯-4-异丙胺基-6-环丙胺基-1,3,5-三嗪，熔点 165～167℃；

2-氯-4-环丙胺基-6-环己胺基-1,3,5-三嗪，熔点 152～154℃。

五、注意事项

1. 离子液体 ［bmim］BF₄ 的合成采用两步法。在本实验中，其中间体溴化二烷基咪唑的合成不采用任何溶剂，避免了后处理的麻烦，但因反应时放热，温度不太容易控制，操作需十分小心。反应温度和反应时间对产物的收率有影响，温度不宜太高，否则产率反而降低。合成 ［bmim］BF₄ 时采用水作溶剂，又充分体现绿色化学的理念，但反应时间较长，许多文献报道采用微波法可提高反应效率。

2. 反应温度对三聚氯氰与胺的一取代反应影响很大。温度低时，一取代产物含量明显偏高，温度高时，生成的副产物较多，影响产物纯度。但温度过低，一取代反应的时间要延长，因此，一般控制在 0℃左右为宜。在二取代反应时，反应温度越高，产物的含量越高，但温度过高，胺的挥发性增加，因此，一般控制在 20℃左右为宜。

3. 由于三聚氯氰化学性质活泼，容易发生水解反应，因此投料要迅速。离子液体回收套用作溶剂时，一定要干燥彻底，用旋转蒸发仪浓缩（80℃）2h 后，可以除去溶剂和水分。

六、思考题

1. 查阅有关资料，比较各种 4,6-二取代氨基-1,3,5-三嗪类衍生物合成方法的优缺点。

2. 三聚氯氰结构中的三嗪环很稳定，与芳香环相近，但三个氯原子具有很好的反应活性和反应分级可控性，很容易发生亲核取代反应，一般情况下，第一个氯原子在 0℃下就能发生取代，第二个氯原子在 15℃以上就发生取代，如果环上保留有第三个氯原子，则要在 85℃以上才取代。解释其原因。

七、参考文献

［1］强根荣，袭文，盛卫坚. 4,6-二取代氨基-1,3,5-三嗪类衍生物的合成方法 ［P］. CN 101041642. 2009-7-29.

［2］包伟良，王治明. 离子液体的研究现状与发展趋势 ［J］. 中国科协第 143 次青年科学家论坛-离子液体与绿色化学，2007.

☑ 实验三十一

2-(1-甲基-1-羟基乙基)-7-甲氧基苯并-呋喃-5-甲醛的绿色合成

一、实验目的

1. 学习绿色反应条件下芳香化合物的亲电取代反应；

2. 学习钯催化的炔烃偶联反应。

二、实验背景及原理

本实验分两步进行，第一步反应是以芳香醛为原料，进行亲电取代（碘化）反应，第二步是该碘代物在醋酸钯的催化下，与链端炔烃（2-甲基-3-丁炔-2-醇）发生分子内炔加成、偶联反应，得到苯并呋喃衍生物——2-(1-甲基-1-羟基乙基)-7-甲氧基苯并呋喃-5-甲醛。

1. 香草醛的亲电取代反应

芳香族化合物的取代反应主要发生亲电取代。一般来说，其反应机理要经过加成与消除两步，首先是亲电试剂通过进攻芳环的 π-电子加到芳环上，形成带正电的中间体。然后，该中间体消去一个离去基团（通常是一个简单质子），生成取代产物。

比较典型的芳香族化合物的卤化反应是芳香化合物与 Cl_2、Br_2、I_2 的作用，这类反应的特点是需要催化剂来引发。溴是易挥发液体，液体和蒸气都能对皮肤、眼睛造成严重化学灼伤，对呼吸道的损伤也十分严重。氯在常温下是气体（b. p. $-34℃$），对呼吸系统也能造成严重的伤害。单质碘比较容易处理，但对许多芳香系列化合物的反应活性比较低，常常使用碘和强氧化剂（如硝酸）的混合物实现芳香族化合物的碘化反应。如果芳香底物带有强的给电子基团（如苯酚），碘化反应则比较温和，但是取代位置难以控制，通常得到多取代物。本实验用碘化钠或碘化钾代替碘，用一般的漂白剂（次氯酸钠，$NaClO$）作氧化剂在醇/水溶液中完成反应。与传统方法相比，其优点在于反应效率高，选择性好，得到较高收率的单碘取代物，并且用到了更加环境友好的反应物（次氯酸钠代替硝酸）和溶剂（醇/水溶剂代替卤代溶剂）。

2. 钯催化的分子内炔加成、偶联反应

炔烃能与多种物质发生加成反应，包括水或醇。与其他碳氢化合物相比，链端炔烃（R—C≡C—H）显示出相当强的酸性，可被较弱的碱夺去质子。由端炔去质子得到的碳负离子（炔化物）可用于构建新的C—C键，或者通过亲核加成连接到亲电试剂上，或者进行其他各种偶联反应。本实验中，炔烃偶联的初产物是在5-碘香草醛的"—OH"的邻位连入炔官能团，在偶联反应条件下，—OH自发地与C≡C三键加成，形成一个新的五元环。

许多涉及去质子炔烃的反应都要求在无水的有机溶剂中进行，但在本实验中，我们将使用含水的异丙醇作溶剂。为提高钯催化剂的水溶性，选用带有磺酸盐基团的膦（三磺化三苯基膦，TPPTS）作水溶性的配体。另外，还需加入一种叔胺碱（N-甲基吗啉）吸收反应中生成的碘化氢，并加入催化量的碘化亚铜，促进反应的进行。

本反应体现很多绿色化学理念。尽管反应仍需有机溶剂，但所用的异丙醇是比较温和的溶剂，并且通过用水稀释，将其用量减到最小。反应产率较高，是一种很原子经济性的反应。

香草醛（4-羟基-3-甲氧基苯甲醛）的亲电碘化反应：

2-(1-甲基-1-羟基乙基)-7-甲氧基苯并呋喃-5-甲醛的合成：

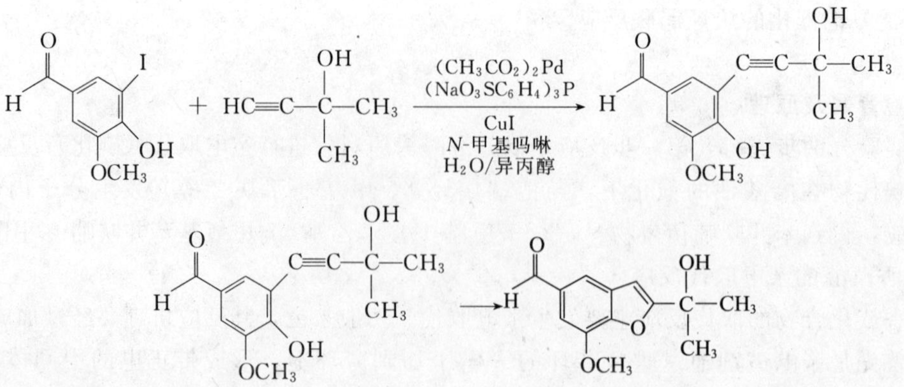

三、主要仪器与试剂

1. 仪器

三口烧瓶、球形冷凝管、恒压滴液漏斗、布氏漏斗、抽滤瓶、锥形瓶、分液漏斗、量筒、注射器、旋转蒸发仪、熔点测定仪、磁力搅拌器、真空干燥箱、红外光谱仪、质谱仪。

2. 试剂

乙醇、香草醛、碘化钠、氯化钠、次氯酸钠、硫代硫酸钠、盐酸、乙酸乙酯、醋酸钯（Ⅱ）、TPPTS、碘化亚铜、异丙醇、氮气、N-甲基吗啉、2-甲基-3-丁炔-2-醇、无水硫酸镁、正己烷。

四、实验步骤

1. 5-碘香草醛（4-羟基-3-甲氧基-5-碘苯甲醛）的合成

在 100mL 三口烧瓶中，加入 20mL 乙醇和 1.0g 香草醛，搅拌溶解后，再向该溶液中加入 1.7g 碘化钠，然后用冰盐浴冷却到 0℃。在此温度下，边搅拌边慢慢地滴加 11mL 5.25%（w/w）的次氯酸钠水溶液，溶液颜色由浅黄色变为红棕色。滴加完毕，反应混合物升到室温，继续搅拌 10min。

反应结束后，加入 10mL 10%（w/w）的硫代硫酸钠溶液，然后用 10%（w/w）的盐酸酸化到 pH=3～4，析出沉淀。缓慢加热，在 10min 内用旋转蒸发仪除去悬浮液中的乙醇（不要把水蒸干），冰浴冷却，减压过滤，收集沉淀。分别用冰水、冰乙醇洗涤，抽干，得到粗产物。

用乙酸乙酯作溶剂进行重结晶，产品真空干燥，熔点 183～185℃。用红外光谱、质谱对产品进行表征。

2. 2-(1-甲基-1-羟基乙基)-7-甲氧基苯并呋喃-5-甲醛的合成

在三口烧瓶中加入 556mg 5-碘香草醛，再加入 9.0mg 醋酸钯（Ⅱ），45.4mg $(NaO_3SC_6H_4)_3P$（TPPTS），19.0mg 碘化亚铜和 20mL 1∶1 的水-异丙醇溶液，在磁力搅拌下，缓慢向溶液中通氮气 3min，尽量赶尽反应瓶中的氧气。

用注射器吸取 0.6mL N-甲基吗啉，0.4mL 2-甲基-3-丁炔-2-醇，迅速注入到恒压滴液漏斗，滴加到反应瓶中。反应混合物搅拌过夜。

把反应物转移到分液漏斗中，加入 40mL 乙酸乙酯，并用乙酸乙酯荡洗反应瓶，再加入 30mL 水和 20mL 饱和食盐水，摇匀，分层，取乙酸乙酯层。另用 30mL 乙酸乙酯萃取水层。

合并两次所得的乙酸乙酯萃取液，用 30mL 10％（w/w）盐酸洗涤 2 次（除去 N-甲基吗啉），然后用 30mL 水洗涤 2 次，用 30mL 10％NaOH 溶液洗涤 2 次（除去未反应的起始原料），最后再用饱和盐水洗涤（除去过量的水）。乙酸乙酯层用无水硫酸镁干燥。

用旋转蒸发仪除去溶剂后，得到的粗产品用乙酸乙酯和正己烷的混合溶剂进行重结晶。产品真空干燥，测熔点 108～110℃。用红外光谱、质谱对产品进行表征。

五、注意事项

1. 炔烃分子内加成、偶联的反应，为由各种带有—OH 或—NHR（R＝H，烷基）的碘苯衍生物到苯并呋喃和吲哚衍生物的合成，提供了一条相对简单的路线。与传统的合成方法（需在吡啶或二甲基甲酰胺中回流，时间较长）相比，这些重要杂环化合物的合成反应步骤和使用的试剂都比较温和无毒。

2. 均相反应存在着催化剂与产物分离难的问题，而均相反应多相化是解决该问题的重要途径。将催化剂由烃溶性转化为水溶性，反应结束后，催化剂立刻从反应体系分出，实现了催化剂的回收和循环使用，既有利于充分利用资源，又有利于环境友好。三苯基膦是羰基合成反应中金属有机配合物应用最广泛的配体。本实验过程中用到的三磺化三苯基磷（TPPTS）可以提高钯催化剂的水溶性，促进反应的进行，可按参考文献［5］来制备。

六、思考题

1. 利用结构知识回答，在合成 5-碘香草醛时，为什么碘代反应优先发生在羟基的邻位而不是甲酰基的邻位？

2. 在合成 5-碘香草醛时，每个反应物都起什么作用？后处理过程中，加入硫代硫酸钠溶液的目的是什么？为什么要加入盐酸使产物沉淀？

3. 合成 2-(1-甲基-1-羟基乙基)-7-甲氧基苯并呋喃-5-甲醛时，加入的每一种试剂各起什么作用？反应过程中需要除去氧气，思考该反应过程中钯处于什么氧化态时可能是活泼物种？

4. 通常醇并不像在本实验所见的那样易与炔烃反应，为什么在本实验条件下，醇（苯酚）那么容易与三键交联？

5. 计算本实验的原子经济性。

七、参考文献

［1］Edgar K J, Falling S N. An Efficient and Selective Method for the Preparation of Iodophenols ［J］. J Org Chem, 1990, 55（18）: 5287-5291.

［2］Amatore C, Blart E, Genet J P, et al. New Synthetic Applications of Water-Soluble Acetate Pd/TPPTS Catalyst Generated in Situ. Evidence for a True Pd (0) Species Intermediate ［J］. J Org Chem., 1995, 60（21）: 6829-6839.

［3］Goodwin T E, Hurst E M, Ross A S. A Multistep Synthesis of 4-Nitro-1-ethynylbenzene Involving Palladium Catalysis, Conformational Analysis, Acetal Hydrolysis, and Oxidative Decarbonylation ［J］. J Chem, 1999, 76（1）: 74.

［4］任玉杰，荣国斌. 绿色有机化学-理念和实验 ［M］. 上海：华东理工大学出版社，2005.

［5］张敬畅，曹维良，陈锡荣等. 三磺化三苯基膦（TPPTS）制备方法的改进 ［J］. 分子催化，2000，14（3）: 223-226.

☑ 实验三十二

1-环丙基-2-甲基-5-羟基-3-苯并［e］吲哚甲酸乙酯的"一锅法"合成

一、实验目的

1. 了解"一锅法"合成的概念与特点；

2. 学习采用 Nenitzescu 法合成吲哚衍生物;

3. 学习用"一锅法"合成 1-环丙基-2-甲基-5-羟基-3-苯并 [e]吲哚甲酸乙酯。

二、实验背景及原理

吲哚是一种重要的精细化工原料,广泛用于农药、医药、香料、食品及饲料添加剂、染料等领域,在农用高效植物生长调节剂、杀菌剂等方面,吲哚衍生物如吲哚乙酸、吲哚-3-丁酸是重要的植物调节剂。在医药工业中,吲哚类药物可以治疗心血管疾病、糖尿病及肺癌等多种疾病,中成药六神丸中的蟾酥就含有 5-羟基吲哚衍生物,常用降压药物利血平也是吲哚的重要衍生物。在香料方面,吲哚和 3-甲基吲哚稀释后具有优美的花香味,常用于茉莉、柠檬、紫丁香、兰花和荷花等人造花精油的调合剂,在染料工业中,吲哚衍生的许多下游产品可以作为染料的合成原料,可生产偶氮染料、酞菁染料、阳离子染料和吲哚甲烷染料以及多种新型功能性染料。

5-羟基吲哚-3-羧酸乙酯类化合物具有潜在的抗流感病毒和抗呼吸道病毒作用,临床可用作抗流感病毒,用于治疗和预防急性病毒性呼吸道感染。

近 20 年来合成吲哚环化合物的方法主要有 σ 移位重排环化、亲核/亲电环化、氧化/还原环化、环加成环化、自由基环化、光环化和 Nenitzescu 法等合成方法。其中 Nenitzescu 合成法是一个可以用来有效合成某些 5-羟基吲哚的好方法。这种方法合成的产物无需结构修饰,即已含有 1、2、3 位取代基,且反应步骤简短,只需两步,反应式如下:

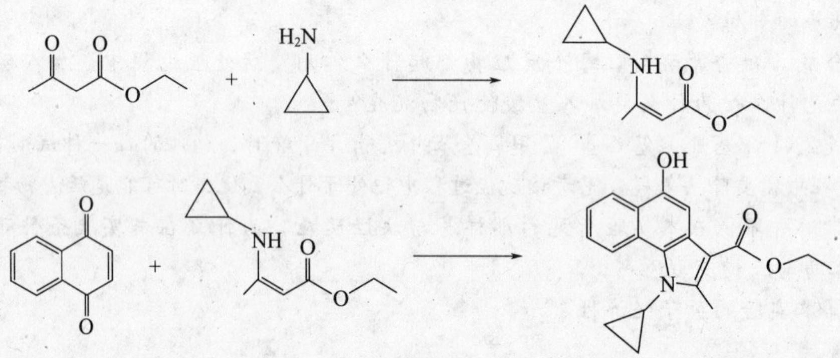

"一锅法"是指在多步骤反应中,中间生成的产物不需要精制与分离,经连续实施的实验过程得到目标产物,"一锅法"一般具有操作简单、收率高、成本低的特点。本实验中,以环丙胺、乙酰乙酸乙酯、1,4-萘醌为原料在路易斯酸催化下经"一锅法"合成 1-环丙基-2-甲基-5-羟基-3-苯并 [e]吲哚甲酸乙酯。

三、主要仪器与试剂

1. 仪器

三口烧瓶、球形冷凝管、恒压滴液漏斗、色谱柱、加料漏斗、锥形瓶、分液漏斗、量筒、注射器、旋转蒸发仪、熔点测定仪、磁力搅拌器、真空干燥箱、红外光谱仪、质谱仪、氮气保护装置。

2. 试剂

环丙胺、1,4-萘醌、乙酰乙酸乙酯、二氯甲烷、1,2-二氯乙烷、氯化锌、三氯化铁、氟化钾、硫酸氢钠、柱色谱硅胶。

四、实验步骤

在装有磁力搅拌、温度计、滴液漏斗、回流装置的 50mL 三口烧瓶中依次加入 1.4g（0.025mol）环丙胺，10mL 二氯甲烷和 0.27g（0.002mol）无水氯化锌，开启搅拌，滴液漏斗中加入 3.04g（0.025mol）乙酰乙酸乙酯和 5mL 二氯甲烷，控制反应温度为 25℃，开始滴加乙酰乙酸乙酯和二氯甲烷混合液，控制滴加速度，大约在 1 小时内滴完，滴完后间隔取样进行气相色谱分析。

待上述反应完全时，往反应混合液中直接加入 3.95g（0.025mol）1，4-萘醌，25℃ 下反应 24 小时，停止反应。将反应混合液浓缩，以乙酸乙酯：石油醚＝1：5 为展开剂经柱色谱制得灰白色固体粉末。

五、注意事项

1. 本实验的加料方式可采用将所有物料一起加入到反应瓶中的方式，为了避免或抑制胺与醌反应的竞争，可采用前期在低温下后期在较高温度下的反应方式。而在此方式下，为了减少副反应的发生，物料配比将变得尤为关键，较合适的配比为：环丙胺：乙酰乙酸乙酯：1，4-萘醌＝1.05：1：1。

2. 据文献报道，本实验可加催化剂以提高收率，通常为 B 酸及 L 酸，可以选择的有硫酸氢钠、磷酸二氢钾、无水氯化锌、三氯化铁、氟化钾等。

3. 反应机理可参见 Nenitzescu 吲哚的合成，可能的机理如下：

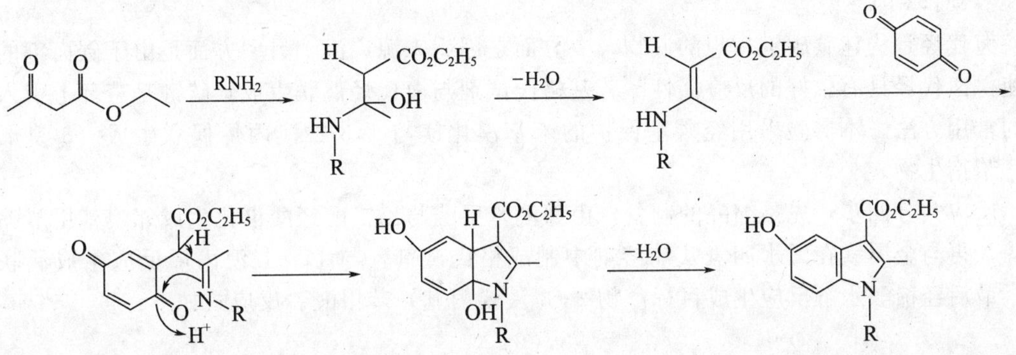

六、思考题

1. 查阅相关文献，简要说明怎样的多步骤反应可采用"一锅法"形式完成？

2. 在一锅法制备中，为了减少副反应可采取哪些措施？

七、参考文献

[1] Cheng X M，Liu X W. Microwave-Enhanced One-Pot Synthesis of Diversified 3-Acyl-5-Hydroxybenzofurans [J]. Comb Chem，2007，9：906-908.

[2] Magnus R，Quentin M，Steve W，et al. Expedient Synthesis of MLN1251, A CCR5 Antagonist for Treatment of HIV [J]. Organic Process Research & Development，2007，11：241-245.

[3] Schenck L W，Sippel A，Kuna K，et al. Dialkyl quinone-2,3-dicarboxylates in the Nenitzescu reaction [J]. Tetrahedron. 2005，61：9129-9139.

[4] Bernd D，Renate G，Patrick J，et al. 2,4-Diamino-9H-pyrimido [4,5-b] indol-5-ols：Synthesis，in vitro cytotoxic ac-

tivity，and QSAR investigations [J]. Bioorganic & Medicinal Chemistry，2006,14：7282-7292.

☑ 实验三十三

2-(3-溴烯丙基）苯甲醛的制备

一、实验目的

1. 经缩醛、缩酮的制备学习羰基保护的原理与方法；
2. 学习格氏试剂与卤代烃偶联的原理与方法。

二、实验背景及原理

随着有机化学的不断发展，有机合成中所涉及的底物分子的结构变得越来越复杂，所含的官能团的种类和数目也越来越多，从而对反应的选择性提出越来越高的要求，同时也为保护基团化学的不断发展提供了得天独厚的舞台。保护基团在现代有机合成特别是复杂分子的合成中扮演着无法替代的角色。保护基团使用是否得当在很大程度上对整个合成工作的成败有着举足轻重的影响。羰基是有机合成中最常见也是最有用的一大类官能团，因此，羰基的保护与去保护在保护基化学中始终是最重要的内容之一。

羰基的保护方式有多种，其中应用最广泛的方式为缩酮、缩醛的生成。一方面是基于缩醛、缩酮对氧化剂、还原剂、碱稳定，另一方面基于缩醛、缩酮可方便的经稀酸水解还原为羰基化合物。在缩酮的制备中，可采用的催化剂有硫酸、对甲苯磺酸、硫酸氢钠、磷酸二氢钾等，反应通常在无水条件或在反应除水的方式下进行，而醇类较多的可采用甲醇、乙醇、乙二醇、1,3-丙二醇等。

卤代烃是构建碳碳键理想的底物，一方面是因为来源广泛，另一方面是由于碳卤键的极性使得卤代烃具有较好的反应活性。芳基格氏试剂与卤代烃偶联生成碳碳键是芳环上引入烃基的常用方法。本实验采用经羰基保护的苯基溴化镁与1,3-二溴丙烯偶联生成（3-溴烯丙基）苯衍生物。

反应共分四步，先是缩醛的制备，由邻溴苯甲醛与乙二醇经酸催化生成邻溴苯甲醛缩乙二醇，再与金属镁在无水四氢呋喃溶剂中制成格氏试剂，与1,3-二溴丙烯反应生成偶联产物，最后经稀酸水解反应生成目标产物2-(3-溴烯丙基）苯甲醛。反应式如下：

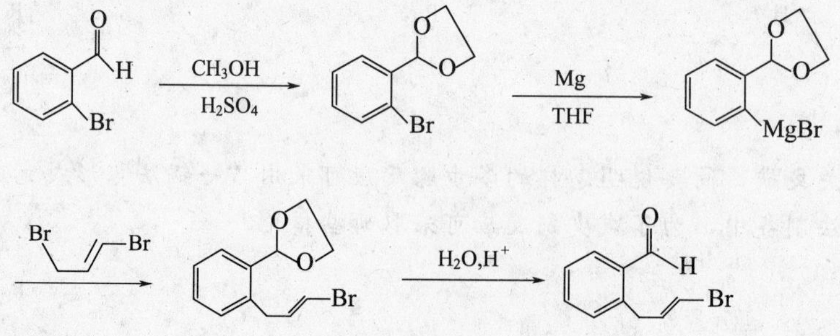

三、主要仪器与试剂

1. 仪器

三口烧瓶、空心塞、球形冷凝管、恒压滴液漏斗、色谱柱、加料漏斗、锥形瓶、分液漏斗、量筒、注射器、旋转蒸发仪、熔点测定仪、磁力搅拌器、真空干燥箱、红外光谱仪、质谱仪、氮气保护装置。

2. 试剂

邻溴苯甲醛、乙二醇、苯、环己烷、硫酸、镁、四氢呋喃、1,3-二溴-1-丙烯、柱色谱硅胶、无水硫酸镁。

四、实验步骤

1. 邻溴苯甲醛缩乙二醇的合成

在干燥的 100mL 圆底瓶中加入 3.7g（20mmol）邻溴苯甲醛，乙二醇 20mL，环己烷 20mL，0.1g（1mmol）硫酸，装上回流分水装置，加热回流分水 5 小时，冷却，慢慢加入碳酸氢钠至不再有气泡生成，过滤，滤液经旋蒸浓缩，残余液经柱色谱（乙酸乙酯：石油醚＝1：8)分离得产品。

2. 2-(3-溴烯丙基) 苯甲醛缩乙二醇的合成

在装有干燥管、回流冷凝、温度计、滴液漏斗的 100mL 干燥三口烧瓶中加入 0.24g（10mmol）0.5cm 的洁净镁段，四氢呋喃 10mL，在滴液漏斗中加入 10mL 四氢呋喃，2.3g（10mmol）邻溴苯甲醛缩乙二醇，摇匀，开启搅拌，将滴液漏斗中的混合液约 4mL 加入到三口瓶中，待反应发生及回流缓和后，视回流速度滴加完剩余液，继续回流反应 1 小时。

在滴液漏斗中加入 1.6g（8mmol）1,3-二溴-1-丙烯，5mL 四氢呋喃，维持反应温度50℃，缓慢滴加滴液漏斗中的混合液，约 1 小时内加完，加完后继续回流反应 1 小时。

3. 2-(3-溴烯丙基) 苯甲醛的合成

在上述反应液中，缓慢滴加 50mL 5％硫酸水溶液，加热回流 3 小时，反应液冷却，每次用 30mL 氯仿萃取三次，合并有机相，硫酸镁干燥，旋蒸浓缩，残余液经柱色谱（乙酸乙酯：石油醚＝1：8）分离得产品。

五、注意事项

1. 缩醛（酮）合成反应的传统催化剂为无机酸（如 H_2SO_4、HCl、H_3PO_4 等），但因副反应多、腐蚀性强、反应后处理复杂和污染环境严重等缺点，使其使用受到限制。后来发展起来的一些固体酸如 Ce^{3+} 离子交换的蒙脱土、杂多酸、高分子固载的 Lewis 酸，TiO_2/SO_4^{2-}，酸性阳离子树脂等对缩醛（酮）反应有良好的催化作用，而且可使后处理工艺简化。

2. 在缩醛（酮）的制备中，由于水的生成使反应可逆。据文献报道，在酸性条件下丙酮与甲醇缩合生成丙酮缩二甲醇，在达到平衡时，丙酮的转化率仅有 11％。因此在反应过程中除水成为转化率高低的关键。在本实验中，可采用加苯、环己烷共沸除水的办法来节省时间、提高转化率。

3. 在原料 1,3-二溴-1-丙烯中，3 位的卤素为烯丙基卤，而 1 位的卤素为烯基卤，反应活性有非常大的差异，反应具有很好的选择性。

六、思考题

1. 查阅有关资料，试说明羰基保护的其他方式。

2. 在格氏试剂制备时，若反应不能顺利进行，可采取哪些措施？

七、参考文献

[1] 刘守信，张红利，李振朝. 路易斯酸催化缩酮的合成 [J]. 精细化工，1996,13：42-44.

[2] 冯玉玲. 格氏试剂——重要的金属有机化合物 [J]. 石家庄大学学报，1999，1（4）：27-28.
[3] 何敬文，伍贻康. 羰基保护基团的新进展 [J]. 有机化学，2007,27（5）：576-586.

☑ 实验三十四
3-甲基-1-苯基-5-吡唑啉酮的合成

一、实验目的

1. 学习由重氮化反应制备苯肼的原理与方法；
2. 学习吡唑啉酮合成的原理与方法。

二、实验背景及原理

吡唑啉酮衍生物是吡唑的衍生物中最重要的一类，亦常简称为吡唑酮衍生物。吡唑啉-5-酮是一类重要的有生理活性的杂环化合物，可作为退热剂、止痛剂、抗菌剂，还可作为分析试剂、橡胶抗氧化剂、纺织品染料、检定钙的试剂等，如荧光增白剂 AD、彩色胶中所使用的成品红成色剂以及常用的退烧药安替比林、安乃近等都具有吡唑啉酮的基本结构。

大多关于吡唑啉酮的研究都是以 3-甲基-1-苯基-5-吡唑啉酮为模型，因为制备它的原料乙酰乙酸乙酯和苯肼简单易得。

本实验反应分为三步，以苯胺衍生物为原料，经重氮化再经氯化亚锡还原制备取代苯肼，再与乙酰乙酸乙酯缩合制得 3-甲基-1-苯基-5-吡唑啉酮衍生物。反应通式如下：

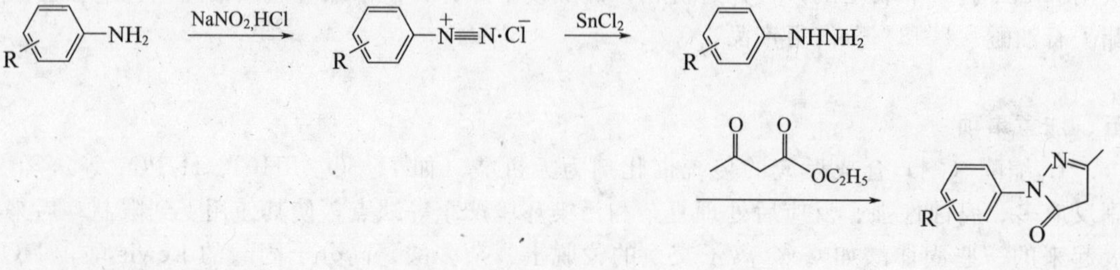

三、主要仪器与试剂

1. 仪器

三口烧瓶、球形冷凝管、恒压滴液漏斗、色谱柱、加料漏斗、锥形瓶、分液漏斗、量筒、注射器、旋转蒸发仪、熔点测定仪、磁力搅拌器、真空干燥箱、红外光谱仪、质谱仪、氮气保护装置。

2. 试剂

苯胺、乙醇、亚硝酸钠、盐酸、冰醋酸、氯化亚锡、乙酰乙酸乙酯、乙醚、氢氧化钠。

四、实验步骤

1. 苯胺重氮化反应

在装有机械搅拌、温度计、滴液漏斗的 250mL 三口瓶中，加入 9.3g（0.1mol）苯胺，加入 20mL 水，用冰盐浴冷却，滴加 20mL 乙酸，乙酸加完后慢慢滴加 40mL 浓盐酸，盐酸加完后继续搅拌 15min。冷至−3℃，滴加 7.6g（0.11mol）亚硝酸钠溶于 20mL 水的溶液，亚硝酸钠水溶液滴加速度以反应温度不超过5℃为宜。亚硝酸钠水溶液加完后在低温下继续反应半小时，加入1.5g脲的10mL水溶液，搅拌5min，保存在低温下备用。

2. 苯肼盐酸盐的制备

在另一装有机械搅拌、温度计、滴液漏斗的500mL三口瓶中，加入45.0g（0.2mol）氯化亚锡二水化物，再加入25mL浓盐酸，用冰盐浴冷却至−3℃，控制反应温度低于5℃，分批加入上述制得的重氮化液，加完后在低温下反应2h，再升温至30℃反应3h，用冰盐浴降温至0℃，减压过滤，得类白色固体。将固体转移到150mL三口瓶中，加50mL水，在冰盐浴下用10%的氢氧化钠水溶液中和至弱碱性，分别用40mL甲苯萃取两次，合并甲苯层，用30mL水洗涤两次，甲苯层中加入30mL浓盐酸，搅拌析出粉红色固体，冷却、过滤、干燥，得苯肼盐酸盐。

3. 3-甲基-1-苯基-5-吡唑啉酮的制备

在圆底烧瓶中加入1.44g（10mmol）苯肼盐酸盐，1.80g（10mmol）乙酰乙酸乙酯、20mL乙醇、1.01g（12mmol）碳酸氢钠，加热回流4小时，稍冷，将反应液缓慢倒入到盛有50mL水的烧杯中，将反应液用5%氢氧化钠水溶液调到pH＝11，分别用20mL乙醚洗涤两次，水相经醋酸酸化至弱酸性，过滤，干燥，得粗品，经柱色谱分离（乙酸乙酯∶石油醚＝1∶8）获得纯品。

五、注意事项

1. 重氮盐制备过程中，从反应式可知酸的理论用量为2mol，在反应中无机酸的作用是，首先使芳胺溶解，其次与亚硝酸盐生成亚硝酸，最后生成重氮盐。重氮盐一般是容易分解的，只有在过量的酸液中才比较稳定，所以重氮化时实际上用酸量过量很多，常达3mol，反应完毕时介质应呈强酸性（pH值为3），对刚果红试纸呈蓝色。重氮过程中经常检查介质的pH值是十分必要的。反应时若酸用量不足，生成的重氮盐容易和未反应的芳胺偶合，生成重氮氨基化合物。

2. 重氮化反应进行时自始至终必须保持亚硝酸稍过量，否则也会引起自我偶合反应。重氮化反应速度是由加入亚硝酸钠溶液的速度来控制的，必须保持一定的加料速度，过慢则来不及作用的芳胺会和重氮盐作用发生偶合反应。

3. 亚硝酸过量通常对下一步反应不利，常需加入尿素或氨基磺酸以消耗过量亚硝酸。反应时鉴定亚硝酸过量的方法是用碘化钾淀粉试纸试验，一滴过量亚硝酸液的存在可使碘化钾淀粉试纸变蓝色。由于空气在酸性条件下也可使碘化钾淀粉试纸氧化变色，所以试验的时间以0.5～2s内显色为准。

4. 较常用的还原剂有锌粉、氯化亚锡、亚硫酸氢钠。用锌反应太激烈，用亚硫酸氢钠收率偏低。

5. 可能的反应机理如下：

六、思考题

1. 试比较苯肼分子中两个氮原子的亲核活性？为什么？

2. 在 3-甲基-1-苯基-5-吡唑啉酮的制备过程中，用氢氧化钠水溶液调至碱性，再经乙醚洗涤、再经酸化制备，其目的何在？如此操作的依据是什么？

七、参考文献

[1] Lesnov A E，Sazonova E A，Pavlov P T. Structure and Extractive Ability of 1-Alkyland 3-Methyl-1-phenyl-2-pyrazolin-5-ones [J]. Russian Journal Of General Chemistry，2005，75（2）：298-302.

[2] Kazutoshi W，Yasuhiro M，Katsuhiko I. Structure-activity relationship of 3-methy l-1-phenyl-2-pyrazolin-5-one（edaravone）[J]. Redox Report，2003，8（3）：151-155.

[3] 李光才. 吡唑啉类荧光增白剂的合成研究印染助剂 [J]，1999，16（4）：12-14.

☑ **实验三十五**
具有丙酮与 1,2,3,4-丁四醇缩合物骨架的手性配体的合成

一、实验目的

1. 了解手性配体在过渡金属不对称催化化学中的应用；

2. 学习具有丙酮与 1，2，3，4-丁四醇缩合物手性骨架的合成；

3. 学习亚磷酰胺类配体的合成通用方法。

二、实验背景及原理

手性是自然界的基本属性，是一切生命的基础。构成生命体系生物大分子的基本单元如碳水化合物、氨基酸以及生物体内的酶和细胞表面的受体等大都是手性分子。生命体系有极强的手性识别能力，不同构型的立体异构体往往表现出极不相同的生理效能。获得对映纯的化合物对于化学、生物学或药学都是十分必要的。

手性化合物可以通过多种方法获得：①天然产物的分离以及它们的化学改造；②外消旋体的动力学拆分和酶拆分；③不对称合成。而其中最具有吸引力的方法就是不对称催化合成，它可以用催化量的手性催化剂合成获得较大量手性化合物，因此成为目前获取手性化合物研究中最活跃、最具挑战性的方向之一。

配体以与催化剂金属原子络合的方式参与作用，一方面起稳定催化剂自身及生成中间体作用，另一方面可根据配体的供电能力、结构尺寸不同起调控反应速度、反应类型的作用。配体的手性结构将对不对称催化反应中产物的立体选择性起着决定性的作用，手性结构的设计与合成成为化学工作者的重大课题。

具有丙酮与 1,2,3,4-丁四醇缩合物手性骨架的亚磷酰胺类化合物因结构新颖、较易制备在手性配体中占有重要地位，已在很多反应类型中表现出优良的立体选择性。

本实验介绍具有丙酮与 1,2,3,4-丁四醇缩合物手性骨架的亚磷酰胺类化合物的合成的通用方法，反应式如下：

三、主要仪器与试剂

1. 仪器

圆底烧瓶、三口烧瓶、球形冷凝管、减压蒸馏装置、分水器、恒压滴液漏斗、色谱柱、加料漏斗、锥形瓶、分液漏斗、量筒、注射器、旋转蒸发仪、熔点测定仪、磁力搅拌器、真空干燥箱、红外光谱仪、质谱仪、氮气保护装置。

2. 试剂

丙酮缩二甲醇、L-酒石酸、苯、对甲苯磺酸、溴苯、三氯化磷、二异丙胺、三乙胺、硫酸、镁、四氢呋喃、柱色谱硅胶、无水硫酸镁。

四、实验步骤

1. 丙酮缩酒石酸二甲酯的合成

在干燥的 100mL 圆底瓶中加入 15.0g（100mmol）L-酒石酸，31.2g（300mmol）丙酮缩二甲醇，甲醇 30mL，对甲苯磺酸 1.5g，装好回流装置，加热回流 6 小时，停止反应，冷却，慢慢加入碳酸氢钠固体至不再有气泡生成，过滤，滤液经旋蒸浓缩，残余液经减压蒸馏收集 150～152℃（7mmHg）的馏分。

2. 1,1,4,4-四苯基-1,4-二醇的合成

在干燥的三口烧瓶中加入 10mL 无水四氢呋喃，加入新鲜处理的 0.48g（20mmol）0.5cm 镁段，在滴液漏斗中加入无水四氢呋喃 20mL 与 3.1g（20mmol）溴苯，一次性加入约 6mL 混合液，待反应发生后，控制回流速度滴加剩余的溴苯反应液，滴加完后继续反应 1 小时至镁基本消失。

滴液漏斗中加入 0.88g（4mmol）丙酮缩酒石酸二甲酯，四氢呋喃 10mL，水浴冷却及搅拌下，滴加丙酮缩酒石酸二甲酯混合液，待反应液加完后，升温至回流反应 0.5 小时。

水浴冷却及搅拌下，缓慢滴加 200mL 冰水，反应液分别用 100mL 乙醚萃取三次，醚层经无水硫酸镁干燥，经旋蒸浓缩，残余液经柱色谱分离（乙酸乙酯：石油醚＝1：2）得产品。

3. 亚磷酰胺的合成

在干燥的 100mL 圆底瓶中加入 2.20g（5mmol）1,1,4,4-四苯基-1,4-二醇，加入无水四氢呋喃 30mL，搅拌溶解，加入新蒸的 0.96g（7mmol）三氯化磷，降温到 0℃，加入无水处

理的 1.28g（14mmol）三乙胺。室温下搅拌反应 4 小时，反应液经减压蒸除溶剂及过量的反应物，残余物中加入无水四氢呋喃 30mL，降温到 0℃，加入 0.51g（5mmol）二异丙胺，加入 0.64g（7mmol）三乙胺，自然升温，室温下搅拌反应过夜，反应液经浓缩，残余液经柱色谱分离（乙酸乙酯∶石油醚＝1∶8）得产品。

五、注意事项

1. 丙酮缩酒石酸二甲酯的制备可考虑分步进行，即先由酒石酸与甲醇在酸催化下先制备获得酒石酸二甲酯，文献报道可选择的催化剂有硫酸、对甲苯磺酸、甲磺酸、磷酸二氢钾、硫酸氢钠等。由于酯化反应是可逆反应，实验过程中采用乙醇大大过量，及加苯或环己烷与水形成共沸，经回流分水操作来实现平衡往正方向进行。

2. 在丙酮缩酒石酸二甲酯的制备步骤中，缩酮与酯化反应同时完成，有文献指出可能的过程为丙酮缩二甲醇在实验体系中先分解成丙酮及甲醇，因此实验方案的调整可尝试酒石酸、丙酮、甲醇三个物料在酸催化下经一步实验制备丙酮缩酒石酸二甲酯。

3. 在苯基溴化镁的制备中，若反应不能顺利引发，可采用加一小粒碘或加入少量碘甲烷的方式引发反应。

4. 亚磷酰胺的制备，需涉及无水无氧的操作，最好采用双排管装置，经多次抽空换氮，反应在氮气保护下进行。

六、思考题

1. 在丙酮缩酒石酸二甲酯的制备中，如何考虑酒石酸与丙酮缩二甲醇的投料比？

2. 制备亚磷酰胺时，三乙胺需纯化处理，通常需加乙酸酐或邻苯二甲酸酐类化合物回流后再蒸馏，为什么？

3. 试比较酯、酮与亲核试剂反应活性。

七、参考文献

[1] 罗华军 . 2,3-O-异丙叉-D-酒石酸二甲酯的制备 [J]. 化工时刊, 2004, 18（10）: 52-53.
[2] 南柱石, 胥波 .（2R, 3R）-酒石酸二甲酯制备的改进 [J]. 中国医药工业杂志, 1997, 28（6）: 272-273.
[3] 胡艾希, 赵海涛, 范国枝等 . 离子交换树脂催化合成（2R, 3R）-酒石酸二甲酯 [J]. 湖南大学学报, 1998, 25（1）: 23-26.
[4] James A M, Henry R. Synthesis of Anthopleurine, the Alarm Pheromone from Anthopleura elegantissima [J]. Journal of the American Chemical Society, 1978, 100: 4865-4872.

☑ 实验三十六
硫叶立德的制备与应用——1-乙基-1-（4-氯苯基）环氧乙烷的合成

一、实验目的

1. 学习硫叶立德的制备与应用；

2. 学习羰基化合物与硫叶立德反应制备环氧化物的原理与方法。

二、实验背景及原理

环氧化物因其具有活泼的三元环，在有机合成中具有重要地位。环氧化物的制备最常用方法为：①由烯烃经过氧酸或过氧化氢催化氧化制得；②由邻卤醇经分子内亲核取代制得。但此两类方法通常对底物的结构具有较大限制。Corey-Chaykovsky 反应提供了由羰基化合物制备环氧化物的方法，具有操作简单、收率高等特点，在精细有机中间体的合成特别是在农药领域（粉唑醇、戊唑醇、己唑醇、氟硅唑、环唑醇等的合成）具有广泛应用。

本实验分两步进行，第一步反应是以甲基化试剂（硫酸二甲酯、碘甲烷等）与锍盐底物（二甲硫醚、二甲亚砜）为原料生成锍盐，第二步是该锍盐在碱的存在下生成硫叶立德与羰基化合物反应生成环氧化物。

反应式如下：

$$CH_3SCH_3 + (CH_3)_2SO_4 \longrightarrow CH_3\overset{+}{\underset{}{S}}CH_3\overset{-}{O}SO_3CH_3$$

（上式中硫上带 CH_3 取代）

$$Cl\text{—}C_6H_4\text{—}CO\text{—}CH_2CH_3 \xrightarrow[NaH]{CH_3\overset{+}{S}CH_3\overset{-}{O}SO_3CH_3} Cl\text{—}C_6H_4\text{—}\underset{O}{C}\text{—}CH_2CH_3（环氧）$$

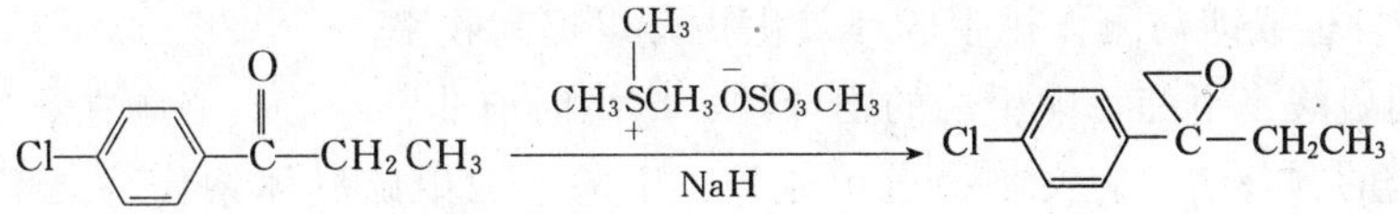

三、主要仪器与试剂

1. 仪器

三口烧瓶、球形冷凝管、恒压滴液漏斗、布氏漏斗、抽滤瓶、锥形瓶、分液漏斗、量筒、注射器、旋转蒸发仪、熔点测定仪、磁力搅拌器、真空干燥箱、红外光谱仪、质谱仪。

2. 试剂

对氯苯丙酮、二甲硫醚、硫酸二甲酯、氢化钠、碳酸氢钠、乙腈、甲苯、二氯乙烷、四氢呋喃。

四、实验步骤

1. 硫叶立德的合成

在装有温度计、回流装置的 50mL 三口烧瓶中加入 10mL 无水处理的乙腈，加入 1.1g （16mmol）二甲硫醚，1.31g（10mmol）硫酸二甲酯，20℃搅拌反应 12h。

2. 1-乙基-1-(4-氯苯基)环氧乙烷的合成

在上述反应瓶中补加无水乙腈 10mL，加入 1.34g（8.0mmol）对氯苯丙酮，搅拌溶解，一次性加入 0.4g（10mmol）60%氢化钠，在 20℃反应，用气相色谱分析到原料含量基本不再变化为止。减压脱去溶剂，冷却情况下加入 15mL 水，分别用 10mL 乙醚萃取三次，合并有机层，无水硫酸钠干燥，减压脱溶得残留物，经乙酸乙酯∶石油醚＝1∶20（V/V）色谱分离得纯品。

五、注意事项

1. 硫叶立德的制备及环氧化反应机理如下：

$$CH_3\overset{+}{\underset{CH_3}{S}}CH_3\overset{-}{O}SO_2OCH_3 \xrightarrow{NaH} \left[CH_3\overset{+}{\underset{CH_3}{S}}\text{—}CH_2^{-} \longleftrightarrow CH_3\overset{}{\underset{CH_3}{S}}\text{=}CH_2 \right]$$

2. 在环氧化步骤中，从机理分析可以得出，锍盐在碱的存在下脱去氢质子生成硫叶立德后再与酮反应生成环氧化物，考虑到硫叶立德的不稳定性，酮与钠氢的加料次序非常关键，合理的加料方式应为：在锍盐反应液中，先加入酮，待酮完全溶解后，再加入氢化钠，使硫叶立德一旦生成即与酮作用生成环氧化物，以提高收率。

3. 考虑到硫酸二甲酯、碘甲烷的剧毒性，应用时应非常小心，必须在通风橱中进行。

4. 在锍盐的制备中，有文献报道用硫酸、甲醇、二甲硫醚体系代替二甲硫醚、硫酸二甲酯的应用实例，环氧化反应可在水相中进行，相转移催化剂的使用可在较大程度上提高产品收率，但需使用大大过量的碱。

六、思考题

1. 可选择替换的甲基化试剂有哪些？各自的优缺点如何？

2. 锍盐底物最常用的为二甲硫醚及二甲亚砜，试说明各自的优缺点？

3. 在锍盐的制备中，如何判断反应已完成？

4. 实验中选择以氢化钠作碱，试说明能否用醇钠或氢氧化钠代替？氢化钠有何优势？

七、参考文献

[1] Carl R, Calvin W S. Synthesis of Optically Active Cyclopropanes and Oxiranes Using an Optically Active Oxosulfonium Methylide [J]. JournaI of the American Chemical Society, 1968, 90 (24): 6852-6854.

[2] 张之行, 孙绪兵, 梁孝生. 杀菌剂戊唑醇的合成研究 [J]. 农药科学与管理, 2004, 25 (5): 23-25.

[3] Corey E J, Chaykovsky M. Dimethyloxosulfonium Methylide and Dimethylsulfonium Methylide. Formation and Application to Organic Synthesist [J]. Journal of the American Chemical Society, 1965, 87: 1353-1364.

[4] 孟令峰, 鲁波, 陈志荣. 1-(2-氟苯基)-1-(4-氟苯基) 环氧乙烷的合成研究 [J]. 精细与专用化学品, 2004, 14 (8): 23-25.

☑ 实验三十七
新型金属配合物的合成

【实验三十七-一】
新型碳硼烷磷桥配体 $^i Pr_2 NP(C_9 H_7)(C_2 B_{10} H_{11})$ 的合成及表征

一、实验目的

1. 学习桥联配体的合成原理和方法；

2. 学习无水无氧的基本操作。

二、实验背景及原理

配体是有机金属配合物的重要组成部分，决定了金属配合物的稳定性、溶解性以及物理和化学性质。环戊二烯基（—C_5H_5）是最常见的有机 π 配体，而碳硼烷（$C_2B_9H_{11}^{2-}$）则是最常见的无机 π 配体。它们具有相似的前线分子轨道，都能和中心金属离子形成 η^5-π 键。另一方面，由于电子和立体效应的差异，使两者又各有特性。前者开辟了茂金属有机化学，后者奠定了碳硼烷金属有机化学的产生。通过桥联原子将两者有机地连接在一起得到的新型配体，不仅具备了环戊二烯和碳硼烷配体各自的特点，同时还将具有桥联配体特有的稳定性和溶解度好、易结晶等优点。近期磷桥配体引起了人们的广泛关注，这不仅是因为磷原子和常用的桥联原子硅具有相似的原子半径，而且还因为磷原子具有独特的电子特性（磷原子有＋3，＋5 两种氧化态），这使得磷桥配体具有十分有趣和丰富的络合特性。

基于以上的考虑，我们尝试通过磷原子将常见的茚基和碳硼烷配体连接起来，设计了一种新型的磷桥配体 ^{i}Pr$_2$NP（C_9H_7）（$C_2B_{10}H_{11}$）。

我们的目标配体中，磷原子上含有三个不同的取代基，需要一步一步地引入。通过 PCl_3 和 ^{i}Pr$_2$NH 的反应，可以很方便在目标分子中引入 ^{i}Pr$_2$N—。接着 ^{i}Pr$_2$NPCl$_2$ 和 C_9H_7Li 以 1∶1 的比例在己烷中混合反应，得到了中间体 ^{i}Pr$_2$NP(C_9H_7)Cl。^{i}Pr$_2$NP(C_9H_7)Cl 和碳硼烷的二锂盐 Li$_2$C$_2$B$_{10}$H$_{10}$ 在低温下反应，用一当量的 n-BuLi 处理后，分离得到了目标配体的二锂盐 [^{i}Pr$_2$NP(C_9H_6)($C_2B_{10}H_{10}$)]Li$_2$。由于 P—C 键对空气和水是高度敏感的，不能用简单水解的方法直接将二锂盐转化为中性配体，需要在无水，无氧的条件下进行反应。因而我们采用干燥的 Me$_3$NHCl 和 [^{i}Pr$_2$NP(C_9H_6)($C_2B_{10}H_{10}$)]Li$_2$ 反应的方法，最终以较高的产率得到了中性目标配体 ^{i}Pr$_2$NP(C_9H_7)($C_2B_{10}H_{11}$)。

三、主要仪器与试剂

1. 仪器

所有的实验步骤均在无水，无氧的条件下进行，可采用 Schlenk 装置，cannula 转移技术或在手套箱里完成整个反应。并通过 ^{11}B NMR 和 ^{31}P NMR 对整个反应过程进行追踪。

2. 试剂

无水乙醚、n-BuLi（1.6mol/L 己烷溶液）、己烷、甲苯、二氯甲烷（所用的有机溶剂和化学试剂均要预先处理，以满足反应无水无氧的要求）。

四、实验步骤

1. $^iPr_2NP(C_9H_7)Cl$ 的合成

① 在 $-78℃$，向 250mL 溶有 5.76g 茚的无水乙醚溶液中缓慢滴加 31.5mL n-BuLi（1.6mol/L 己烷溶液），室温下继续搅拌 6 小时。

② 过滤，固体用己烷洗（50mL×2），真空干燥得到白色固体 C_9H_7Li。

③ 在搅拌下，所得到的白色固体在 $-78℃$，一次性快速地加到 300mL 溶有 15.15g $^iPr_2NPCl_2$ 的己烷溶液中，室温下搅拌过夜。

④ 过滤，减压蒸馏（蒸去过量的 $^iPr_2NPCl_2$ 和溶剂），得到淡黄色固体。

⑤ 用正己烷进行重结晶，得到无色 $^iPr_2NP(C_9H_7)Cl$ 晶体 8.74g。用 ^{31}P NMR，^{11}B NMR 和元素分析对产品进行表征。

2. $[^iPr_2NP(C_9H_6)(C_2B_{10}H_{10})]Li_2(OEt_2)_{1.5}$ 的合成

① 将 1.50g o-$C_2B_{10}H_{12}$ 溶解在 30mL 甲苯/乙醚（2∶1）的混合溶剂中，在 0℃ 向此溶液中缓慢滴加 31.5mL n-BuLi（1.6mol/L 己烷溶液），滴加完毕后，继续在室温下搅拌 3h，得到 $Li_2C_2B_{10}H_{10}$。

② 不经分离，重新将此混合溶液冷却至 0℃，并向其中缓慢滴加溶解在 30mL 甲苯/乙醚（2∶1）的混合溶剂中的 2.93g $^iPr_2NP(C_9H_7)Cl$ 溶液。

③ 反应混合液继续在室温下搅拌过夜，过滤除去白色的 LiCl 沉淀。得到透明溶液。

④ 将此溶液冷却至 $-78℃$，边搅拌边滴加 10.4mL n-BuLi（1.6mol/L 己烷溶液）。反应混合物在室温下搅拌过夜。

⑤ 过滤，将得到的溶液浓缩至 10mL，在 $-30℃$ 冷却过夜，得到 3.73g 白色的晶状固体 $[^iPr_2NP(C_9H_6)(C_2B_{10}H_{10})]Li_2(OEt_2)_{1.5}$。用 ^{31}P NMR，^{11}B NMR 和元素分析对产品进行表征。

3. $^iPr_2NP(C_9H_7)(C_2B_{10}H_{11})$ 的合成

① 将 0.51g $[^iPr_2NP(C_9H_6)(C_2B_{10}H_{10})]Li_2(OEt_2)_{1.5}$ 溶解在 20mL 的 CH_2Cl_2 中，同时将 0.24g Me_3NHCl 溶解在 40mL 的 CH_2Cl_2 中，在 0℃ 边搅拌边将后者加到前者中。

② 反应混合物在室温下搅拌过夜，过滤得到白色固体。将此固体物质用 30mL 热的正己烷萃取三次。减压除去萃取液中的正己烷，得到粗产物。

③ 用正己烷进行重结晶，得到 0.319g 白色晶体 $^iPr_2NP(C_9H_7)(C_2B_{10}H_{11})$。用 ^{31}P NMR，^{11}B NMR 和元素分析对产品进行表征。

五、注意事项

1. 在合成目标产物的过程中，由于每个中间体和产物分子中，磷原子和硼原子所处的化学环境都不相同，因而每个化合物的 ^{31}P NMR，^{11}B NMR 呈现出不同的化学位移和裂分形式，这给我们提供了一个方便和简洁跟踪和鉴别化合物的方法。

2. 本实验需要在严格的无水无氧条件下进行，因而具备熟练的无水无氧操作技术十分的重要。

六、思考题

1. 在用 ^{31}P NMR 鉴定目标产物时，我们发现在 74.1ppm 和 40.1 ppm 处出现两个吸收峰，请解释其中的原因。

2. 查阅文献，看看碳硼烷配体和其他的传统无机配体相比有哪些优点和缺点？

七、参考文献

[1] Wang H，Wang Y，Li H W. Synthesis，Structural Characterization，and Olefin Polymerization Behavior of Group 4 Metal Complexes with Constrained-Geometry Carborane Ligands [J]. Organometallics，2001，20：5110-5118.

[2] Xie Z. Cyclopentadienyl-Carboranyl Hybrid Compounds：A New Class of Versatile Ligands for Organometallic Chemistry [J]. Acc Chem Res，2003，36：1-9.

[3] Pauling L. The Nature of The Chemical Bond. 3rd ed. New York Cornell University Press.

【实验三十七-二】
新型碳硼烷磷桥配体 $^{i}Pr_2NP(O)(C_9H_7)(C_2B_{10}H_{11})$ 的合成及表征

一、实验目的

1. 学习用氧化的方法合成五价磷桥联配体的原理和方法；

2. 了解绿色化学的概念；

3. 复习和巩固有机溶剂进行重结晶的方法。

二、实验背景及原理

通过对桥联配体的研究，我们发现桥联原子的种类对金属配合物的性质有着十分重要的影响。目前，研究比较多的桥联原子有 C、Si、Ge、N 和 P。其中，磷原子由于其比较特殊的电子和立体的特性，慢慢引起了人们的极大关注。因为磷原子具有 +3 和 +5 两种氧化态，从而使磷桥配体的结构变得多种多样。我们在前一个实验当中已经成功合成出了含有 —PR—结构单元的三价磷原子的桥联配体。而五价的磷原子的—R(O)P—结构单元多存在于三价磷的氧化物或磷叶立德—R_2P—中。各种磷桥配体中磷原子氧化态的变化可能会对所形成的金属配合物的性质和活性产生影响。基于以上的考虑，我们设计了以 $^{i}Pr_2NP(C_9H_7)$ $(C_2B_{10}H_{11})$ 为母体，采用氧化的方法合成五价磷桥联配体的思路。由于 $^{i}Pr_2NP(C_9H_7)$ $(C_2B_{10}H_{11})$ 配体对空气和水是稳定的，在本实验中，我们以 $^{i}Pr_2NP(C_9H_7)(C_2B_{10}H_{11})$ 为母体，采用廉价，无环境污染的 H_2O_2 为氧化剂，合成了新型的五价磷桥配体 $^{i}Pr_2NP(O)$ $(C_9H_7)(C_2B_{10}H_{11})$。

由反应物到产物的这种转变，我们可以用 ^{11}B NMR 和 ^{31}P NMR 来跟踪。在 $^{i}Pr_2NP(O)$ $(C_9H_7)(C_2B_{10}H_{11})$ 的 ^{11}B NMR 中，1：1：2：6 的裂分方式跟反应底物 $^{i}Pr_2NP(C_9H_7)$ $(C_2B_{10}H_{11})$ 的 ^{11}B NMR 的 3：1：1：2：1：2 的裂分方式有很大的不同。对产物的 ^{31}P NMR 进行研究，我们发现产物的 ^{31}P NMR 的吸收峰出现在 23.0ppm 和 19.7ppm，这和反应物的 ^{31}P NMR 吸收峰在 74.1ppm 和 40.1ppm 相比，明显向高场移动了很多。这可能是源于产

物$^i\mathrm{Pr_2NP(O)(C_9H_7)(C_2B_{10}H_{11})}$中 N(p$\pi$)→P(d$\pi$)的相互作用。

三、主要仪器与试剂

1. 仪器

圆底烧瓶、电磁搅拌器、分液漏斗、锥形瓶、旋转蒸发仪，反应过程用^{11}B NMR，^{31}P NMR 进行跟踪。

2. 试剂

30％双氧水，甲苯，$\mathrm{Na_2S_2O_3}$ 饱和溶液，$\mathrm{NaHCO_3}$ 饱和溶液，NaCl 饱和溶液，$^i\mathrm{Pr_2NP}$ $\mathrm{(C_9H_7)(C_2B_{10}H_{11})}$ 在实验三十七——中合成。

四、实验步骤

① 在 50mL 的圆底烧瓶中放入$^i\mathrm{Pr_2NP(C_9H_7)(C_2B_{10}H_{11})}$ 389mg（1.0mmol）和 10mL 甲苯，开动搅拌器，混合均匀。

② 室温下，向混合液中中加入过量的 2.3mL 30％ 双氧水溶液（20mmol），加热回流反应两天。

③ 将反应混合物转入分液漏斗中，静置 5min，分出水层。

④ 有机层依次用饱和 $\mathrm{Na_2S_2O_3}$ 溶液（15mL×2），饱和 $\mathrm{NaHCO_3}$ 溶液（15mL×2）和饱和 NaCl 溶液（20mL×2）洗涤。

⑤ 用旋转蒸发仪除去溶剂，得到白色固体。粗产品用甲苯进行重结晶，可得到$^i\mathrm{Pr_2NP(O)(C_9H_7)(C_2B_{10}H_{11})}$292mg，产率为 72％。用^{31}P NMR，^{11}B NMR 和元素分析对产品进行表征。

五、注意事项

1. 在目标产物的过程中，由于每个中间体物和产物分子中，磷原子和硼原子所处的化学环境都不相同，随着反应的进行^{31}P NMR，^{11}B NMR 呈现出不同的化学位移和裂分方式，这给我们提供了一个方便和简洁的跟踪和确定反应终点的方法。

2. 本实验采用廉价的双氧水作为氧化剂，很方便地将三价磷桥配体氧化生成五价的磷桥配体，操作简单，后处理也很方便，且不会造成环境的污染，很符合当今低碳和绿色化学的要求。

六、思考题

1. 和原料相比，新的五价磷桥配体$^i\mathrm{Pr_2NP(O)(C_9H_7)(C_2B_{10}H_{11})}$ 的^{31}P NMR 吸收峰的化学位移明显向高场移动，请解释原因。

2. 在后处理过程中，有机相要依次用饱和 $\mathrm{Na_2S_2O_3}$ 溶液，饱和 $\mathrm{NaHCO_3}$ 溶液及饱和 NaCl 溶液进行洗涤，目的何在？

七、参考文献

[1] Xie Z. Cyclopentadienyl-Carboranyl Hybrid Compounds：A New Class of Versatile Ligands for Organometallic Chemistry [J]Acc Chem Res, 2003,36：1-9.

[2] Schaverien C J，Ernst R，Terlouw W. Phosphorus-bridged metallocenes：New homogeneous catalysts for the polymerization of propene. J Mol Catal A-Chem, 1998,128：245-256.

[3] Shin J H, Hascall T, Parkin G. Phosphorus-Bridged *ansa*-Metallocene Complexes of Titanium, Zirconium, and Hafnium: The Syntheses and Structures of [PhP(C_5Me_4)$_2$]MX$_2$ and [Ph (E) P (C_5Me_4)$_2$] MX$_2$ (E=O, S, Se) Derivatives [J]. Organometallics, 1999,18: 6-9.

【实验三十七-三】
新型金属配合物 $[\eta^5:\sigma^{-i}Pr_2NP(C_9H_6)(C_2B_{10}H_{10})]M(NMe_2)_2(M=Ti, Zr, Hf)$ 的合成

一、实验目的

1. 学习和巩固无水无氧实验操作技术；
2. 学习金属配合物的合成方法；
3. 学习培养金属配合物单晶的方法。

二、实验背景及原理

第四主族金属的茂状配合物广泛用作烯烃聚合反应的催化剂前驱体，近些年来引起了人们的广泛关注。对这类金属配合物催化性能的研究表明，桥联配体中配体的结构和桥联原子的种类都将对其催化烯烃聚合的性能产生重大的影响。磷原子具有和硅原子相同的原子半径且具有独特的电子特性，这使得磷桥配体越来越引起人们的兴趣。磷桥配体具有多种结构类型：①中心磷原子四配位的茂状磷桥联配体，此时五价的磷原子上带有一个正电荷；②中心磷原子三配位的茂状磷桥联配体，此时三价的磷原子上带有一对孤对电子。

已经有相关的文章报道，含有 RP—桥联模式的金属配合物 [PhP(η^5-C_5Me_4)$_2$]ZrCl$_2$、[PhP(η^5-$C_{13}H_8$)$_2$]ZrCl$_2$ 和 [$\eta^5:\sigma^{-t}$BuP(^{t}BuC$_5$H$_3$)(N^{t}Bu)]TiCl$_2$ 都有着相当好的催化烯烃聚合的活性。而实验三十七-一中合成的新型的磷桥配体 ^{i}Pr$_2$NP(C$_9$H$_7$)(C$_2$B$_{10}$H$_{11}$) 中，同样含有 RP—这种桥联模式。新合成的配体中碳硼烷配体的引入对磷桥配体电子结构的影响以及这种结构的第四主族金属配合物在催化烯烃聚合活性效能也一直是我们感兴趣的重点。为此，我们设计了一类新型的第四主族金属磷桥配合物 [$\eta^5:\sigma^{-i}$Pr$_2$NP(C$_9$H$_6$)(C$_2$B$_{10}$H$_{10}$)] M (NMe$_2$)$_2$(M=Ti, Zr, Hf)。

M=Ti, Zr, Hf

通过配体 ^{i}Pr$_2$NP(C$_9$H$_7$)(C$_2$B$_{10}$H$_{11}$) 和相应的 M(NMe$_2$)$_4$ 胺消除反应可成功地得到了目标产物。在配体中，茚基和碳硼烷上的两个活性氢具有足够的酸性和 M(NMe$_2$)$_4$ 发生胺消除反应得到目标产物。用 ^{31}P NMR 对反应进行跟踪，结果表明：反应在室温下难以发生，但当温度过高时（>70℃），^{31}P NMR 就会变得比较复杂，会有其他副产物生成。因此，控制反应的温度，也是实验的关键。

三、主要仪器与试剂

1. 仪器

所有的实验步骤均在无水，无氧的条件下进行，可采用 Schlenk 装置，Cannula 转移技

术或在手套箱里完成整个反应，可通过 ^{11}B NMR 和 ^{31}P NMR 对整个反应进程进行追踪。

2. 试剂

甲苯，$Ti(NMe_2)_4$，$Zr(NMe_2)_4$，$Hf(NMe_2)_4$，所用的有机溶剂和化学试剂均需经过预先处理，以满足反应无水无氧的要求，配体 $^iPr_2NP(C_9H_7)(C_2B_{10}H_{11})$ 在实验三十七——中合成。

四、实验步骤

1. $[\eta^5:\sigma^{-i}Pr_2NP(C_9H_6)(C_2B_{10}H_{10})]Ti(NMe_2)_2$ 的合成

（1）干燥箱内，在 50mL Schlenk 瓶中放入 389mg $^iPr_2NP(C_9H_7)(C_2B_{10}H_{11})$（1.0mmol）和 10mL 甲苯，开动搅拌器，混合均匀。

（2）室温下，向混合液中中加入 225mg 溶于 10mL 甲苯的 $Ti(NMe_2)_4$（1.0mmol），在 60℃ 加热回流过夜，得到深红色透明溶液。

（3）将得到的透明溶液浓缩至 5mL，在室温下放置 3 天，得到红色的晶体 $[\eta^5:\sigma^{-i}Pr_2NP(C_9H_6)(C_2B_{10}H_{10})]Ti(NMe_2)_2$ 283mg，产率为 54%。用 ^{31}P NMR，^{11}B NMR 和元素分析对产品进行表征。

2. $[\eta^5:\sigma^{-i}Pr_2NP(C_9H_6)(C_2B_{10}H_{10})]Zr(NMe_2)_2$ 的合成

（1）干燥箱内，在 50mL 的 Schlenk 瓶中放入 389mg $^iPr_2NP(C_9H_7)(C_2B_{10}H_{11})$（1.0mmol）和 10mL 甲苯，开动搅拌器，混合均匀。

（2）室温下，向混合液中中加入 267mg 溶于 10mL 甲苯的 $Zr(NMe_2)_4$（1.0mmol），在 60℃ 加热回流过夜，其他操作步骤同上。最终可得到淡黄色的晶体 $[\eta^5:\sigma^{-i}Pr_2NP(C_9H_6)(C_2B_{10}H_{10})]Zr(NMe_2)_2$ 385mg，产率为 68%。用 ^{31}P NMR，^{11}B NMR 和元素分析对产品进行表征。

3. $[\eta^5:\sigma^{-i}Pr_2NP(C_9H_6)(C_2B_{10}H_{10})]Hf(NMe_2)_2$ 的合成

（1）干燥箱内，在 50mL Schlenk 瓶中放入 389mg $^iPr_2NP(C_9H_7)(C_2B_{10}H_{11})$（1.0mmol）和 10mL 甲苯，开动搅拌器，混合均匀。

（2）室温下，向混合液中加入 354mg 溶于 10mL 甲苯的 $Hf(NMe_2)_4$（1.0mmol），在 60℃ 加热回流过夜，其他操作步骤同上。最终可得到淡黄色的晶体 $[\eta^5:\sigma^{-i}Pr_2NP(C_9H_6)(C_2B_{10}H_{10})]Hf(NMe_2)_2$ 392mg，，产率为 60%。用 ^{31}P NMR，^{11}B NMR 和元素分析对产品进行表征。

五、注意事项

1. 在用 ^{31}P NMR 对反应过程进行追踪的过程中，发现合成的金属配合物 $[\eta^5:\sigma^{-i}Pr_2NP(C_9H_6)(C_2B_{10}H_{10})]M(NMe_2)_2$（M=Ti,Zr,Hf）的化学位移在 34.3～36.0，和配体 $^iPr_2NP(C_9H_7)(C_2B_{10}H_{11})$ 的化学位移 40.1 和 74.1 相比，明显偏向高场，这和文献的相关报道是完全一致的。

2. 配体 $^iPr_2NP(C_9H_7)(C_2B_{10}H_{11})$ 和 $M(NMe_2)_4$（M=Ti,Zr,Hf）的胺消除反应在室温很难进行，反应温度过高，又会形成很复杂的反应混合物，因而反应温度要控制在 60℃ 左右。

六、思考题

1. 和原料配体相比，金属配合物 $[\eta^5:\sigma^{-i}Pr_2NP(C_9H_6)(C_2B_{10}H_{10})]M(NMe_2)_2$ 的 ^{31}P NMR 吸收峰的化学位移显著地向低场移动，请解释原因。

2. 查阅文献，总结一下磷桥配体有哪些结构类型？各自的优缺点如何？

七、参考文献

[1] Jordan R F. Chemistry of Cationic Dicyclopentadienyl Group 4 Metal-Alkyl Complexes [J]. Adv Organomet Chem, 1991,32：325-387.
[2] Gladysz J A. Guest Editor, Issue 4, Special Issue for Frontiers in Metal-Catalyzed Polymerization [J]. Chem Rev, 2000,100：1167-1682.
[3] Shin J H, Bridgewater B M, Parkin G. Cationic Ansa-Zirconocene and Hafnocene Derivatives of a Monoanionic Phosphonium-Bridged Bis（permethylcyclopentadienyl）Ligand：Synthesis and Structural Characterization of {[Me$_2$P(C$_5$Me$_4$)$_2$]MCl$_2$}$^+$(M=Zr,Hf)and {[Me$_2$P(C$_5$Me$_4$)$_2$]ZrMe$_2$}$^+$ [J]. Organometallics. 2000,19：5155-5159.

【实验三十七-四】

配合物[$\eta^5 : \sigma^{-i}$Pr$_2$NP(C$_9$H$_6$)(C$_2$B$_{10}$H$_{10}$)]Zr(NMe$_2$)$_2$ 催化的 ε-己内酯的聚合

一、实验目的

1. 熟悉和学习金属配合物催化有机物聚合的原理；
2. 复习和巩固关于聚合物的基本知识；
3. 学习聚合物表征的方法。

二、实验背景及原理

聚合的内酯是一类十分重要的聚合物，此类聚合物可被生物分解且具有一定的生物相容性。将这种聚合物加热造粒形成的成型材料，特别适用于导光体、光学透镜、光学薄膜等的光学零件，还可为临床修复骨缺损提供新的人工替代材料。

稀有金属配合物是一种十分有效的催化剂，广泛地应用于催化内酯的聚合。研究比较多的是镧系金属的胺化物催化 ε-己内酯的开环聚合。近年来，第四主族的金属胺化物在催化 ε-己内酯的开环聚合方面的研究也一直是科学家关注的热点。本次实验将对新型的磷桥碳硼烷配体的锆的胺化物[$\eta^5 : \sigma^{-i}$Pr$_2$NP(C$_9$H$_6$)(C$_2$B$_{10}$H$_{10}$)]Zr(NMe$_2$)$_2$ 催化 ε-己内酯的开环聚合的性能进行研究。

三、主要仪器与试剂

1. 仪器

所有的实验步骤均在无水，无氧的条件下进行，可采用 Schlenk 装置进行反应。

2. 试剂

甲苯，二氯甲烷，四氢呋喃，ε-己内酯（均需经过预先处理，以满足聚合反应无水氧的要求），甲醇。催化剂 $[\eta^5 : \sigma^{-i} Pr_2 NP(C_9 H_6)(C_2 B_{10} H_{10})]Zr(NMe_2)_2$ 在实验三十七-三中自行合成。

四、实验步骤

① 将 20mg，$[\eta^5 : \sigma^{-i} Pr_2 NP(C_9 H_6)(C_2 B_{10} H_{10})]Zr(NMe_2)_2$（$3.6 \times 10^{-3}$ mmol）分别溶于 10mL 甲苯，CH_2Cl_2 或 THF，选择不同的反应温度。

② 将 ε-己内酯用注射器加入到反应体系中，选择 ε-己内酯和催化剂 $[\eta^5 : \sigma^{-i} Pr_2 NP(C_9 H_6)(C_2 B_{10} H_{10})]Zr(NMe_2)_2$ 的比例 500:1 或 250:1。

③ 将反应混合物在不同的温度下搅拌反应两小时，反应结束后，加入 10mL 甲醇中止聚合反应。

④ 得到的聚合物用 150mL 甲醇沉淀出来，过滤，真空干燥。

⑤ 实验条件的设计及结果记录见表 1。

表 1　实验条件及结果

编　号	1	2	3	4	5	6
溶剂	THF	THF	CH_2Cl_2	甲苯	THF	THF
单体/催化剂	250	500	500	500	500	500
温度/℃	25	25	25	25	45	60
转化率/%						
数均分子量($\times 10^{-4}$)/(g/mol)						
重均分子量($\times 10^{-4}$)/(g/mol)						
重均分子量/数均分子量						

五、注意事项

1. 化合物 $[\eta^5 : \sigma^{-i} Pr_2 NP(C_9 H_6)(C_2 B_{10} H_{10})]Zr(NMe_2)_2$ 可以催化 ε-己内酯的开环聚合，所得的聚合物分子量大，且分歧度较小。聚合物的分子量 $M_n > 40000$，且 $M_w / M_n < 1.4$。

2. 溶剂、反应温度、单体与催化剂的比例都会影响聚合的结果。通过比较不同的实验结果，THF 被认定是最佳的溶剂。反应温度提高，会使聚合反应速度加快，聚合物的分子量和分歧度也都有所增加。

六、思考题

1. 查阅文献，比较不同结构的配体和锆形成的金属配合物对 ε-己内酯的开环聚合的催化活性，并讨论碳硼烷作为配体对金属配合物催化活性的影响。

2. 查阅文献，讨论影响聚合物分子量的因素。

七、参考文献

[1] Palard I, Soum A, Guillaume S M. Unprecedented polymerization of epsilon-Caprolactone initiated by a single-site lanthanide borohydride complex, [Sm(eta-C_5Me$_5$)$_2$(BH$_4$)(THF)]: mechanistic insights [J]. Chem Eur J, 2004, 10: 4054-4063.

[2] Woodman T J, Schormann M, Hughes D L. Sterically Hindered Lanthanide Allyl Complexes and Their Use as Single-Component Catalysts for the Polymerization of Methyl Methacrylate and ε-Caprolactone [J]. Organometallics, 2004, 23: 2972-2979.

附　　录

☑ 附录一

pH 标准缓冲溶液的配制

名称(name)	配　　制(compounding way)	不同温度时的 pH 值(pH in different temperatures)								
草酸盐标准缓冲溶液	[KH₃(C₂O₄)₂·2H₂O] 为 0.05mol/L。称取 12.71g 四草酸钾[KH₃(C₂O₄)₂·2H₂O]溶于无二氧化碳的水中，稀释至 1000mL	0℃	5℃	10℃	15℃	20℃	25℃	30℃	35℃	40℃
		1.67	1.67	1.67	1.67	1.68	1.68	1.69	1.69	1.69
		45℃	50℃	55℃	60℃	70℃	80℃	90℃	95℃	
		1.70	1.71	1.72	1.72	1.74	1.77	1.79	1.81	
酒石酸盐标准缓冲溶液	在 25℃时，用无二氧化碳的水溶解外消旋的酒石酸氢钾(KHC₄H₄O₆)，并剧烈振摇至成饱和溶液	0℃	5℃	10℃	15℃	20℃	25℃	30℃	35℃	40℃
		—	—	—	—	—	3.56	3.55	3.55	3.55
		45℃	50℃	55℃	60℃	70℃	80℃	90℃	95℃	
		3.55	3.55	3.55	3.56	3.58	3.61	3.65	3.67	
邻苯二甲酸氢盐标准缓冲溶液	[C₆H₄CO₂HCO₂K] 为 0.05mol/L，称取于(115.0±5.0)℃干燥 2～3h 的邻苯二甲酸氢钾(KHC₈H₄O₄)10.21g，溶于无 CO₂ 的蒸馏水，并稀释至 1000mL(可用于酸度计校准)	0℃	5℃	10℃	15℃	20℃	25℃	30℃	35℃	40℃
		4.00	4.00	4.00	4.00	4.00	4.01	4.01	4.02	4.04
		45℃	50℃	55℃	60℃	70℃	80℃	90℃	95℃	
		4.05	4.06	4.08	4.09	4.13	4.16	4.21	4.23	
磷酸盐标准缓冲溶液	分别称取在(115.0±5.0)℃干燥 2～3h 的磷酸氢二钠(Na₂HPO₄)(3.53±0.01)g 和磷酸二氢钾(KH₂PO₄)(3.39±0.01)g，溶于预先煮沸过 15～30min 并迅速冷却的蒸馏水中，并稀释至 1000mL(可用于酸度计校准)	0℃	5℃	10℃	15℃	20℃	25℃	30℃	35℃	40℃
		6.98	6.95	6.92	6.90	6.88	6.86	6.85	6.84	6.84
		45℃	50℃	55℃	60℃	70℃	80℃	90℃	95℃	
		6.83	6.83	6.83	6.84	6.85	6.86	6.88	6.89	
硼酸盐标准缓冲溶液	称取硼砂(Na₂B₄O₇·10H₂O)(3.80±0.01)g(不能烘!)，溶于预先煮沸过 15～30min 并迅速冷却的蒸馏水中，并稀释至 1000mL。置聚乙烯塑料瓶中密闭保存。存放时要防止空气中的 CO₂ 的进入(可用于酸度计校准)	0℃	5℃	10℃	15℃	20℃	25℃	30℃	35℃	40℃
		9.46	9.40	9.33	9.27	9.22	9.18	9.14	9.10	9.06
		45℃	50℃	55℃	60℃	70℃	80℃	90℃	95℃	
		9.04	9.01	8.99	8.96	8.92	8.89	8.85	8.83	
氢氧化钙标准缓冲溶液	在 25℃，用无二氧化碳的蒸馏水制备氢氧化钙的饱和溶液。氢氧化钙溶液的浓度[1/2 Ca(OH)₂]应在 0.0400～0.0412mol/L。氢氧化钙溶液的浓度可以酚红为指示剂，用盐酸标准溶液[c_{HCl}＝0.1mol/L]滴定测出。存放时要防止空气中的二氧化碳的进入。出现混浊应弃去重新配制	0℃	5℃	10℃	15℃	20℃	25℃	30℃	35℃	40℃
		13.42	13.21	13.00	12.81	12.63	12.45	12.30	12.14	11.98
		45℃	50℃	55℃	60℃	70℃	80℃	90℃	95℃	
		11.84	11.71	11.57	11.45	—	—	—	—	

注：为保证 pH 值的准确度，上述标准缓冲溶液必须使用 pH 基准试剂配制。

☑ 附录二

快速柱色谱使用指南

快速柱色谱（flash column chromatography）是一种快速简便的分离复杂混合物的方法。柱色谱和薄层色谱的原理是一样的，但柱色谱可用于对制备量物质的分离。因为是用压缩空气将溶剂推过柱子，故称其为快速柱色谱。这不仅使分离效果更好，并且可缩短过柱时间。制备和操作快速柱色谱的步骤如下。

(1) 确定干燥、不含溶剂的待分离混合物的质量。

(2) 用薄层色谱选取溶剂体系，一般情况下，使不同的点样处于 R_f 值为 0.2~0.3。对于比较复杂的混合物，可能需要借助梯度洗脱的方式，简单地说，就是在纯化洗脱的过程中不断提高溶剂的极性。

(3) 确定用于样品上柱的方法，主要有三种选择：净试样法、溶液法或硅胶吸附法。

净试样法。如果样品是非黏性油状物，使用净试样法最为容易。可以用一个长的滴管过滤器将液体引入柱中，然后用预先确定的溶剂体系进行淋洗，把所有组分洗入柱子中。

溶液法。净试样法有时可能会引起分离柱断层。因此，对于液体和固体，更为普遍的方法是将样品溶于溶剂中，然后将溶液加入分离柱。最理想的状态是，混合物中所有组分在该溶剂体系（通常是戊烷或己烷）中的 R_f 为 0。这在多数情况下是难以实现的，所以可选用那种只移动混合物中一个化合物的溶剂，或者可以简单地用所选择的洗脱液来做溶剂，但这两种方法对于难度较大的分离纯化也是有困难的。

硅胶吸附法。该方法是将化合物沉积（吸附）到硅胶上，这对部分液体和所有固体都是适用的（硅胶是酸性的，因此这一方法将会破坏一些对酸敏感的化合物，它们通常需要在硅胶柱上再生）。首先，在一圆底烧瓶中将混合物溶解在二氯甲烷中，加入硅胶（硅胶的质量大约是化合物质量的两倍），在旋转蒸发仪上浓缩该溶液（硅胶是非常细的粉末，很容易被吸入旋转蒸发仪中。用玻璃毛塞住接头或泵的保护装置，以防止固体被吸入泵中。快速转动亦可以避免这个问题的出现）。当固体基本干燥时（当多数固体从容器壁上脱落，说明固体已经干燥），从旋转蒸发仪上卸下烧瓶，再用真空泵将溶剂抽尽（假设混合物中没有易挥发性物质）。一旦完全干燥之后（固体中再没有气泡产生），从真空系统中取下烧瓶，用干净的刮刀从壁上刮下固体。最后，可以简单地用漏斗将这部分固体加到分离柱的顶端，然后用洗脱液淋洗。

(4) 确定合适的硅胶和化合物的比例。对于简单的分离，通常要求两者的比例为（30~50）∶1（质量比）；但对比较困难的分离，需要的比例高达 120∶1。

(5) 选取合适的分离柱。根据需用的硅胶量决定分离柱的大小。是使用短而粗还是长而细的分离柱，迄今为止还没有定论，一般认为短而粗的分离柱会有更好的分离效果。

(6) 选取合适的收集用试管。简单的方法是将硅胶体积除以 4，然后选取能装下这个体积的试管就可以了（如 200mL 的硅胶对应于 50mL 的容量）。

(7) 选定了分离柱后，堵住活塞底端以避免硅胶流失。通常，用一小团棉花或者玻璃毛加一根长棍或玻璃棒即可完成。

(8) 在通风橱中填充分离柱。考虑到要用大量挥发性溶剂，以及干燥硅胶对健康的危害，不许在通风橱外进行柱的操作。检查并确定柱子是否完全垂直，倾斜的柱子不利于分离。

(9) 关上活塞并且加上几厘米高的洗脱液。

(10) 用漏斗向分离柱中加入一些砂（干燥并且经过洗涤的）。目的是在塞堵物上铺一薄层砂（不超过 1cm），这样可以避免硅胶落入收集瓶中。

(11) 量取合适量的硅胶，最安全的方式是在通风橱中量取。硅胶的密度大约是 0.5g/mL，因此可以直接用锥形瓶量取（100g 大约为 200mL）。不要让硅胶的体积超过锥形瓶容量的 1/3，因为还要在其中加入溶剂。

（12）在刚量取的硅胶中加入至少 1.5 倍体积的溶剂，将其制成浆状，用力振荡和强烈搅拌，使其充分混合，并且除去硅胶中的气体（气泡的存在将会使分离柱的效率降低）。

（13）用漏斗小心缓慢地将浆状物移入分离柱中，注意不要破坏下面的砂层。注意在灌浆的过程中不时地停下来并且摇动浆体，以确保硅胶混合均匀。灌浆结束后，用洗脱液反复冲洗烧瓶几次，并且将余下的溶剂硅胶混合物加入到分离柱中。

（14）用滴管和洗脱液将黏附在柱子顶部边缘上的硅胶冲洗到溶剂层中。

（15）当所有的硅胶都被洗离柱壁，打开活塞，用压缩空气给柱加压。柱内的硅胶将会压缩到原来高度的一半左右。检查以确保柱子的顶段平坦，如果不平，必须重新搅拌，然后沉降下来。在加压下，加入过量的洗脱液，用铅笔头或橡皮塞轻轻地敲打柱子，这样可使硅胶颗粒填充得更加紧密。收集从柱子中流出的所有洗脱液，在加入化合物后可以重复使用（切记不要让溶剂液面低于填充层）。

（16）当柱子填充好以后，在硅胶的顶部加入砂子作为保护层。砂层需要填充得比较平整，厚度在 2cm 左右。这在添加溶剂时起到保护柱子的作用，因为当溶剂加入过快时，如果没有砂层的保护，溶剂可能会破坏填充硅胶的平整的表面，而影响分离效果。

（17）在溶剂还没有达到砂层之前，也可以用压缩空气促使溶液层快速下降。

（18）关闭活塞，将第一个试管放在柱子的出口下面。

（19）小心地向分离柱中加入化合物。当添加液体时，确保是沿柱子的壁面加入，而不要直接滴加在柱的顶端。当冲洗含有混合物的烧瓶时，小心地一次性将满满一滴管淋洗液加到分离柱中。然后打开活塞，当液体下降到填充物的顶端时关闭活塞。如此冲洗烧瓶三次。对沉积在硅胶上的混合物，还要再加 2cm 厚的保护砂层。

（20）小心地在分离柱中加满洗脱液。开始时可以用巴斯德球管加入溶剂。当加入了 1cm 高度的溶剂之后，最好打开活塞。继续用滴管滴加溶剂，直到溶剂高于柱内的填充层几个厘米。然后，可以通过一个漏斗加入洗脱液，缓慢地让它沿柱子壁加入。一定要有耐心，不要破坏柱内填充物的顶端。

（21）当把洗脱液装满分离柱之后，就可以开始"过柱"了。调整空气压力使达到一个快的流速，以使分离更好地进行。保持压力，在收集试管装满后换上一支新的试管。注意随时向柱内补充洗脱液。

（22）用薄层色谱（TLC）跟踪柱子的分离进程。一边收集样品，一边进行薄层色谱分析。若要观察色谱柱工作进展情况，则在一开始时可以适当减低气压（甚至完全去除）。

（23）当操作梯度洗脱时，先用一种溶剂以保证具有较大 R_f 的化合物先从柱中被洗脱。当他们被安全地洗脱到收集烧瓶之后，便可以更换一种极性更大的溶剂继续洗脱。洗脱时必须逐步提高溶剂的极性，因为过于急速的极性变换可能会使硅胶分裂，柱内的填充层会出现裂缝。一般以每洗脱 100mL（或更多）溶剂后，可使洗脱用溶剂的极性增加 5% 左右，逐步达到所需要的溶剂。然后，用该种洗脱液洗脱，直到目标化合物被洗脱出来。

（24）当确定所有目标化合物都已经从柱内被洗脱出来，就可用薄层色谱来确定哪个试管中含有所需的纯样品。将相似纯度的组分合并放在大的圆底烧瓶中，并用旋转蒸发仪进行浓缩。对于费时较长的柱子，可在柱分离过程中就合并流出的组分，以加速进程。

✅ 附录三

几种用于无水无氧技术的实验操作

在实验室研究工作中经常会遇到一些特殊的化合物，空气中的水和氧会破坏这些物质。为了研究这类化合物的合成、分离、纯化和分析鉴定，必须使用特殊的仪器和无水无氧操作技术，否则，即使合成路线和反应条件都是合适的，最终也得不到预期的产物。因此，无水无氧操作技术已在化学研究中被广泛运用。目前采用的无水无氧操作分三种：①高真空线操作（vacuum-line）；②Schlenk 操作；③手套箱操作（glove-box）。

一、基本反应装置

1. 实验仪器

反应烧瓶（三口烧瓶或两口烧瓶）、搅拌桨（或搅拌子）、机械搅拌器（或磁力搅拌器）、玻璃进气接口、滴液漏斗、橡皮塞、N₂ 接口。

2. 实验步骤

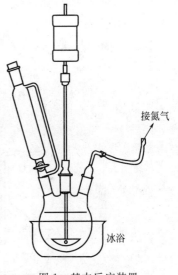

装置如图 1 所示（装置中也可以用磁力搅拌器，两口烧瓶等），用 N₂ 清洗反应烧瓶和滴液漏斗。把反应物和溶剂加入反应烧瓶，保持合适的温度。反应物可以通过注射、倒入或者用导管导入的方式加入到滴液漏斗中。如果参与的反应物不止一种，则加完一种反应物之后必须用溶剂清洗滴液漏斗方可再加入下一种反应物。当最后一种反应物加入完成之后，移去滴液漏斗，并用玻璃塞子塞住反应烧瓶的瓶口。

接氮气

冰浴

图 1　基本反应装置

二、无氧条件下的过滤

1. 实验目的

学习从反应混合物中除去固体杂质。

2. 实验仪器

盛有反应混合物（包含固态杂质）的烧瓶，磨口连接的多孔过滤器，连接 N₂/真空系统的软管，放有搅拌子的接收烧瓶，干冰/丙酮浴（－78℃），橡胶塞。

3. 实验步骤

实验装置如图 2 所示。连接真空系统，抽真空大约 5min，然后通入 N₂。采用干冰浴冷却接收烧瓶，然后采用转移操作（这部分内容将在后面叙述）将反应混合物转移至多孔过滤器中。接收烧瓶中保持一定的真空度以防止过滤器堵塞。

三、无氧条件下除去溶剂

1. 实验仪器

干冰/丙酮浴装置，接收烧瓶，盛有溶剂和产品的烧瓶，玻璃排气管，导出溶剂的转接器，真空管材（大约 30 厘米），真空/N₂ 源，磁力搅拌器，加热器，水浴装置。

2. 实验步骤

实验装置如图 3 所示。采用 N_2 清洗接收烧瓶，导出溶剂的转接器和真空管。然后边搅拌，边抽真空，保持溶液微沸。不能连续不断地抽真空，否则有些溶剂如醚类物质会在 $-78\,^\circ\!C$ 的时候挥发，还会导致固体物质堵住真空支管。水浴缓慢加热以补充溶剂挥发造成的热量损失。当溶剂差不多被除去的时候，大量的气泡将会出现，此时有必要将溶剂/反应混合物转移到更小的烧瓶中，以便更有效地去除溶剂。将产品转移到更小的烧瓶中进行蒸馏。转移的操作见"烧瓶与烧瓶之间物质的转移"。

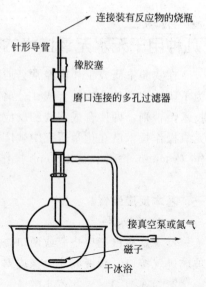

图 2 无氧条件下的过滤

四、烧瓶与烧瓶之间物质的转移

1. 实验目的

学会无氧条件下烧瓶与烧瓶之间物质的转移。

2. 实验仪器

盛有产品的烧瓶、接收烧瓶、转移接头、大的搅拌子（如有所需）、真空转接器（如有所需）。

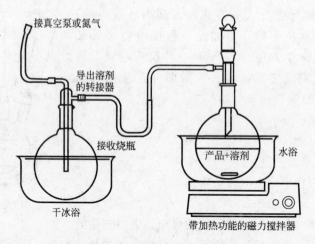

图 3 无氧条件下除去溶剂

3. 实验步骤

采用 N_2 清洗接收烧瓶和转移接头。如图 4 安装实验装置，并把盛有产品的烧瓶放在最下面，并把整套装置用夹子固定好。把装置提起，然后慢慢地倒过来使产品能流入干净的烧瓶中。如果盛有产品的烧瓶中有搅拌子，则需在转移接头的外部放置更大的搅拌子，以防止原来的搅拌子堵住转移接头的口。若需要放置整套装置，则一定要把装置固定牢。如果产品中含有溶剂，则需要在转移接头和接收瓶之间安装一个连接水银鼓泡器的抽真空装置，以降低由于溶剂的来回振摇产生的压力。

五、减压蒸馏

1. 实验目的

学习提纯在室温难以凝结的低沸点液体的方法。

2. 实验仪器

蒸馏头、多尾接引管、接收烧瓶、玻璃塞、带橡胶塞的烧瓶、盛有产品的烧瓶、带有磨口连接的温度计、温度计套管（如有需要）、真空系统、连接真空系统的橡皮管、真空管、合适尺寸的电热套、调压变压器、搅拌子、磁力搅拌器、玻璃丝、橡皮管、管材和烧瓶夹。

3. 实验步骤

蒸馏装置如图 5 所示。把烧瓶、冷凝管、刺形分馏柱等固定在铁架台上，然后通冷凝水，接好真空装置，插好温度计，连接多尾接引管和预先称重的接收烧瓶，并用夹子固定，把多尾接引管和蒸馏装置相互连接。为了安全，多尾接引管一定要用夹子固定好。

图 4　烧瓶与烧瓶之间物质的转移

整套装置抽真空 5～10min，并检查整套装置真空度。然后慢慢地通过真空支管向整个系统通 N_2，并用压力计检测压力。把原来的带有橡皮塞的烧瓶换成盛有需要蒸馏的物质及搅拌子的烧瓶，开动真空泵开始抽真空（大约 700 Torr）以保证所有仪器紧密连接在一起。把电热套和搅拌器放在蒸馏烧瓶的下面，然后打开磁力搅拌器，同时打开冷凝水。关闭蒸馏装置和真空泵之间的阀门。

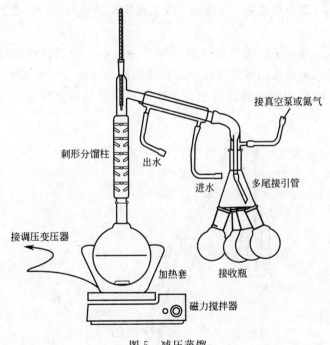

图 5　减压蒸馏

高真空度下的减压蒸馏。小心地打开真空泵和蒸馏装置之间的阀门以去除去气体和痕量的溶剂。此步骤应当非常小心，以避免泡沫或者不纯的产品进入干净的冷凝器和烧瓶中。当系统稳定后，完全打开阀门，并开始加热（此系统在真空度没有达到要求之前是关闭的，千万不要给密闭的系统加热），采用水银压力计控制好压力。用小的烧瓶收集刚开始滴下的液滴。当温度恒定时，旋转多尾接引管收集产品并记录沸程和压力。

低真空度下的减压蒸馏。此操作适用于易挥发性混合物，其沸点在真空条件下接近或者低于室温。关闭连接蒸馏装置阀门，慢慢地往真空系统中通入 N_2，同时打开真空泵的开关。用水银压力计测定压力。如果压力不合适，可以重新调整 N_2 的流速（千万不要在水银柱有压差时调整 N_2 的流量，这将会使水银柱冲出压力计造成仪器破损）。当达到所需要的压力之后，打开蒸馏装置的阀门，打开时要小心以防爆沸。系统稳定后，开始加热。接下来的操作同高真空度下的减压蒸馏的操作相同。

一般地，当一个组分蒸馏完毕之后，液体混合物的沸点会有所下降，但当另一种组分开始蒸馏时，沸点又会升高。可在温度降低的时候更换接收瓶。为了提高蒸馏速度，可以用玻璃丝把柱子包起来。蒸馏过程中调压变压器的电压一般调至 30V。蒸馏结束之后，移开电热套，让系统冷却。当系统还是热的时候，千万不要打开开关通大气，因为化合物在高温下很容易引燃或分解。当系统冷却之后，慢慢地向系统通 N_2，随后移去接收瓶，并及时拆掉实验装置，以防仪器的磨口处粘牢。

六、导管（双针法）转移液体

1. 实验目的

学习真空条件下对空气或者水分敏感的大量液体的转移。

2. 实验仪器

导管（带双针）、2 个橡皮塞、反应瓶、收集瓶（N_2 清洗过）、N_2 源、手套。

3. 实验步骤

如果转移液体的量一定，需事先在接收瓶上做好标记或直接使用标注容量的玻璃器皿。转移之前，接收瓶要先用丙酮清洗，之后在烘箱里干燥 20min。操作过程中如果需要反应溶剂，溶剂可以直接加入到反应瓶中。如果只需要转移反应混合物，则不需要预先标记体积。

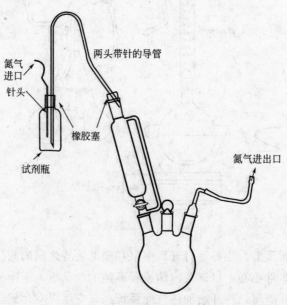

图 6　导管（双针法）转移液体

连接整套装置（见图 6）。断开 N_2 源，把 N_2 针头通过橡皮塞插入到盛放转移液体的反应瓶中，保持针头在液面上，然后通过橡皮塞向反应瓶中插入长的进样针，同样保持针头在液面的上方，并用 N_2 吹洗。断开 N_2 源，把短的针通过橡皮塞插入接收瓶中，接着把长针插入需转移物质的液面下。慢慢打开开关通 N_2，液体将在压力的作用下发生转移。当接收瓶中的液面达到标记位置的时候，关闭开关，断开 N_2，并把长针拉到液面上方但不要拿出瓶子。

立即用可以溶解转移物质的溶剂清洗导管，之后依次用清水，丙酮洗涤。用 N_2 吹洗导管，之后放入烘箱里干燥大约 5min，最后把针头插入软木塞中以防损伤。